톡톡 튀는 신세대 수상학

이제, 당신의 운명은
당신 손으로 바꿀 수 있다

池龍 지음

[당그래]

톡톡 튀는 신세대 수상학

지 용(池龍) 지음

초판 1쇄 발행일 2013년 3월 15일

펴낸이 | 이 춘 호
마케팅 팀장 | 장기봉, 편집장 | 이지현, 디자인 | 김하영,
펴낸곳 | **당그래출판사**
출판등록일(번호) | 1989년 7월 7일(제301-2005-219호)
주 소 | 100-250 서울시 중구 예장동 1-72 1층 전관
전 화 | (02) 2272-6603
팩 스 | (02) 2272-6604
homepage | www.dangre.co.kr
e-mail | dangre@dangre.co.kr
ISBN | 9878960460317

이제, 당신의 운명은 당신 손으로 바꿀 수 있다

MYSTERY OF HAND
운명의 손, 그 신비의 세계로

손, 운명의 모든 비밀을 간직하다

혹시, 이 책을 집어든 당신은 평소 자신의 손을 한번이라도 유심히 살펴 본 적이 있는가?
그리고 당신이 가진 두 손은 당신의 전부일 수 있다는 것도 알고 있는지?

평생 묵묵히 모든 일을 해 내는 당신의 손은, 작고 사소한 일로부터 고도의 정밀한 일에까지, 삶은 물론이고 인류의 문명의 모든 것들은 손이 없었다면 생각조차 할 수 없는 것이다. 인간이 다른 동물에 비해 우월한 진화를 이뤄내고 만물의 영장을 자처할 수 있었던 것도, 그리고 저 넓은 우주공간으로 우주선을 발사하고 인공위성을 쏘아 올릴 수 있는 능력이나, 아주 기본적인 의식주를 누리는 사소한 일까지 구석구석 우리의 삶은 손이 미치지 않는 범위가 없다.

우리의 인생은 오롯이 손에 의지해 모든 일을 해 나가고 있으며, 결국 삶은 손에 의해 모든 것을 얻기도 하고, 모든 것을 잃기도 한다. 하지만, 손의 능력은 비단 이런 눈에 보이는 육체적이나 외부적인 활동영역에만 그치는 것이 아니라는 사실을 기억해야 한다.

몸의 일부인 손은 사실, 많은 충고와 암시로 당신의 운명을 바로 잡기 위한 노력을 한다. 인간의 삶 속에 평생의 노고를 마다하지 않고 쉴 새 없이 움직이는 당신의 손, 당신은 이제 자신의 손이 일러주는 이야기에 귀 기울여야만 한다.

손은 누구보다도 당신을 잘 알고 있으며, 누구보다도 당신을 이해하는 영원한 당신의 편이다. 당신의 성격, 재능, 장점과 단점은 물론, 당신에게 일어날 수 있는 모든 행불행의 사건과 그 일련의 사건들 중에 행복은 받아드리고 불행을 피해 갈 수 있는 방법까지도 끊임없이 일러주고 있다. 다만, 당신이 손에게 마음을 닫고 손이 하는 이야기를 듣지 않고 있을 뿐이다.

손, 당신의 운명은 당신의 손으로 바꾸어라

간단하게 말하면 손을 소중하게 다루는 것만으로도 당신의 운명을 바꿀 수 있다. 사람의 손은 인생을 살아가면서 크고 작은 상처와 굳은 살, 주름이 생기게 마련이다. 손이 거칠면 인생이 거칠다. 반대로 손이 부드러우면 인생도 부드럽게 진행된다. 그런데 손이 아주 거칠던 사람도 좋은 운을 만나면 딱히 손 관리를 따로 하지 않아도 점점 손이 부드러워 진다. 마찬가지로 평소 손이 부드럽고 고왔던 사람이라도 나쁜 운을 만나면 갑자기 손이 거칠어지기 시작하고 본격적으로 나쁜 운에 접어들면 마치 막노동을 심하게 하는 사람처럼 변해 버린다.

손이 먼저 아는 것이다. 반면 거꾸로 손을 잘 관리하는 사람은 인생의 기복이 적다. 물론 손 관리도 일종의 습관이다. 손을 잘 관리하는 좋은 습관을 가지게 되면 그것은 곧, 자신의 운명을 잘 관리하는 사람이 되는 것이다.

손을 관리한다는 것은 그리 어려운 일이 아니다. 일단, 청결을 유지하는 것부터 시작하라. 손의 청결은 건강과 깊은 관련을 가지고 있다는 것은 누구나 다 아는 일반 상식이다. 그런데 이런 일반 상식은 운명에서도 예외 없이 적용된다. 청결한 손이 단연 좋은 운을 가져다준다. 그리고 손이 거칠어지지 않게 손을 씻은 뒤 꼭 보습제를 발라주어야 한다. 대체로 남자들은 손에 로션이나 크림을 잘 바르지 않는다. 하지만, 아주 편안하고 안락한 사람들의 손을 보면 남자의 손임에도 불구하고 깔끔하게 윤이 난다. 좋은 운의 소유자란 손만 보아도 알 수 있는 것이다.

여기서 주의해야 할 점은 손이 부드럽다는 것이 야들야들하게 여린 것을 의미하는 것이 아니라 손의 피부가 부드러운 것을 의미한다. 아무리 손이 부드러워도 연약하게 힘없고 야들야들한 손은 좋은 운을 가진 것이 아니라 병약한 운을 가진 것이다. 다음으로 유의해야 하는 것은 자외선 차단제를 손에도 발라주라는 것이다. 특히 야외활동이 많은 사람이나 장시간 운전하는 일이 많은 사람은 반드시 자외선 차단제를 발라서 손이 검게 타거나 흉터나 상처가 착색되는 것은 막아야 한다.

손의 색이 변하게 되면 대체로 나쁜 일이 생기게 되며 흉터나 상처가 검게 착색이 되면 그 부위에 해당하는 운명의 작용이 나쁘게 진행된다. 그러기에 손에 상처나 흉터가 생기지 않도록 늘 조심해야 하는 것은 너무도 당연한 것이다. 이런 몇 가지만 유의해도 운명은 유연해진다.

특히 여성들은 네일아트에 유의해야 한다. 손톱은 깨끗하고 광택이 나는 것이 물론 좋지만 색을 칠하는 것은 그리 좋은 것은 아니다. 자연스러운 붉은 빛은 아주 좋은 운을 불러 오지만 부자연스러운 색으로 손톱을 뒤덮는 것은 특별한 경우를 제외하고는 대부분 나쁜 운을 불러온다. 함부로 손톱에 색을 칠하는 일은 이제 그만 하는 것이 좋다.

아주 사소한 이런 것들이 어떻게 운명을 바꾸겠느냐는 의심은 버려라. 필자의 오랫동안의 경험에 의해 확인된 것들이다. 손은 손등과 손바닥, 손가락과 마디, 손금은 말할 것도 없이 지문이나 작은 주름, 상처마저도 한 개인의 역사에 관한 기록과 진행방향을 낱낱이 보여주고 있다.

재미있는 것은 손가락의 모양이나 손금, 손마디는 우리가 인위적으로 그 형태나 모양을 바꿀 수 없다는 것이다. 하지만 각 개인의 생활 방식이나, 습관을 바꾸면 손의 모양, 손마디는 물론, 손금도 변한다. 이유는 간단하다. 사람은 끊임없이 손을 쓰고 있기 때문이다.

흔히들 어떤 어려운 일을 당했을 때 '손 쓸 틈도 없이', 라든가 '손 쓸 길이 없다.' 라는 표현을 쓴다. 즉, 손을 잘 쓰면 상황이 얼마든지 유리한 쪽으로 변화될 수 있다는 것이다. 자신에게 일어날 일을 궁금해 하는 것 보다 손을 잘 관리하는 것이 더 도움이 된다.

우선 이 책에 나와 있는 기본적인 손에 관련된 정보들을 읽어 나가며 자신의 손에 대한 정보를 잘 이해한 다음 자신에게 어떤 긍정적인 요소들이 있는 지를 확인하고 그런 부분들이 잘 부각되고 있는지 생각해 보아야 할 것이다. 그리고 그런 긍정적인 요인들을 극대화시키면 운은 반드시 좋은 방향으로 흐르게 된다. 그렇게 되면 나쁜 일들은 그냥 저냥 묻혀 큰 어려움 없이 지나가게 되는 것이다. 다수의 행복한 일들로 인해 자신에게 좋은 기운이 쌓이게 되면 불행은 점점 줄어들게 되는 것이다.

인생의 행복과 불행, 실패와 좌절, 이런 모든 것이 당신의 손에 의해 당신 손으로 결정지을 수 있는데 무엇을 망설일 것인가? 사소한 일이지만 손을 관리하는 것은 운명을 결정짓는 커다란 요소로 작용된다는 것을 결코 잊지 말아야 한다.

당신의 운명은 당신의 손으로 바꿀 수 있다. 이 말을 명심하라.

2013. 2. 25

池龍

수상학, 그 신비 세계로 초대하면서

손을 보면 인생의 모든 면을 알 수 있다. 왜냐하면 재능, 성격, 장점, 단점, 그리고 앞으로 닥칠 주요 사건들까지도 손에 다 나타나 있기 때문이다. 자신에 대해 알고 싶은가? 그러면 일단 손끝을 보라. 이 책을 읽으면 수상학(손금)으로 다른 사람들에 관해서도 알 수 있게 된다.

수세기 동안, 신성하고도 가장 무해한 기술인 이 수상학에 대해 많은 의심과 의혹이 있었다. 하지만 지금은 자기 발견을 위한 유익한 방법으로, 또 다른 사람의 성격과 운명을 알 수 있는 정확한 방법으로 여겨지고 있다. 지금까지 손금을 단순히 손바닥에 생기는 주름으로만 여기는 사람들이 많았다. 하지만 손을 움직여서 할 수 있는 것 보다 손금을 통해서 알 수 있는 것이 훨씬 더 많다는 것을 당신은 곧 알게 될 것이다.

수상학을 통해서 알 수 있는 것

"수상학이라면, 손금에 관한 것이겠지."라고들 언뜻 생각할 것이다. 하지만 손가락, 손톱, 손가락 마디 등 손의 모든 것이 사람의 성격을 나타내 주므로, 손 전체의 모양이 중요하다. 손바닥의 모양, 크기, 손금을 통해서도 습관, 행동, 과거, 현재, 미래를 파악할 수 있다.

또 손을 보고서 건강을 체크할 수도 있다. 병의 증세가 신체에 나타나기 이전에 손을 통해 건강이 악화될 것을 미리 알려주고 있기에 조금만 유의해서 본다면 미리 예방할 수 있다. 특히 생명선이 건강과 관련이 있으며, 다른 손금이나 특징들을 통해서도 똑같이 알 수 있다. 흔히 생명선을 수명에만 관련된 것으로 잘못 알고 있다. 이 생명선은 건강과 관련이 많고, 운명선

또한 수명과 여러 가지 다른 미래의 일에 대해 알려준다.

사람들은 누구나 사랑받고 싶어 한다. 사랑은 우리 정서의 핵심이다. 그래서 서로 사랑하고 사랑받고 싶어 한다. 그렇지만 복잡한 인간관계는 마음과 관련된 일이라서, 인생에서 가장 어려운 부분이다. 손을 통해서 과거뿐만 아니라 미래의 인간관계도 알 수 있다. 현재의 자녀들 또는 앞으로 태어날 자녀들에 관해서도 손금을 통해서 알 수 있다.

다른 사람의 손금 보기

수상학을 배우려면, 이 책 하나면 충분하다. 하지만 다른 사람의 손금을 볼 때에는 몇 가지 유의 사항이 있다. 먼저, 이 책에 나오는 그림처럼 똑바른 위치에서 손을 볼 수 있도록 서로 나란히 가장 편한 자세로 앉아야 한다. 조명은 적당한 상태로 손에만 비치고 얼굴에는 비치지 않도록 하는 것이 가장 좋다. 잔금이 많은 사람도 있기 때문에, 돋보기도 유용하게 쓰인다. 손금을 보는 순서나 계획 등도 중요하다는 것을 명심해야 한다.

자신의 손을 덥석 내밀기를 싫어하는 사람도 있을 것이다. 특히, 성별이 서로 다를 경우에 그러하다. 그럴 때에는, 손금을 볼 주요 부분만 잡고서 얼마나 탄력적인지 확인한 후에, 연필로 여러 손금을 따라서 지적하는 것이 좋다. 이런 방식을 싫어하는 사람의 손금은 굳이 봐줄 필요가 없다. 또 하나 다른 사람의 손금을 볼 때에는 객관적이어야 한다는 것을 명심해야한다. 생활양식에는 개인차가 있기 마련이므로, 절대로 주관적으로 이렇다 저렇다 말해서는 안 된다.

1. 그런데, 수상학이 뭐지?

수상학은 단순하게 손을 펼쳐 그 안에 보이는 손금만을 읽어내는 것이 아니라, 손 전체를 보는 것이다.
1부에서는 먼저 손의 외형, 즉 손의 형태, 손가락, 손톱, 손바닥의 영역 등 전반을 알아본다.

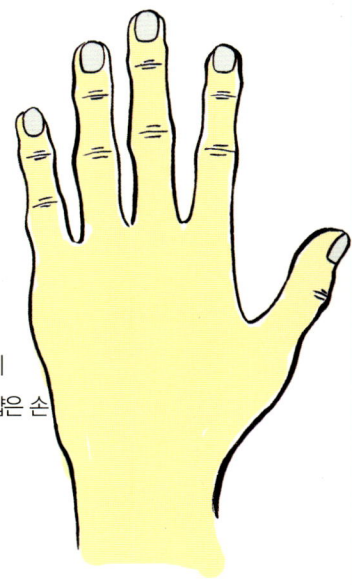

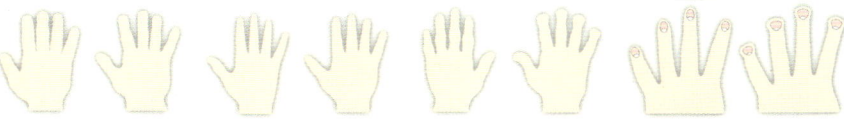

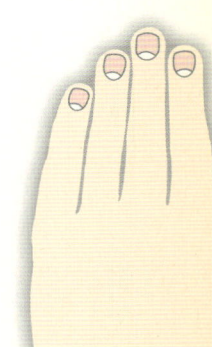

2. 이제 손금이란 걸 알아보자!

2부에서는 손금에서 말하는 주요 3대선인 생명선, 두뇌선, 감정선과 보조선인 운명선, 태양선, 결혼선, 사업선, 방종선, 영향선, 외에 알아야 할 무늬 문향 등 초보자를 위해 각각의 고유 색으로 표시해놓았다.

3장. 두뇌선

2. 조금 더 손금을 알아보자!

손금에서 말하는 주요 3대선과 기타 보조선은 함께 어우러지면서 다양한 결과들을 만들어낸다. 각각은 서로에게 영향을 주고 또 영향을 받는다. 해서 어느 것 하나 중요하지 않은 것이 없다.

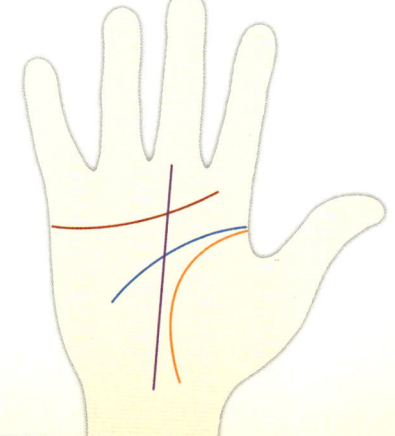

6장. 태양선

2. 아, 손금~! 그렇구나~?

손금은 살며 변하는 것으로, 운명도 마찬가지. 노력하면 변하는 것이다.
운명의 모든 비밀을 간직한 손, 이제 당신의 운명은 당신의 손이 바꿀 수 있다. 이 말을 명심하자.

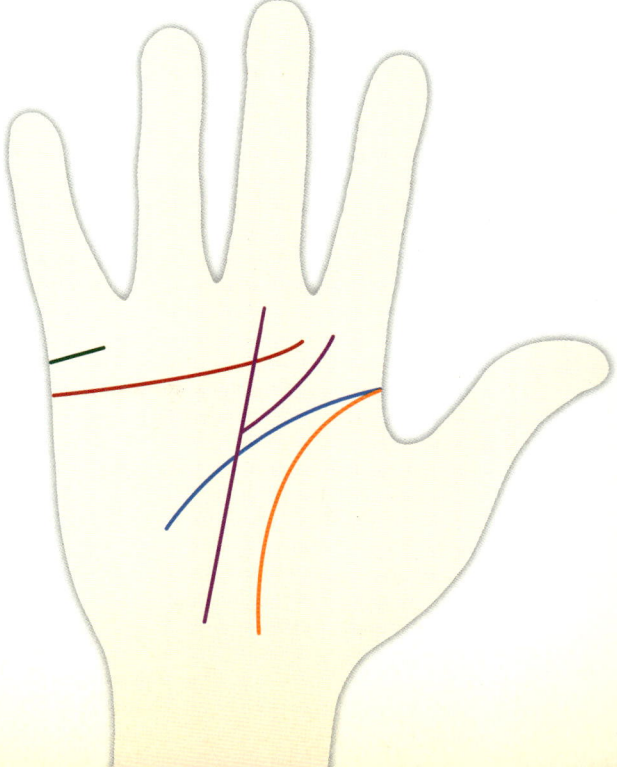

1

수상학이 뭐지?

제1장
손이 들려주는 노래

● 수상학이란 무엇인가?

손금에 관한 것을 알고 싶어 책을 폈더니 뜬금없이 낯선 단어가 툭 튀어나온다 생각 들 것이다. '수상학이란 무엇인가?' 그 궁금증은 곧 알게 될 것이다. 손금에 관한 이야기를 하기 전에 자 이제 이것부터 알고 시작을 해보자. 수상학(手相學)은 상학(相學)의 한 분야이다. 상학이란 사물의 형태를 보아 그 길흉화복을 예측하는 것으로 대표적인 것이 풍수지리학과 관상학이다.

풍수지리학은 산과 물의 형태를 살펴 음택지(陰宅地;묘자리)와 양택지(陽宅地;집터)의 길흉화복을 예측하는 것으로 산과 물은 그 형태가 어떤 모습으로 서로 배합되었는가에 의해 그 길흉을 달리하게 된다. 이것은 단순히 점이나 미신으로 간주되는 것이 아니라 지리학적 측면이나 과학적 근거에 의해 점차 학문으로서의 가치를 인정받고 있는 분야이다.

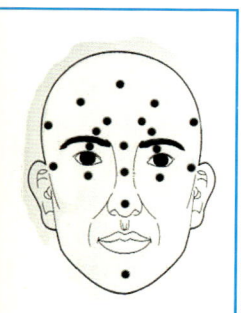

관상학은 인간의 생긴 모습에 의거해 그 사람의 성격이나 가치관, 심리적 성향은 물론이고 건강과 부귀에 관한 제반의 문제를 밝히는 학문으로 특히, 얼굴에서 나타나는 상학적 근거는 한의학이나 심리학적 측면으로도 많은 연구가 이루어지고 있다. 관상에는 두상, 인상, 수상, 족상, 체상 등 여러 가지 인체 부위의 상은 물론이며 마음의 상(心相)까지도 살펴 보는데, 그 중 수상(手相)은 우리의 일상생활과 밀접한 상관관계를 가지고 있으며 감추거나 쉽게 바꿀 수 없다는 측면에 그 정확도 또한 높이 평가되고 있다.

관상학이 인종의 종류에 따라 그 해석이 틀려지는 반면, 수상학은 동서양의 인종은 물론이고 남녀노소의 구분에 따라 해석이 틀려지는 예가 거의 없이 통용된다. 더군다나 손은 얼굴과 달리 표정을 감추거나 바꾸지 않으며 화장을 하는 부분이 아니므로 그 기색은 물론이며 선들이 그대로 나타나 보이기 때문에 적중률 또한 높다.

수상학은 손을 살펴봄으로써 사람의 기본 성격과 인성, 취미, 직업, 건강, 애정, 경제적 능력, 심리적 상태는 물론 과거, 현재, 미래를 유추해내는 작업이다. 이는 손 하나로 알아낸다는 장점과 비슷비슷해 보이는 손의 미세한 차이가 인생에 있어서는 커다란 차이를 가져온다는 것이 큰 매력으로 다가온다. 손은 모든 것을 알고 있고 늘 우리에게 닥쳐올 미래의 일들을 노래한다. 다만 우리는 손이 들려주는 노래를 듣지 못할 뿐이다. 이제 손이 들려주는 노래를 듣기 위한 준비를 하고 그 노래들을 하나하나 음미해보자. 그 노래를 듣게 되면 당신의 인생에 있어 무엇이 유익한 것이고 어떤 것들이 위험적 요소로 작용하는지 알게 될 것이다.

당신은 손이 들려주는 노래로 인해 더 이상 당신 인생에 적색신호를 그냥 보아 넘기지 않게 될 것이다. 삶에 있어 불행이라는 적색신호를 보았을 때와 보지 못했을 때의 차이는 아주 큰 법이다. 적색신호는 우리를 멈추게 하고 혹여 생길 수 있는 돌발 사고를 미연에 방지하게 되는 것이다. 그러므로 손이 들려주는 노래는 단순히 음미하고 "그렇구나" 하며 지나는 것이 아니라 닥칠지도 모를 불행의 순간 당신을 구원해 주는 구원의 노래가 될 것이다. 여러 가지 형태와 다양한 무늬를 보아가면서 우리는 우리의 손이 가지고 있는 무한한 이야기 속에서 새로운 인생의 방향을 찾게 될 것이다.

● 왜 손을 보는가?

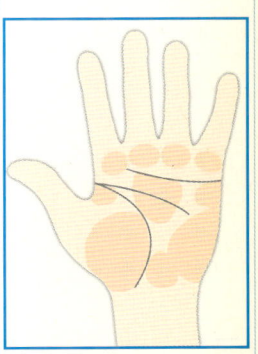

그렇다면 왜 손을 보는가? 앞서도 말했듯 상학에는 여러 종류가 있다. 그럼에도 많은 사람들이 손에 의지하고, 무려 3천5백 년 전 고대로부터 수상학이 전해져 내려오는 것에는 다 그만한 이유가 있다.

인간이 다른 동물과 뚜렷이 구분되는 것 중 하나가 손이다. 다른 동물에 비해 인간은 손을 자유자재로 사용한다. 물론 원숭이류도 손을 사용하지만 인간만큼 자유로이 손을 쓰지는 않는다.

우리는 모든 것을 손에 의지해 살아가고 있다. 일상을 살아가면서 손이 없다면 우린 아무것도 할 수 없을지 모른다. 잠자리에서 일어나 다시 잠자리에 들 때까지 손은 쉴 새 없이 움직인다. 모든 일을 손이 하는 것이다. 머리에서 생각한 일은 곧바로 손에 의해 움직여진다. 손이 마치 인생을 책임지고 있는 것처럼 보일 정도로 손은 많은 일을 묵묵히 해 내고 있는 것이다. 밥을 먹는 일, 옷을 입는 일, 공부할 때, 운전을 하거나 운동을 할 때, 전화를 걸거나 받을 때, 단 한 가지도 손을 거치지 않고 할 수 있는 일이 없다.

누구나 다 손을 쓰고 누구나 다 손을 움직이지만, 사람마다 각기 다른 형태의 손을 가지고 있고 다른 모양의 무늬를 손에 가지고 있다. 손으로 사람을 식별하는 가장 통용된 것이 지문이다. 전 세계 수십 억의 인구가 살아가지만 똑같은 지문을 가진 사람은 하나도 없다. 얼굴이 똑같이 생긴 일란성 쌍둥이도 손의 형태나 모양, 무늬는 다르게 생겼다. 얼굴은 성형수술, 화장으로 그 표정이나 모양을 어떤 형태로도 바꿀 수 있어 정확한 개인의 정보를 얻기가 그리 용이하지 않을 수 있다. 그러나 손은 있는 그대로 보이고 어떤 정보를 감추거나 숨기는 것을 허용하지 않는다.

그런 이유 때문에 예로부터 사주쟁이는 자신의 사주를 남에게 알려 주지 않는다. 그것은 사주에 담겨 있는 자신의 정보가 타인에게 유출되는 것을 막기 위해서이다. 마찬가지로 수상학가(手相術家)는 자신의 손을 다른 사람에게 잘 보이려 하지 않는다. 그것은 아주 상세한 내용들이 손안에 담겨 있기 때문이다. 손은 거짓이 통하지 않는다. 자신은 어떤 사실을 감추고 아니라고 말해도 손은 있는 그대로의 진실을 다 말하고 있기 때문이다.

● 손에 담긴 엄청난 비밀들

그러면 무엇 때문에 손은 그 많은 정보를 가지고 있는 것인가? 손은 우리가 엄마의 뱃속에 있을 때부터 여러 가지의 움직임을 반복한다. 자궁 속의 아기의 모습을 보면 주먹을 쥐었다 폈다 하고 머리에 갖다 대기도 하며 끊임없이 손을 움직이고 있는 모습을 볼 수 있다. 손은 뇌가 형성되는 시점부터 뇌에서 전달받은 지시사항을 충실히 해내고 있기 때문이다.

사람의 손에는 온몸으로 연결되는 혈점이 있는데 이것을 이용하여 병을 치유하는 것이 수지침이다. 머리가 아픈 사람이 중지 첫마디 윗부분에 수지침을 맞으면 어느새 두통이 사라진다. 다만 몸의 혈점 만이 아니라 손은 뇌의 활동과 직접적인 영향을 주고받는다. 그래서 태교를 잘 해야 하는 임신 기간 동안 손을 많이 움직이는 바느질이나 만들기를 많이 하게 되면 아이의 지능이 높아진다고 한다. 또한 노인성 치매예방의 일환으로 손을 많이 움직이는 뜨개질이나 공예품을 만드는 일들이 치매 예방과 기억력 향상에 큰 도움이 된다는 것이 의학적으로 증명되고 있다.

뇌와 손이 서로 연결되어져 있다는 것은 뇌에서 하는 생각이나 사상들이 손으로 전달되고 있기 때문이다. 그렇기 때문에 손을 보면 손이 아무런 표정을 짓지 않음에도 불구하고 사람의 심리상태나 감정이 나타나는 것이다.

● 자신도 모르게 유출되고 있는 정보들

나에 관한 정보가 나도 모르는 사이 유출되는 것을 현대인들은 두려워한다. 단순한 신상정보 유출로 인해 재산상의 피해를 종종 당하는 현대에 있어 개인 신상 정보는 주민등록번호에 담겨 인터넷상 어느 곳에서 열릴지 몰라 몇 겹의 보안시스템을 작동시키고 영문과 숫자를 조합해 비밀 번호를 만들고 있다. 그러나 손은 무방비 상태로 그 비밀이 노출되어 있어 보기만 하면 되는 것이니 어찌 보면 섬뜩한 이야기일 수도 있으나 손이 가진 정보를 잘 이용하면 우리 인생에 커다란 행운을 가져다주기도 한다. 행운은 그리 멀리 있는 것이 아니다. 단순하게 생각하면 불행의 반대가 행운이다.

손에서 정보가 만들어지는 것은 인간이 끊임없이 손을 쓰고 있기 때문이다. 단순한 예로 글씨를 많이 쓰는 사람의 손을 보면 중지 첫마디 왼쪽 측면에 굳은살이 박혀 있어 약간 튀어 올라와 있다. 이것은 계속해서 필기도구를 이용하면서 생긴 자국인 것이다. 이런 자국들은 단순히 손가락에만 생기는 것이 아니고 손등, 손바닥, 손톱에 까지 생기게 된다. 이런 자국들은 손의 형태적 변화를 가지고 오기도 하고 손의 기색을 변화시키며 손의 탄력과 부드러움, 거칠음 등의 피부의 변화를 가지고 오기도 하며 무엇보다 손바닥의 손금과 손바닥의 구(손바닥의 언덕부분)의 변화를 가져 온다.

● 상처나 흉터도 운에 영향을 미친다?

이렇게 생기는 변화들은 그저 단순히 변화를 겪는 것이 아니라 그 변화된 모습에 많은 정보를 저장하는 것이다. 즉 손의 변화는 어떤 정보를 저장하기 위한 장치적 변화라 할 수 있다. 그러다 보니 본인도 모르게 어느새 변화되어 있는 손엔 자신도 모르는 자신의 비밀이나 혹은 자신만이 아는 비밀이 저장되어져 있는 것이다. 그렇다면 우연한 상처로 인해 손에 흉터가 생겼을 때 이것은 운에 있어 영향을 끼치는가? 답은 '매우 커다란 영향을 끼친다' 이다. 또 요즘 여성들이 주로 하는 네일 아트는 손에 영향을 끼치는가? 답은 역시 '그렇다' 이다.

관상학에서 얼굴의 상처나 점의 상태를 보고 여러 가지 정보를 찾아내듯이 손도 역시 상처나 점, 매니큐어 상태 등을 보고 여러 가지 정보를 찾아 낼 수 있다. 그러므로 손을 함부로 다루거나 해서 상처가 생기거나 거칠어지게 두면 안 된다는 것이다. 특히 여성들의 매니큐어 색상이나 매니큐어를 바르는 손톱의 모양 등은 그때그때의 감정변화는 물론이고 운으로 연결되어 행운이 따르게도 하고 혹은 불행을 초래하게 되기도 한다. 이렇듯 손은 외부적 환경 요인의 영향으로 인한 정보뿐 아니라 끊임없이 뇌로부터의 명령을 수행하며 지속적인 변화를 갖게 되는 것이다. 그래서 손을 보면 과거와 현재 미래를 알 수 있는 것이다.

그러나 미래에 대한 나쁜 암시를 손이 가지고 있다고 해서 이는 피할 수 없는 것만은 아니다. 점을 보는 일은 그 어떤 형태의 점이든 상관없이 취길피흉(取吉避凶) 즉 좋은 것은 취하고 나쁜 것은 피해가자는 의미이다. 인생에 있어 행불행의 이론은 간단하다. 내 삶에 있어 불행을 피하면 남은 것은 행운이고 내 삶에 있어 행운을 피하면 남는 것은 불행인 것이다. 행운이냐, 불행이냐는 전적으로 본인의 행동과 의지에 의해 좌우됨을 잊지 않고 어떤 불행을 피할 것인가를 잘 파악하는 일이 중요한 것이다.

● 손이 들려주는 수 많은 암시들

지금 막 알게 된 사람이나 전혀 모르는 사람의 성격을 알고 싶을 때, 그 사람의 손을 얼마나 자주 보는가? 일부러 손을 보지 않으려 할지도 모른다. 하지만 손을 어떻게 사용하는 지를 살펴보면, 그 사람의 성격을 알 수 있다.

여러 가지 면에서, 얼굴, 특히 첫인상보다도 손을 보면 더 많은 것을 알 수 있다. 사람들은 얼굴 표정을 바꾸기도 하고, 능청을 떨기도 하며, 눈이 아닌 입가에 미소를 띠기도 한다. 화장을 하면 사람이 달라 보이기도 하고, 많은 사람들은 성형 수술의 유혹을 뿌리치지 못한다. 하지만 손은 나름대로의 언어를 갖고 있어서 조작하기가 그리 쉽지 않다. 사람들은 얼굴 표정과 언어 표현을 통제할 수 있지만, 손을 통제할 수는 없다. 그래서 손을 보면 많을 것을 알 수 있다.

수많은 감정을 나타내기 위해 손을 어떻게 이용하는 지를 생각해 보자. 사람들은 자기도 모르게 마음이 조급해지면 손가락으로 뭔가를 두드리고, 화가 나면 주먹을 쥐고, 상대방을 공격하거나 비난할 때에는 삿대질을 한다. 손톱을 물고, 뜯고, 딸그락거리고, 손마디를 우두둑 소리 나게 하는 것, 그리고 그 외에도 안절부절못할 때의 습관들은 초조해하는 성향을 보여주는 것이거나, 어릴 적 생겨서 없애기 힘든 습관일 것이다. 나약한 남자들은 손목에 힘이 없다. 여자들 손목은 남자들보다 더 힘이 없고 유연하다. 어린 아기의 손을 보면, 인생 초기 단계인데도 개개인의 손짓이 정해져 있다는 것을 알 수 있다.

사업에서는 악수하는 것을 매우 중시한다. 힘껏 악수하면 느낌이 좋거나 결단력 있는 것으로 여겨지고, 반면에 약하게 악수하면 망설이고 불확실한 성격으로 여겨진다. 하지만 힘껏 악수하는 것도 거짓일 수 있다는 것을 명심해야한다. 훨씬 더 많은 미묘한 방법을 이용하여 다른 사람의 사고방식을 알 수 있다. 누군가와 함께 사업 계획을 논의할 때, 상대방이 엄지를 손바닥 안으로 쥐고 있다면 그는 짜증스러운 감정을 드러내지 않고 있으며 뭔가를 숨기고 있는 것이다. 긍정적인 신호는 손가락 끝, 특히 엄지와 새끼손가락 끝을 서로 비비는 것인데, 이는 생각을 원활히 하려는 것이다. 반지를 돌리는 것은 복잡한 생각을 하고 있다는 것이다. 약지를 중지 밑에 두면, 재정적인 문제를 숨기고 있는 것이다.

남을 욕할 때에도 손을 이용한다. 어떤 나라에서는 검지와 중지를 펴서 V자 모양을 하면 무례한 것이 된다. 그 기원은 흥미롭다. 전투에서 큰 활을 사용할 때, 이 두 손가락으로 활시위를 당겼다. 그래서 군사가 포로로 잡히면 이 두 손가락이 잘렸다. 이런 이유로, 승리의 표시로 조롱하기 위해 적에게 이 두 손가락을 펴 보였다는 것이다. 반지를 낀 손가락을 보아도 많을 것을 알 수 있다. 저명한 사람의 옛날 그림을 보면, 권력과 야망을 상징하는 검지에 반지가 끼워져 있다. 게이(gay)는 새끼손가락을 반지로 치장한다. 중지에 맞는 반지를 고르는 사람은 약간 변덕쟁이이거나 심리적으로 문제가 있는 사람일 수 있다. 두 손을 비비면 뭔가 좋은 것을 기대하고 있다는 신호이다. 손으로 우리의 생각이나 감정을 표현하는 방법은 많다.

●개방적인 손과 폐쇄적인 손

평평한 곳에 손을 어떻게 두는 지를 살펴보는 것도 재미있다. 어떤 사람들은 자연스럽게 손가락을 벌릴 것이다. 이런 사람들은 전반적으로 성격 또한

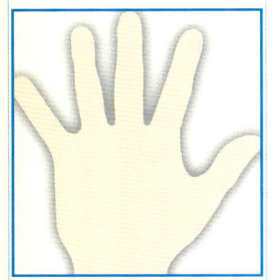

●손가락을 벌린 개방적인 손을 지닌 사람은 인생 경험에도 개방적이다. 조화로운 성격을 지니고 있고 인생을 사랑하지만, 반면 독창성은 부족하다.

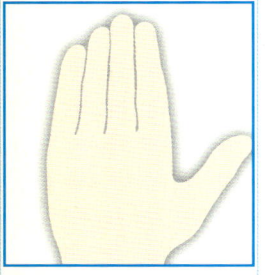

●손가락을 모으는 사람은 다른 사람이 자신의 손금을 보는 것 자체를 싫어한다. 이런 사람은 자신감이 강해 대립을 싫어한다.

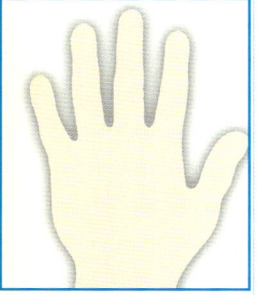

●바깥 쪽 가장자리의 둥근둥근 부분은 "창조적인 곡선"이라고 한다. 아래쪽 가장자리는 육체적인 힘을 보여준다.

개방적일 것이고, 다른 사람이 자신의 손을 봐주기를 원할 것이다. 반면 손가락을 자연스럽게 모으는 사람은 정반대의 성격일 것이고, 남이 자신의 손을 보는 것을 원치 않을 것이다. 개방적인 손은 손가락 밑 부분 사이사이에 공간이 있을 것이다. 손가락을 모아서 불빛에 비추면 그 공간을 더 잘 볼 수 있다. 이런 사람은 개방적이고 관대하고 친절하며 사교적이다. 때로는 쉽게 영향을 받는 성격일 수도 있다. 그리고 새로운 생각과 경험에 대체로 개방적일 것이다. 약간만 힘을 주었을 때 손가락이 뒤로 젖혀진다면, 이런 성격이 더욱 두드러지게 나타날 것이고, 적응력도 있을 것이다.

손가락 밑 부분 사이에 공간이 없는 사람은, 모든 면에서 자신의 것을 고수할 것이다. 폐쇄적인 손의 경우, 약간 힘을 주어도 손가락이 뒤로 젖혀지지 않고 자연스럽게 손바닥 쪽으로 향한다. 이런 사람은 개방적인 손을 지닌 사람보다 자발성과 사교성이 훨씬 적을 것이고, 새로운 경험을 추구하지도 않을 것이다. 손가락에 유연성이 없는 사람은 변화를 거부하고, 익숙해져 있는 일과 사람들, 그리고 구체화된 형태의 경험에 집착한다. 이런 사람은 인생의 새로운 국면에 적응 할 시간이 어느 정도 필요하다.

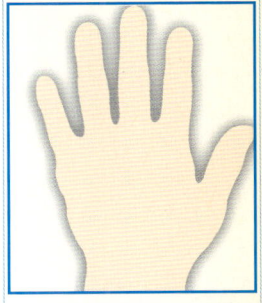

● 창조적인 곡선, 즉 힘의 곡선이 손바닥 가장자리 높은 곳에 위치해 있는 사람은 힘이 강해지고, 생각이 활발해진다. 하지만, 육체적인 힘이 강해지는 것은 아니다.

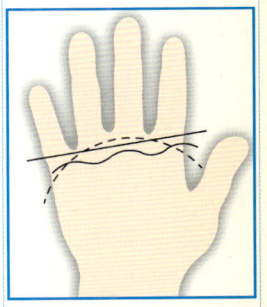

● 손가락이 모두 손바닥 쪽으로 향하는 사람은, 안정된 성격을 지녔지만, 원하는 목표를 달성하려고 경쟁하는 스타일은 아닐 것이다. 만약 손가락이 불규칙적으로 배열되어 있으면, 그 사람의 인생은 더욱 예측 불가능할 것이다.

● 오른손을 보는가, 왼손을 보는가?

당신은 오른손잡이인가, 왼손잡이인가? 다른 사람의 손을 살펴볼 때에, 제일 먼저 물어봐야 할 질문이다. 두 손은 각기 다른 의미를 지니고 있다. 오른손과 왼손이 같아 보여도, 육체적으로 두 손은 차이가 많다. 특히, 손가락 모양이나 손금에서 차이가 많이 난다.

다른 사람의 손을 봐줄 때에, 항상 제일 먼저 오른손잡이인지 왼손잡이인지를 물어봐야 한다. 어떤 경우에는 양손잡이도 있을 것이다. 그럴 때에는 글 쓰는 손을 '오른손' 으로 본다. '왼손' 을 통해서는 기본적인 성격과 성향, 과거와 현재 사건들을 알 수 있다. '오른손' 을 통해서는 기본적인 성격이 어떻게 변화해 왔고 변할 것이며 앞으로 어떤 일이 일어날 것인지를 알 수 있

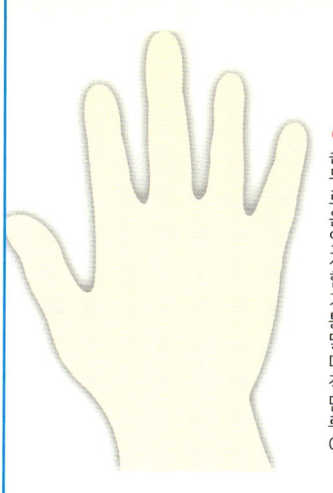
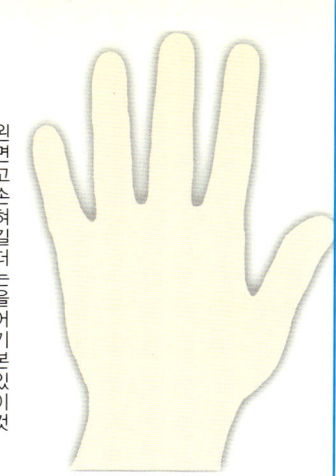

●같은 사람의 손이라도 왼손과 오른손을 자세히 보면 두 손은 차이가 많다. 참고로 올린 이 그림에서 오른손은 왼손에 비해 균형이 잡혀 있다. 특히, 중지가 그리 길지 않고 검지와 약지가 더 힘이 있다. 왼손을 통해서는 기본적인 성향을, 오른손을 통해서는 성격이 앞으로 어떻게 변할 지를 알 수 있기 때문에, 이런 경우에는 기본적으로 불균형을 이루고 있던 것이 결국에는 균형을 이루게 될 것임을 보여주는 것이다.

다. 왼손잡이의 경우에는, 오른손을 통해서 과거와 현재의 일을 알 수 있고, 왼손을 통해서 앞으로 일어날 일을 알 수 있다.

손가락이 얼마나 길어야 하느냐는 정해진 규칙이 없다. 왜냐하면, 사람의 손은 매우 특이하기 때문이다. 그렇지만 일반적으로 검지와 약지의 길이는 거의 같다. 이 두 손가락의 끝은 중지의 제일 위 마디 중간정도까지 간다. 새끼손가락은 약지의 제일 위 마디 선까지 간다. 이 책을 계속 보면, 손금과 그 의미를 파악할 수 있고, 두 손의 손금이 어떻게 다른 지도 알게 된다. 두드러진 차이가 있다면, 그 사람은 인생 과정에 있어서 많은 변화를 겪었거나 앞으로 많은 적응을 하게 될 것이다.

●손의 크기로도 알 수 있는 것들

손의 크기를 보고서도 많은 것을 알 수 있다. 체구가 큰 사람이 손이 크고, 체구가 작은 사람이 손이 작다고 하는 것은 잘못이다. 전체 체구에 비해서 손 크기가 어느 정도냐를 판단해야 한다. 손이 큰 사람은 대체로 구체적인 활동이나 심지어는 복잡한 활동도 잘 다룬다. 손이 작은 사람은 일반적으로 세부적인 생각이나 복잡한 행동이 필요한 일은 맡지 않는다. 왜냐하면, 이런 사람들은 즉석에서 일을 빨리, 그리고 때로는 직관적으로 해결하려고 하기 때문이다. 손이 작은 사람이 성미도 급한데다가 손가락까지 짧으면 정말 설상가상이다. 만약 손톱까지 짧다면, 성급한 성격은 정말 큰 문제가 될 수 있다.

손이 작은 사람은 큰 규모의 일을 잘 구성하고 처리한다. 매우 활동적이고, 높은 목표를 달성한다. 남을 지도하는 사람들은 대개 체구에 비해 손이 작은 편이다. 작은 손을 잡으면 따뜻하고, 길고 크고 뼈가 굵은 손을 만져보면 차가운 느낌이 든다. 어떤 면에서 보면, 이것은 두 가지 성향이 반영된 것이라고 볼 수 있다. 키가 크고 체구도 큰데, 손이 작은 사람은 매우 기교가 좋아서 많은 활동을 처리할 수 있고, 공동작용도 잘 해낼 수 있다. 대체로 손이 넓은 사람에게는 육체적인 자유와 공간 감각이 필요하다. 하지만, 손바닥이 좁은 사람은 대개 실내 생활과 정적인 생활 방식을 좋아하고, 문필 위주의 일을 잘해낸다.

큰 손 : 대체로 손이 큰 사람은 손재주가 많고 사교적인 성격의 소유자가 많다. 일반적인 생각으로는 손이 크면 씀씀이가 큰 것으로 해석하지만 실제로 손이 큰 경우에는 매사 꼼꼼하게 일처리를 하는 경향이 많다. 손이 큰 사람의 특징으로 가장 두드러지는 것은 모든 일에 신중하고 세심한 주의를 기울인다는 것이다. 손이 작은 사람에 비해 좀 더 구체적인 활동이나 세부적이고 복잡한 활동들도 잘 해낸다. 대체로 섬세함을 요하는 일에서 두각을 나타내는 경향이 많다.

작은 손 : 손이 작은 사람은 대체로 성격이 급한 경향이 있다. 그래서 구체적이거나 세부적인 사항을 꼼꼼하게 처리하거나 작은 사건 사고를 신중하게 생각지 않는다. 대범한 면을 가지고 있어 작은 일보다는 큰 일에 가치부여를 하고 실제로 작은 규모의 일보다 큰 규모의 일을 잘 계획하고 처리하는 능력을 가졌으며 리더십이 강해 사람을 잘 다루며 활동적이어서 목표를 향한 강한 추진력을 보인다. 사회적으로 큰일을 이루어 내는 사람 중에는 체구에 비해 작은 손을 가진 경우들을 많이 볼 수 있다. 사업가나 정치, 사회지도층 중 체구에 비해 작은 손을 가진 경우들을 많이 볼 수 있다. 그러나 너무 작은 손은 잔인한 성격의 소유자이며 행동이 민첩하고 거친 경향이 있어 어떤 일에 성공을 거둔다고 하더라도 급한 성격 때문에 그 성공이 오래가지 못하

는 경우가 있으니 주의를 요해야 한다.

손의 넓이 : 손의 크기와 관계없이 손이 넓은 경우와 손이 좁은 경우가 있다. 손이 크다고 해서 그 넓이가 다 넓은 것도 손이 작다고 해서 그 넓이가 다 좁은 것은 아니다. 대체로 손이 넓게 생긴 사람은 육체적인 자유를 추구하는 성향이 짙으므로 어느 한 장소에 오래 있거나 좁은 공간을 견디기 힘들어 한다. 이런 경우는 대체로 외부적인 활동을 많이 하게 되므로 한자리에 머물러 하는 업무에 익숙하지 못해 사무직에 적합하지 않고, 자신의 생활공간이 좁으면 답답하게 되어 넓은 집이나 사무실을 선호하게 된다.

손이 좁은 경우 : 정서적인 것을 좋아하고 외부활동을 꺼리는 경향이 있어 밖으로 나가 움직이는 것보다 조용히 책을 보거나 영화를 감상하며 음악을 즐긴다. 사람들이 많이 붐비는 곳을 꺼려하고 시끄러운 생활을 견디기 힘들어 하며 대인관계에 있어서도 한 번에 여러 사람과 어울리기 보다는 일대일의 만남을 선호한다. 독자적으로 하는 일을 좋아하며 전문직이나 연구직, 문학, 예술 등의 직업을 가진 사람이 많다.

●피부와 두께

손의 크기가 각기 다른 성향을 가지고 있듯 손의 두께도 역시 기본적인 운명을 결정짓는 데 많은 영향을 끼치게 된다. 손의 두께를 살필 때는 손의 두께만을 살피는 것이 아니라 그 손이 딱딱한 지 부드러운 지 손등의 피부 결도 함께 살펴야 한다.

거친 피부의 손등 : 손등이 거친 사람은 대체로 행동도 거칠고 매사 천박하거나 경박스러운 경향을 보인다. 대체로 물질적으로 풍부하지 못하며 육체노동을 하는 경우가 많고, 설사 돈을 많이 벌어 경제적인 여유를 가지고 산다고 하더라도 행동이나 생활이 세련되지 못한 경우가 많다. 특히 여성의 경우에는 남편 복이 없어 부부지간에 불화가 심하며 대인관계도 원만하지 못한 경우를 많이 보게 된다.

부드러운 손등 : 손등의 피부가 부드러운 사람은 감성이 풍부하며 부드러운 성격의 소유자가 많다. 여성적 성향이 짙어 아름답고 고상한 것을 즐기며 예술적인 일에 관심을 많이 갖거나 자신을 가꾸는 일에 노력을 많이 기울이며 정이 많고 냉정하지 못해 정에 이끌려 손해를 많이 보게 되며, 애정적인 면에 있어서도 너무 빠져 들어 힘들어 하게 되는 경우가 많다. 반면에 평범함을 거부하고 자신만의 개성을 창출해 내며 우행을 앞서가며 음악과 예술을 즐기며 인생을 아름답게 살려는 노력을 부단히 하게 된다.

두터운 손 : 손이 두터우면서 딱딱한 경우는 이성적이지 못하고 감정적이며 본능적인 행동을 하게 되며 대체로 행동이 거칠고 예의를 갖추지 않는 경향이 짙다. 반면 손이 두터우면서 적당히 탄력을 갖추고 부드러운 경우는 이성적인 행동과 사고를 하고 사교적이어서 대인관계가 원만하며 지성을 겸비해 자신의 일을 이루어 냄에 있어서도 적극적인 성향을 보인다. 이런 손을 가진 사람은 정서적으로 안정되어 있으며 성욕이 강하여 육체적 쾌락을 즐기기도 한다. 두툼하면서 탄력을 가진 손은 힘과 정력을 나타내기도 한다. 하지만 두터우면서 부드러운 손을 가진 사람은 감성적 성향이 강하므로 미적 감각이 뛰어나고 유행에 민감하고 자칫 향락적으로 변해 색을 즐기고 게으름을 피울 수 있으니 이 점에 각별히 주의를 요하는 것이 좋다.

얇은 손 : 얇은 손은 대체로 감수성이 예민하고 직감력이 뛰어나며 체질이 약해 병약한 사람이 많다. 정신적인 면을 추구하며 영적, 지적인 성향이 두드러진다. 소심한 성격으로 수줍음을 많이 타는 경향이 있고 다소 이기적인 성향도 있다. 손이 얇으면서 간난 아기의 손처럼 부드러운 경우는 뛰어난 직감력과 영성이 발달해 있는 경우가 많으나 신경이 날카롭고 지구력이 약해 오랜 시간 일을 하거나 집중하는 일이 어려운 단점이 있다.

얇은 손은 대체로 소화기능이 떨어져 소화기계통의 질환을 앓게 되는 경우가 많은데 소화불량이나 신경성 대장염으로 고생하는 사람들이 많으므로 식생활에 많은 신경을 기울여야 한다. 얇으면서 뼈가 다부진 딱딱한 손은 상당히 이기적이고 이해타산적이며 고집이 센 사람이 많다. 물질에 강한 성향을 보이므로 목적을 달성하기 위해 주어진 일에 최선을 다하는 부지런함도 보이지만 성과가 나타나지 않을 경우 주저앉아 의욕을 상실하기도 한다.

금전욕이 강하므로 자신의 노력에 대한 대가를 반드시 챙기려 하고 냉철하고 독선적이기도 하다. 일이 뜻대로 잘 안 풀릴 때는 극단의 조치를 취하는 무서운 면도 있다.

●손 모양의 의미

여섯 가지 기본 모양이 있는데, 각각의 모양을 통해서 그 사람의 성격을 많이 알 수 있다. 손 모양은 멀리서도 판단할 수 있기 때문에, 일단 그 의미를 파악해놓으면, 어디를 가든지 간에 다른 사람들의 손만 쳐다보게 될 것이다.

여기에 나오는 모양은 전형적인 유형들이다. 여러 손을 보게 되면, 어느 하나의 유형에 속할 수도 있고, 하나의 손이 여러 유형과 복합된 경우도 있을 것이다. 예를 들면, 네모형의 손바닥에 둥글넓적한 손가락이 있는 경우이다. 한 손에 있는 손가락이 서로 다를 수도 있다. 손가락이 각기 다른 사람은 매우 다재다능(多才多能)하지만 가끔은 너무 심해서 집중력이 부족해질 수도 있고, 어떠한 방침을 잘 세우지 못할 수도 있다.

손과 손가락 모양을 볼 때에는, 그 사람의 나이 역시 중요하다. 노인들 손은 관절염이나 류머티즘 때문에 일그러져 있다. 그래서 나이가 들면서 점점 경직되어간다.

철학적인 손은 다른 다섯 가지 유형에 비해서 좀 특이하다. 손가락이 길고, 뼈가 굵으며, 마디가 튀어나와 있다. 이런 사람은 종교적인 문제, 문학, 또는 신비스러운 것에 관심이 많거나 진지하고 분석적인 사고를 통해서 이익을 얻을 수 있는 분야를 좋아한다. 남들이 잘 이해하지 못하고 상대하지 않으려고 할 수도 있다. 손가락 마디가 많이 튀어나와 있다면, 깊고 분석적인 사고를 많이 할 것이다.

기본형 손에는 손금도 거의 없다. 이런 경우는 기본적인 본능적 성격이 훨씬 더 단순해질 것이다. 뾰족하거나 원추형의 손에는 손금도 많다. 만약 그렇지 않다면, 이 유형의 손과 관련된 초조해하는 경향성이 묻혀서 인생을 더

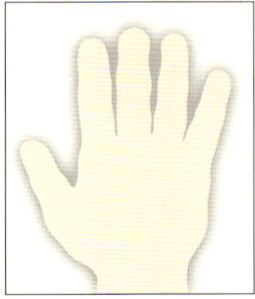

●**기본형 손**은 살이 많고, 강해 보이며, 유연하지 못하다. 엄지를 잘 보라. 만약 엄지가 매우 짧고 경직되어 있다면, 기본적인 욕구와 열정이 강화되어 통제가 잘 되지 않을 것이다.

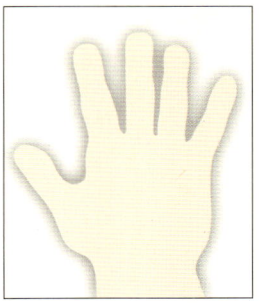

●**네모형 손**을 지닌 사람은 아마 합리적이고 논리적이며 건강하고 진지하다. 이런 사람은 종종 조직적인 직업을 선택하지만 상상력이 부족하므로 대개 창의적인 직업을 가지지 못한다.

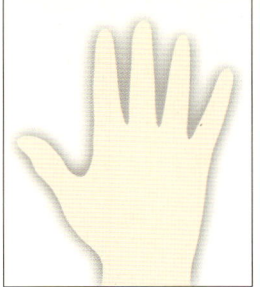

●**뾰족한 손**은 예쁘게 보인다. 가늘고 연약하며 아마 부드러운 피부일 것이다. 이런 손을 가진 사람은 몽상가, 이상주의자, 공상적 유형으로서, 가끔 비현실적이지만 그리 심하진 않다.

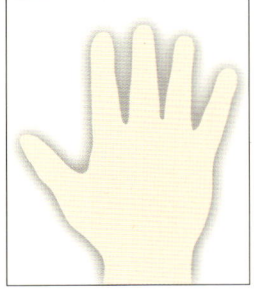

●**원추형의 손**은 점점 가늘어지면서 둥근 형태이다. 종종 손가락이 길다. 이는 예술적인 기질을 가진 사람이다. 정서적이고 특히 모형, 색, 소리 등에 민감하다.

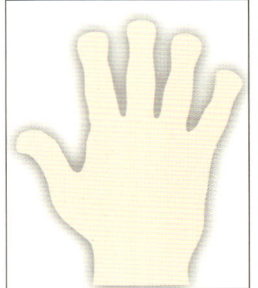

●**둥글넓적한 손**은 손가락 끝이 넓다. 이런 사람은 활동적이고 상상력이 풍부하며 독창적이고 종종 관습에 얽매이지 않는다. 둥글넓적한 손을 지닌 사람은 충동적이고 성미가 급할 수도 있다.

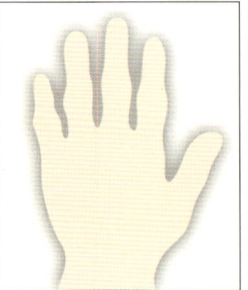

●**철학적인 손**의 특징은 손가락 마디가 튀어나와 있다. 이런 사람은 매우 심오한 생각을 한다. 마디가 많이 튀어나올수록 더욱 더 분석인 생각을 한다.

욱 조용히 누릴 수 있을 것이다. 네모형의 손은 조화에 대한 욕구가 자유재량으로 주어지기 때문에 손금이 많을수록 좋다. 손금이 많으면서 둥글넓적한 손가락을 지닌 사람은 활동이 지나칠 정도로 많아서 쉴 틈이 별로 없다.

●손의 유연성

손의 유연성을 알아보기 위해서는 우선 손을 쫙 펴보아야 한다. 손을 쫙 폈을 때 손가락이 자연스레 위로 젖혀지면 유연한 손으로 본다. 반대로 손을 쫙 폈을 때 손가락이 젖혀지지 않고 일자로 뻗어 있는 경우는 유연성이 없는 경직된 손으로 판단하면 된다.

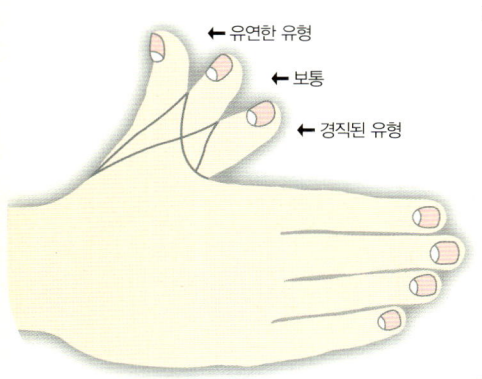

← 유연한 유형
← 보통
← 경직된 유형

유연한 손 : 손이 유연할수록 성격도 유연하고 마음도 넓으며 이해심이 많고 다각적 시각과 생각을 가지므로 자신의 견해나 주장을 내세우면서도 다른 사람의 견해를 잘 받아주며 자신의 내면을 다져나간다. 물질적으로 정신적으로 사람들에게 베푸는 것을 좋아해 사람들에게 관용을 베풀며 인간애가 넘치기도 하지만 정작 자신은 너무 솔직하고 정직한 성격에 손해를 보는 경향이 많다. 기분파적 성향이 짙고 감각적이고 예민하며 두뇌회전이 빠르고 사교적이며 미적 감각이 뛰어나지만 충동소비나 낭비벽에 주의해야 한다.

경직된 손 : 자기주장이 강하고 고집이 세며 반항적 기질을 가지고 있으며 융통성이 부족하고 매사 너무 신중히 생각하는 경향이 있다. 논쟁을 좋아하고 독단적이며 참을성도 다소 부족한 경우가 많아 대인관계가 원만하지 못한 경우가 발생한다. 반면 완고한 성격 탓에 일을 끝까지 해내는 장점도 있으나 너무 신중하게 생각하다가 오히려 기회를 놓치게 되는 경우도 많으니 주의해야 한다.

●기타, 기본적으로 갖추어야 할 조건

단순하게 손이 크다 작다로 모든 것을 판단하는 것은 금물이다. 일단 손의 크기도 중요하지만 큰 손이건 작은 손이건 기본적 기본적으로 갖추어야 하는 몇 가지 조건들이 있다. 이런 기본 조건이 갖추어져 있지 않으면 손의 길한 운명은 사라지게 된다. 기본 조건은 아주 간단하며 단번에 알 수가 있는 몇 가지 사항들이다.

손은 적당한 살집과 탄력을 가져야 한다 : 손에 살이 적당히 있는 것이 좋은데 손에 비해 너무 두툼하거나 너무 여위어 있는 것은 좋은 상이 아니다. 또한 적당한 탄력을 가지는 것이 좋은데 적당한 탄력이란 손가락으로 손을 지그시 누르고 있다가 떼었을 때 원래 손바닥의 색으로 금방 돌아오는 것이 탄력을 갖춘 손이다.

부드럽고 윤기가 흘러야 한다 : 얼굴이나 몸의 피부 결이 운명의 향방을 좌우하는데 손도 마찬가지다. 손의 피부 결이 부드럽고 고운가 그렇지 아니한가는 좋은 운을 가졌는가 그렇지 아니한가와 직결되는 문제이다. 아무리 수상이 좋고 손금이 좋다고 하더라도 손의 피부가 거칠고 윤기가 없으면 절대 운이 열리지 않는다. 손이 부드럽고 손가락 사이가 뜨지 않으면 재물이 모이고 반대로 손이 뻣뻣하면 재물이 흩어진다. 부드러운 손은 지혜롭고 부를 누리지만 거칠고 뻣뻣한 손은 가난하고 지혜가 부족하기 쉽다. 그러므로 육안으로 보았을 때 윤기가 흐르고 만져 보아 감촉이 부드러운 손이 좋은 운을 가진 손인 것이다.

손이 섬세하고 긴 것이 길상이다 : 손이 길고 섬세하면 성품이 대체로 너그러우며 남들에게 잘 베푸는 성향이 있다. 반면 손이 짧고 두꺼우면 성품이 비열하고 자신의 이익만을 탐한다. 그러나 손가락이 손바닥에 비해 너무 긴 경우는 대체로 성격이 변덕스럽고 신경질적이며 감정 변화가 심한 편이다. 반면 손바닥에 비해 손가락이 너무 짧은 경우는 사교적이기는 하나 생각을 깊이 하지 않는 경향이 있다.

손의 색은 맑고 흰 것이 좋다 : 손을 보았을 때 손이 희고 맑아 고우면 귀한 사람이다. 그러면서 손이 휘거나 굽거나 하지 않고 곧으면 명과 복을 누린다. 남자의 손이 희고 부드러우면 사회적으로 높은 지위에 오르거나 부귀를 누리게 되고 여자의 손이 곧고 부드러우면 지혜와 복록을 겸비하게 된다.

항상 청결을 유지하라 : 손을 내밀었을 때 손이 단정하고 깨끗한가를 살펴보아야 한다. 위생적으로도 손을 자주 씻는 것이 좋지만 상학적으로도 손은 깨끗하고 상처가 없는 것이 좋다. 또한 여성들이 손톱을 길러 매니큐어를 하는데 이것 역시 청결을 잘 유지하여야 좋으며 칠이 벗겨져 지저분하게 보이는 상태로 오래 두면 운이 나빠지므로 이점에 유의하여야 한다.

손의 모양은 각기 다른 형태를 나타내고 있다. 쉽게 생각하면 손의 대소, 장단이 손이 형태를 나타내는 전부인 것처럼 보일 수 있으나 자세히 보면 손은 사람의 얼굴만큼이나 천차만별 모두 다 다르게 생긴 것을 알 수 있다. 동양에서는 예로부터 수상은 상법의 하나로 손의 형태를 분류함에 있어 상학적 분류법인 삼형질에 의한 분류법과 오행적 분류법이 있다. 그리고 서양의 일곱 가지 손의 분류법이 있다. 이것은 다음 장에 자세히 살펴보도록 하자.

손을 살펴 볼 때 손의 형태에 따른 사람의 성격적인 성향의 차이와 운명의 향방이 많은 결정을 내리게 되므로 손의 형태에 관한 것을 무시하거나 대충 보아서는 안 된다. 대부분 사람들이 수상학을 단순히 손금을 보는 것으로만 생각하는 오류를 많이 범해 손의 형태나 모양 등 여러 중요한 부분을 놓치는 경향이 있는데 수상을 살필 때는 손의 그 어느 것 하나도 그냥 보아 넘겨서는 안 된다.

제 2 장
손의 형태

●삼형적 분류

손의 삼형적 분류는 신경형, 근골형, 영양형으로 나눈다. 동양의 정통 상법의 분류법 중 하나로 얼굴에 나타나는 삼형적 분류와 같은 맥락으로 해석하면 된다.

● 신경형
손의 모양은 대체로 살이 없고 가는 마른 형이다. 손끝으로 가면서 뾰족한 모양을 이루고 있다. 손가락은 가늘고 긴 편이며 손가락 마디가 약해 힘이 없어 보인다. 신경형의 손은 운동신경이 둔한 편이며 신경이 예민하여 감정 변화가 심한 편이다. 특히 손가락이 손바닥보다 긴 경우에는 뛰어난 감각을 가지고 있어 음악, 그림, 문학, 무용 등 예술적 감각이 남 다르며 높은 안목을 가진 경우가 많다. 창작력과 기획력이 뛰어나 새로운 것을 창안해 내는 재능이 뛰어나다.

여성으로서 신경형의 손을 가지고 손가락이 손바닥보다 긴 경우 두뇌회적이 빠르고 주위를 항상 깨끗하게 정리정돈 하는 버릇이 있다. 또한 다른 사람의 이목에 신경을 많이 쓰는 편이어서 자신이나 주변을 항시 정리하고 정돈하며 남의 눈을 신경 쓰게 된다. 사치를 즐기기도 하고 자신이 이상과 현실의 괴리감 때문에 좌절을 맛보기도 하며 지나치게 감정적이거나 신경이 날카로워 고생하는 경우도 많다.

체력이 약하기 때문에 어려서부터 대중적인 활동을 안 하거나 운동을 싫어해 운동부족으로 인한 신경쇠약이나 소화기 계통의 기능이 약해져 호흡기 질환이나 위장장애에 걸리기 쉬우므로 건강에 각별한 신경을 쓰는 것이 좋다. 대체로 사무직 종사자, 예술, 예능, 학문이나 지식사업에 적당하며 설계, 기획 등의 일도 잘 맞는다.

● 근골형

손 전체의 골격이 굵은 편이며 살이 탄탄하고 네모진 모양으로 마디가 굵어 남성적인 손으로 다소 딱딱한 느낌이 드는 손이라 할 수 있다. 근골형 손의 소유자는 좀처럼 자신의 감정을 밖으로 드러내지 않으며 무슨 일이든 한 번 마음먹은 것은 끝까지 밀고 나가는 외골수 적인 성격이다. 타고난 근력으로 지칠 줄 모르고 일해 주변을 놀라게 하기도 한다. 다른 사람들에 비해 추위와 더위도 잘 견뎌내고 고통을 이기는 것 또한 강해 웬만히 아프지 않으면 앓아눕지 않는다. 근골형의 손은 일하는 것을 가장 중요하게 생각하므로 외모에 큰 관심을 갖지 않고 가족들에게 시간을 할애 하지 않는 경우가 많다.

여성의 경우에도 오로지 집안일이나 본인의 일에 집중하므로 가족 간의 대화나 애정이 부족한 경우가 대부분이며 남녀 모두 잔정이 없어 마음속으로는 상대를 아끼고 사랑할지라도 표현하지 못하고 무뚝뚝하게 대하게 된다. 하지만 이런 묵직한 성격 탓에 자신의 일에서는 최선을 다해 중년이후에는 안정된 생활과 여유를 갖는다. 그러나 자신의 뜻대로 일이 잘 풀리지 않을 경우에는 자기고집이 강해지고 폭력적이거나 파괴적으로 변해 고초를 겪기도 하므로 평소 수양을 쌓아 나가는 것도 중요하다.

신경형의 손이 여성적인 손이라면 근골형의 손은 남성적인 손이다. 따라서 여성이 근골형의 손을 가진 경우는 남성적 성향을 지니게 되어 남자 못지않은 일을 해내게 되며 사회적 명예나 지위를 소중히 여기며 이를 이루기 위해 고군분투하게 된다. 다만 근골형의 손을 가진 여성은 여성특유의 감각적이고 부드러운 면이 부족해서 애정적인 부분이나 결혼생활에 있어 부부지간의 애틋한 사랑은 힘이 들며 결혼 후에도 왕성한 사회 활동을 하거나 독신으로 지내는 경우가 많다.

근골형의 손을 가진 사람은 남녀 모두 강한 근력을 타고 나서 건강한 체질이 많다. 하지만 자신의 체력을 믿고 지나치게 무리하여 건강을 해치는 경우들이 많은데 특히 간질환이나 뇌졸중 심근경색 같은 질병에 유의해야 하며 과로, 과음, 과식, 과색을 주의하고 주기적으로 충분한 휴식을 취하는 것이 바람직하다. 직업적인 면으로는 체력을 요하는 운동선수, 기자, 해운항만, 건설 등의 일이 적합하다.

● **영양형**

영양형은 대체로 손에 살이 포동포동하게 찐 편으로 손의 뼈나 마디가 살에 묻혀 있다. 얼핏 보기에도 통통해 보이지만 손을 만져 보면 살의 두께가 두툼하여 신경형과 비교하면 손이 뚱뚱해 보인다.

대체로 무슨 일이든 피로를 쉽게 느끼는 편이며 육체적 노동을 기피하며 몸이 괴로운 일을 피하려 하는 경향이 많다. 매사 쉽게 실증을 느끼거나 권태가 빨리 오는 편이며 감정적이고 본능적이다. 그러나 영양형의 손이 탄력이 강하면 자신을 감정과 본능을 제어하는 능력을 가지고 있어 쉽게 향락에 빠지는 경우는 없다.

영양형의 손은 대체로 면밀한 계획을 세우기보다는 일단 부딪히고 보는 스타일이다. 모든 일을 일단 시작해 놓고 그 다음 잘못된 것들을 고쳐 나가기 때문에 내일 일을 미리 걱정하거나 계획하여 거기에 맞추어 나가는 일은 거의 없다. 반면 사교적인 면은 뛰어나 은근히 사람들과 분위기를 잘 맞추어 주고 상대로 하여금 웃음과 즐거움을 선사하며 사람들로부터 호감을 얻어 대외적으로 좋은 사람이라는 칭송을 얻는다.

만약 영양형의 손이 탄력이 없이 살이 너무 부드럽거나 흐물흐물 힘이 없으면 우유부단한 성격에 본능적으로 마음이 움직여져 식욕이나 성욕을 억제하지 못해 문제를 일으키기도 하며 감각이 둔해 모든 일에 자신의 역량을 발휘하지 못하고 자칫 말만 앞세우는 게으른 사람으로 주변의 눈총을 받기도 한다. 여성이 영양형의 손으로 탄력이 있고 윤기가 흐르는 손을 가졌다면 귀부인의 상으로 부와 귀를 함께 누리게 된다.

영양형의 손을 가진 사람은 피부질환, 빈혈, 혈액계통의 질환에 유의하여야 하며 손에 탄력이 없어 흐물흐물 하면 신경통이나 관절염 등에 유의하여야 하며 혈액순환계 질환에도 유의하여야 하므로 항상 유산소 운동을 꾸준히 하여 건강에 유의하여야 한다.

직업적인 면은 지구력이 부족하므로 오랜 시간을 투자하거나 정신을 집중해 정성을 다 하는 일은 어렵고 대인관계가 원만하므로 영업적인 일을 하거나 요식업 등 사람을 많이 대하는 일도 좋으며 사람을 가르치는 교육자나 교육사업 등의 일도 길하다.

●오행적 분류

동양의 철학과 사상은 주역에서부터 시작된다. 주역의 태극에서 음양이 생겨나고 음양에서 사상이 생겨나고 사상에서 팔괘가 나오며 여기에 오행이 배속되어 있다. 한마디로 동양사상은 음양오행 사상이라 해도 과언이 아니다. 여기에는 천지자연의 조화와 이치가 담겨져 있고 천지만물이 교차하고 생성되며 모든 것이 하나로 귀결되는 이치가 담겨져 있다. 음양오행 사상은 상학에도 지대한 영향을 끼쳐 상학 역시 이 음양오행의 사상을 근간으로 출발하여 오늘날까지 이어져 내려오며 발전을 거듭해 나왔다.

그래서 동양의 수상학에는 역시 이 음양오행이 적용되어 오행적 분류법이 나오게 된 것이다. 이를 더 세밀하게 분석하면 열 가지의 분류법이 나온다. 목형, 화형, 토형, 금형, 수형의 다섯 가지 오행적 분류법에서 양목, 음목, 양화, 음화, 양토, 음토, 양금, 음금, 양수, 음수의 열 가지로 분류되기 때문이다. 이는 음양오행의 기본적인 성질과 변화에 익숙해야 육안으로 분별이 가능하므로 이 책에서는 오행적 분류만을 다루기로 한다.

● 목 형(木形)

목형의 손은 신경형의 손과 닮았다. 손이 곱게 생기고 손가락 쪽으로 갈수록 뾰족해 진다. 손등이 부드럽고 피부가 맑아 보인다.

목형의 손을 가진 사람은 내성적인 성격이며 외유내강의 성품을 가진다. 문학과 학문을 즐기고 감상적이고 감수성이 예민하면서도 이성과 감성을 함께 타고 나오므로 감정적이기 보다는 이지적이고 냉철하게 일처리를 한다. 대체로 이 형의 사람은 매사 신중하게 생각하고 이성적 판단을 내리기 위한 노력을 한다.

인간의 도리나 도덕과 윤리를 최상의 삶을 살기위한 가치기준으로 잡고 있다. 자존심과 자긍심이 강해 남 앞에 자신의 뜻을 굽히지 않으며 한번 싫은 사람은 아예 무시하려 들기 때문에 얼핏 대인 관계가 나쁜 것처럼 보일 수도 있으나 사교성이 강하고 동정심과 타인을 배려하는 마음이 크기 때문에 사실상 대인관계는 좋은 편이다.

목형의 손을 가진 여성은 매우 여성스러움이 강하다. 약간은 피상적이고 게으른 성향도 가지고 있으나 외모에 신경을 많이 쓰고 자신을 가꾸고 발전시키는 일에는 적극적이다. 그러나 목형의 손은 그 희비가 크게 엇갈리기 때문에 주의해야 한다.

대부분 목형의 손을 가진 사람은 타인의 존경을 한 몸에 받게 되며 세상을 살아가고 있어 정의롭고 선악의 판단을 바르게 하여 항상 바른생활을 몸소 실천하는 귀격의 사람이다. 허나 이는 목형의 손을 가진 사람이 정상적인 교육을 받아 최고 학부를 마친 경우이다. 즉 목형의 손을 가진 사람은 교육의 정도에 따라 삶의 질이 큰 차이를 가지게 된다.

이는 목형의 특징이 학문과 진리를 탐구하는 것이기 때문인데 만일 목형의 손을 가지고 교육의 기회가 주어지지 않아 학업이 중단되면 크게 좌절하기 때문에 목형의 좋은 의미는 사라지고 오히려 그 반대의 현상이 나타난다. 교육을 받지 못한 목형은 항상 정신이 산만하여 남의 이야기를 듣지 못하고 자신의 이야기만 늘어놓으며 늘 이상적인 말을 하지만 실제 자신의 생활은 거짓으로 점철되어 있으며 생활이 난잡하고 남을 속이며 진실성이 없다. 그러다 보니 자연이 사람들에게 인정받지 못하고 사기꾼과 같은 형태로 살아가게 된다. 천재적 두뇌를 가진 목형이 교육을 제대로 받지 못해 자신의 천재성을 발휘할 수 없게 되면 지능적 범죄를 저지르게 되는 것이다.

목형의 손을 가지고 결혼선이 나쁘면 남녀 모두 문란한 성생활을 즐기며 비정상적인 애정관계가 맺어진다. 겉으로는 점잖아 보이나 온갖 난잡한 행위를 하게 되며 특히 성적으로 자제가 안 되기 때문에 여러 사람을 상대로 애정행각을 벌이다가 망신을 당하게 되므로 각별히 주의해야 한다. 이는 옳고 그름 선악의 분별력이 떨어지기 때문이다. 여자의 경우는 남의 첩이 되거나 매춘부가 될 수도 있으며 자살을 하는 경우도 있다.

만일 목형의 손을 가지고 교육의 기회가 없었다면 어떻게든 공부하는 기회를 만들어 자기를 개발하는 것이 좋다. 그러다 보면 자연이 개운되어 불행이 행운으로 바뀌어 돌아오게 될 것이다.

● 화 형(火形)

화형의 손은 손가락 마디가 굵고 뼈에 살이 없으며 손가락과 손가락의 사이가 틈이 많이 벌어져 있고 심한 경우 닭발을 연상시킨다.

화형의 손을 가진 사람은 대체로 움직이는 것을 싫어하는데 이는 몸만 움직이는 것을 싫어하는 것이 아니라 마음도 움직이는 것을 싫어해서 한가지의 목표를 정하면 누가 뭐라 해도 그 길로만 향해 간다. 주변을 둘러보거나 하는 일은 거의 하지 않고 주변 환경이 아무리 나쁘게 변한다고 해도 자신의 마음에 변화를 일으키지 않고 하던 일을 그대로 한다.

요지부동의 성격으로 자신의 의사를 굽히지 않고 남과의 타협은 이루지 않고 자신의 뜻을 관철시키기 위해서는 투쟁을 마다하지 않는 투사적 성향이 강하다. 그러므로 타인이 이 사람의 생각이나 마음을 읽기가 어려우며 때로 거칠고 차가워 보이지만 남을 따뜻하게 감싸 안을 때는 포근하기 이를 때가 없다.

사회에 대해 비판적 성향을 가지고 있어 원리 원칙에 어긋나거나 거짓된 행동이나 행위를 용서하지 않고 강하게 비판하며 부조리를 그냥 보아 넘기지 못한다. 그 어떤 경우에도 도덕과 윤리를 벗어난 행위를 용납하지 않는 성격 때문에 사회운동에 앞장서거나 정의 수호를 위해 힘쓴다.

대인관계에 있어서도 대체로 말이 없고 사교적이지 못해 무뚝뚝하고 재미없는 사람이다. 그러다 보니 인간적으로 고독하고 외로운 사람이 많다. 마음에는 따뜻하고 인간적인 정을 많이 가지고 있으나 표현하지 않는 경우가 많으며 혼자 마음 아파하고 걱정하면서도 남들 앞에서는 내색하지 않는다.

명예를 소중히 여기기 때문에 자신의 물질적 이익을 챙기기 보다는 명예를 지켜나는 일에 더욱 힘을 쓴다. 그러다 보니 가족이나 주변사람들이 경제적으로 괴로워진다. 부당한 이익을 추구하지 않는 것은 당연하고 자신에게 주어지는 물질적인 대가는 크게 바라지 않는 성격이므로 경제적으로 발전하기가 어려워 가족들에게 경제적으로 의존해야 하는 경우도 생기게 된다.

● 토 형(土形)

토형의 손은 손의 모양이 사각을 이루고 있다. 손가락의 모양도 직선으로 뻗어 손가락 끝도 네모진 모양으로 손에 살이 많지도 적지도 않은 형태를 이루고 있어 손가락의 마디가 두드러지게 보이지 않는다. 그렇다고 살이 많아 손가락이 통통해 보이지도 않으며 힘차게 뻗어 있다. 손 자체가 다부지고 힘 있어 보인다.

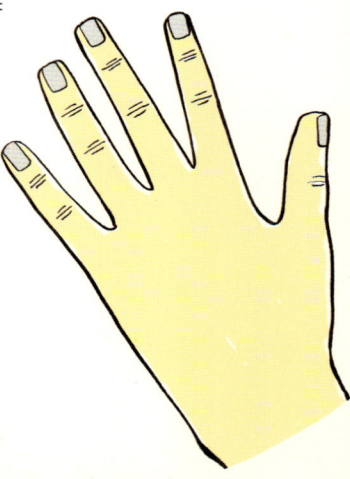

토형의 손을 가진 사람은 성격이 과감하고 결단력이 뛰어나다. 매사 적극적이고 진취적이고 저돌적 성향도 있다. 일을 해나감에 있어서도 뛰어난 추진력으로 주변을 놀라게 하기도 하며 세상에 못해낼 것이 없다는 불굴의 정신을 가지고 행동한다.

뛰어난 지능을 가지고 있으며 이론과 실행이 함께하며 언행이 일치하며 수완이 좋아 아무리 어려워 보이는 일일지라도 해내고 만다. 야망이 큰 사람이 많으며 대의명분을 중요시 여기며 리더십이 강하다. 뛰어난 언변으로 상대편이나 대중의 호응을 얻어 필요하다면 적이라 할지라도 내편으로 끌고와 내 사람으로 만드는 지도력을 갖추고 있다. 처세술에 뛰어나 언제 굽혀야 하는지를 분명히 알고 나를 위해 일한 사람이나 도움을 준 사람들에 대해 고마움을 잊지 않고 늘 챙겨준다.

때로 권위적인 모습을 보이며 상대를 무시하는 태도를 보이는데 이는 토형의 손이 가진 내가 할 수 있는 일은 너도 할 수 있다는 생각과 항상 지도자의 길을 가려는 성향 때문이다. 대체로 토형의 손은 금전적인 욕구가 강하면서 특정적인 부분에 돈을 과다하게 쓰는 경우가 있다. 자신의 취향에 어울리는 특정 품목에 대해서는 아무리 고가의 상품이라 해도 주저하지 않는다. 예를 들어 구두, 핸드백, 혹은 자동차나 오디오 등 어느 한 부분에 있어서는 돈을 아끼지 않고 사치를 즐기는 사람이 대부분이다. 이 형의 사람은 대체로 사회적으로 많은 발전을 하는데 정치, 경제 분야에서 활동하거나 지도자급으로 사회적으로 선망의 대상이 되는 직업을 갖는 경우가 많다.

● 금 형(金形)

금형의 손은 손가락이 끝이 약간 둥근 듯 하게 보이며 손가락의 굵기가 변화가 없이 균등하게 뻗어 있고 대체로 손이 평평하게 보이며 피부색이 희고 맑아 예쁜 모양을 하고 있다. 금형의 손은 살이 붙어 있느냐 아니냐에 따라 그 길흉을 달리 한다. 만져 보았을 때 살이 도톰하면 살이 있는 것이고 길한 것으로 보고, 만져 보았을 때 뼈가 만져지면 살이 없는 것으로 판단한다. 살이 붙어 있는 금형의 손은 부와 귀를 겸비한다. 이런 사람은 성품이 정직하고 의지가 굳건해 매사 모든 일에 정직과 성실로 임하며 부단한 노력으로 목표점에 도달하여 주변의 존경을 받게 된다.

이 유형의 사람은 일의 결과도 중요하지만 그 일을 해내는 과정에 있어 편법을 쓰거나 비정상적인 방법을 동원하는 것을 용납하지 않는다. 이는 자신뿐만 아니라 아랫사람이나 가족들에 대해서도 마찬가지이며 어떤 경우에도 정당한 방법만을 고수하며 보수적 성향을 지닌다. 그래서 부와 명예를 이루었을 경우 비리사건에 연루되는 일은 거의 없다. 이는 모든 일에 자신의 노력과 수고를 아끼지 않고 부당한 이익이나 요행을 바라지 않는 정직한 성품으로 사회적 지위와 부를 이루어 내는 금형의 특징이다.

그러나 금형의 손으로 살이 없다면 길한 의미는 사라지고 만다. 살이 없는 금형은 모든 일이 용두사미로 끝난다. 시작할 때는 의욕에 차서 일을 하지만 막상 어려움에 부딪히면 쉽게 좌절하거나 어렵게 일을 이루어 낸다고 할지라도 노력한 만큼의 대가가 주어지지 않아 실속이 없는 경우가 많다.

그러다 보니 이런 유형의 사람이 자신 스스로 어떤 일을 해내기란 실제 어렵기에 타인에 의지하거나 남의 지시에 따라 움직여 일을 하는 경우가 많다. 소견이 좁고 다각적 시각을 지니지 못해 자신의 문제를 잘 해결하지 못하고 모든 일을 다른 사람에게 의존해 해결해 나가려는 경향이 강하고 그러면서도 진심어린 충고나 조언을 무시하고 항상 물질적이고 금전에 관한 집착을 보이므로 주변의 빈축을 사게 된다.

이는 살이 없는 금형의 특징인 편파적인 성향과 고집스러움 때문인데 이로써 사교성도 떨어져 대인관계도 원만하지 못한 경우가 많다. 이런 손을 가진 사람은 혼자 어떤 일을 하기 보다는 자신을 조직 내에서 자신을 이끌어 주는 지도자 아래에 일을 하는 것이 훨씬 바람직하다 할 수 있다.

● 수 형(水形)

수형의 손은 손바닥의 살이 두둑하며 손가락 끝은 둥글고 납작한 곤봉모양으로 보인다. 수형의 손은 잠깐도 쉬지 않고 흐르는 물과 같은 성향을 지닌다. 이 유형의 손은 항상 분주히 움직이게 되고 할 일이 없으면 불안해 마음 편하게 쉬거나 하지 못해 일이 없으면 일을 만들어서라도 뭔가를 해야 마음이 편안해 지는 유형이다.

매사에 노력을 아끼지 않고 꾸준하고 성실하게 노력하는 타입이며 솔직 담백한 성격이며 자신의 생각을 거침없이 털어 놓기도 한다. 사교성이 뛰어나기는 하지만 좋고 싫은 것이 분명하고 매사 확실히 계산하고 움직이기 때문에 타인이 대충 얼버무려 넘어가는 것을 그냥 보고 있지 못해 따지기를 잘한다. 그러다 보니 한번 믿은 사람은 끝까지 믿지만 한번 눈 밖에 난 사람에게는 뭐든지 간섭하고 못마땅해 하는 일이 많아 대인관계에 있어 좋아하는 사람은 아주 좋아하지만 싫어하는 사람은 뭐든지 싫게만 보는 극단성을 지니게 된다.

그래서 수형의 사람은 부부나 연인관계에 있어 한번 신뢰가 깨어지고 나면 그 관계를 회복하기가 아주 힘든 경우들이 많고 특히 수형의 여성은 신경질적으로 변해 주변을 괴롭히기도 하므로 마음을 좀 느긋하게 가지려고 애쓰는 것이 좋다. 주로 꾸준한 노력과 고군분투하는 특성으로 주로 사업이나 상업으로 성공하는 경우가 많다.

●여섯 가지 손의 분류 형태

● 기본형

기본형의 손은 살결이 거친 특성을 가지고 있으며 손바닥도 딱딱한 느낌을 준다. 피부색도 검은 편이며 손에 살은 많은 편이며, 강해 보이며 유연성이 없다. 손금도 많지 않다. 기본형의 손에 엄지가 매우 짧고 딱딱하게 경직되어 있다면 기본적인 욕구와 열정이 강해 스스로 잘 통제가 되지 않게 된다.

기본형의 손을 가진 사람의 성격적 특성은 깊이 생각하고 고민하는 것을 싫어한다. 그래서 자칫 타인의 눈에 좀 우둔해 보인다는 느낌을 줄 수도 있다. 이는 기본형의 손을 가진 사람이 복잡한 것을 싫어하고 모든 일을 단순하게 생각하고 처리하는 특성 때문에 나타나는 현상으로 아무리 복잡한 사건이나 일도 단순화 시켜 생각하고 결정해 일처리를 해 낸다. 그래서 얼핏 보기에 지능이 낮아 보이거나 우둔해 보이지만 실제로는 그렇지 않다.

기본형의 손을 가진 사람은 무던해 보이는 반면 인내력이 부족한 경우가 많고 일에 빨리 실증을 느끼고 포기가 빠르다. 진보적인 성향이 약해 늘 현재 생활에 만족하려 하기 때문에 발전이 더디고 애써 투쟁적인 삶을 살려고 하지 않기 때문에 모험심이 없고 대범하지 못해 주변사람들을 좀 답답하게 한다. 대체로 고지식한 사람이 많고 고리타분한 경우가 많아 애정적인 부분에서도 애정표현에 서툴러서 상대를 배려하지 못하는 경우가 많으며 성욕적으로 흐르기 쉽다. 체력을 타고 난 탓에 정신적 노동 보다는 체력을 요하는 업종이 잘 맞는다. 농사일을 한다든지 토목건축업, 손으로 하는 수작업 계통의 일을 하는 경우가 많다.

● 네모형

손 전체가 네모진 모양이다. 손가락의 폭이 거의 같고 손가락 끝도 네모진 모양이며 손톱도 네모지고 손바닥의 두께는 보통이며 약간 딱딱하고 손 근육에는 탄력이 있다. 엄지손가락이 큰 편이며 엄지 아래의 금성구가 잘 발달되어 있고 대체로 손바닥 보다 손가락이 짧은 경우가 많다.

네모형 손은 손금이 많은 것을 좋게 본다. 이는 네모형의 손이 갖는 조화에 대한 욕구가 자유재량으로 주어지기 때문이다. 이 형은 합리적이고 논리적이며 건장하고 진지하다. 성격은 차분하고 사고력이 깊어 규칙과 질서를 소중히 여기는 사람이다. 성격은 온순하며 현실적인 일을 잘 수행하고 밝고 명랑한 사람이 대부분이다. 체력이 강한 반면 변화를 싫어하고 안정적인 삶을 선호하며 고된 일도 마다하지 않고 늘 적극적으로 일을 하며 생산적이며 신의가 두터우며 안정적인 사람이다.

반면 예리한 통찰력과 직감력을 갖고 있으며 성격이 약간 급한 편이며 실내에 갇혀 있는 것을 싫어해 휴일이면 등산을 즐기거나 전원생활을 동경하며 자연을 가까이 하는 것을 즐기는 편이다. 특히 손재주가 좋아 실용적인 기술이 뛰어나는 것이 특징이다. 매사 상식선에서 일을 처리하고 상식을 벗어나는 말과 행동을 하지 않으며 자신의 언행을 일치시켜 주어진 일에 최선을 다해 윗사람의 신임을 얻어 발전하는 경우가 많다. 늘 책임감이 강해 맡은바 일을 끝까지 해내며 실무에 있어 뛰어난 재능을 발휘한다.

항상 실수하지 않으려고 최선을 다 하는 반면 본인은 스트레스를 잘 받고 일이 잘 풀리지 않을 때는 지나치게 걱정하는 성향으로 위장 계통의 질환을 앓기 쉬우며, 스트레스로 인한 과음, 과식으로 비만체질로 변하기 쉬우니 최대한 스트레스를 줄이며 살이 찌지 않도록 주의 하는 것이 좋다. 또 항상 열심히 일하고 그 대가로 쉬지 않고 꾸준하게 돈을 벌어 나가는 타입으로 금전적인 면에 있어 빈틈이 없고 위험한 투자로 큰돈을 벌려는 욕심은 부리지 않으며 안정적으로 조금씩 저축하는 유형으로 티끌 모아 태산을 이룬다는 생각이 지배적인 사람이다.

대인 관계에 있어서도 늘 상대방에게 최선을 다하므로 좋은 인상을 심어 준다. 항상 진지한 태도로 임하는 성격으로 애정문제에 있어서도 늘 진지하다. 연애에 있어서도 로맨틱함 보다는 미래에 대한 설계가 먼저이며 어떤 경우에든 결혼을 전제로 상대방을 바라보기에 배우자로서 적합한지 부터 판단하고 연애를 시작하게 된다. 그래서 때로 상대방에게 애정이 없는 것이 아니냐는 핀잔을 듣게도 된다. 이 유형의 사람은 상식적이고 지식적이며 합리적인 성격으로 조직적인 일을 수행 내는 데는 무리가 없으나 상상력과 감성이 부족해서 창의적인 일을 하는 데는 어려움이 따른다.

● **활동형**

이 손은 대체로 엄지가 크고 손가락 전체의 뼈가 굵고 단단하며 손바닥도 크고 탄력성이 강한 둥글넓적한 모양이 많다. 손가락의 모양은 끝이 넓은 편이거나 주걱형으로 손바닥 보다 손가락이 짧다. 손바닥에는 주로 힘차고 굵은 손금을 가지고 있으며 손금이 많기는 해도 복잡하지는 않다.

활동형의 손은 독립정신이 강해 타인에게 의존하거나 기대는 것을 싫어하며 타의 지배나 간섭을 못 견딘다. 항상 활동적인 일에 관심이 많고 정적인 일이나 취미를 하지 못하며 늘 이성적이기 때문에 냉정해 보이는 성격이다. 조용하게 지내지 못하고 항상 자극적이고 도전적인 삶을 살기를 원하고 모험을 즐기며 카리스마가 강한 진취적 성향으로 지도자의 역할을 한다. 도전적이고 정열적인 사람으로 연예계, 예술분야, 정치, 변호사 등 사회 여러 분야에서 두각을 나타내는 경우가 많고 사업을 하는 경우에도 남 다른 정열로 추진력을 발휘하여 아무리 힘들고 어려운 상황에서도 꿋꿋하게 일을 하며 주변사람들과 아랫사람을 인간적으로 배려가 특별나므로 인적자원을 충분히 이용하기도 한다.

자신의 직감이나 행운을 통해 돈을 버는 경우가 많고, 대체로 돈이 잘 따르는 유형으로 금전적인 부분에 있어 크게 곤란을 당하는 일은 거의 없다. 주로 한 가지 사업에 크게 투자하지 않고 분산 투자를 해서 부를 축적해 나가는 경우가 많다.

매사에 자신감에 넘치고 자신의 계획에 맞게 일을 해 나가며 게으름을 피우거나 휴식을 취하는 일은 하지 않는다. 감동과 흥미에 자극을 받아 육체를 끊임없이 움직이는 풍부한 생명 에너지를 가지고 있어 일을 하지 않는 시간에는 운동을 즐기며 휴식한다. 스포츠를 즐기는 이 유형은 항상 자신의 한계를 극복하여 기록갱신을 하는 것을 즐김으로 인해 여러 가지 사고를 일으켜 몸을 다치기도 한다.

또한 색다른 체험을 하거나 다른 문화와 관습을 경험하는 것도 즐기기 때문에 낯선 곳으로의 여행도 마다 하지 않아 뜻 하지 않은 사고를 당하기도 한다. 다소 급한 성격과 충동적인 행동으로 인해 발생되는 돌발 사고를 당하기 쉬우므로 자기 컨트롤을 잘 해야 한다. 그렇지 못할 경우에는 심장혈관 계통이 약한 체질로 갑자기 고혈압이나 심장 혈액계통의 질환으로 쓰러질 수도 있으니 유의해야 한다.

매사 적극적이고 솔직한 성격으로 타인을 대하기 때문에 대인관계나 애정 문제에 있어서도 있는 그대로 자신의 진솔한 모습을 보여 주고 인간관계를 소중히 여기므로 남녀 누구에게나 친절한 인격적인 사람이다. 친목단체나 동호회 활동으로 대인관계를 넓혀 나가는 사람이 많으며 공동체 사업이나 자선단체에서 봉사활동을 함으로 사람들과의 친화력을 유지해 나가며 성취감 이뤄낸다.

이 유형의 사람은 감정이 극과 극을 달리는 면이 많아 쉽게 사랑하고 헤어지는 경우가 있지만 한번 마음을 주면 지속적이고 정열적인 연인관계로 발전해 나가기도 한다.

● 신비형

손이 여성스럽고 예쁜 모양을 하고 있으며 주로 여성들에게서 많이 볼 수 있는 형이다. 손 전체가 길고 뾰족하게 생겼으며 손가락은 가늘고 길며 유연하며 손의 피부도 결이 부드럽고 매끄러우며 희다. 손바닥에 섬세하고 가늘고 긴 선이 많은 것이 특징이며 잔선이 많은 경우도 있다.

이 유형의 사람은 감수성이 예민하고 신경이 날카로운 편이며 주변 환경에 민감하게 반응하게 되며 이상주의적이고 비현실적인 반면 미적 감각이 탁월하며 상냥하면서 창조적인 재능을 부여 받은 사람으로 변화를 즐기면서도 정적이고 조용한 환경을 좋아하는 성향으로 주로 예술 예능계통의 일을 하는 사람이 많으며 의료분야의 일을 하는 사람도 많으나 쉽게 우울해지기도 하고 외로움을 잘 타는 성격으로 항상 아름다운 사랑을 꿈꾸며 살아가는 경향이 많고 현실 세계에 잘 적응하지 못해 사회생활에 적응력이 떨어지고 스트레스가 많다.

이 형의 사람은 대단히 신비적이고 직감력이 뛰어나고 감성적이고 잠재의식이 깊어 정신적 에너지가 강한 반면 세속적이고 물질적인 것에는 관심이 적고 정신적인 성취욕이 강하다. 그러다 보니 금전적인 능력은 떨어지는 편이며 경제적 개념이 별로 없어 수입과 지출이 불균형을 이루거나 자신이 얼마를 가지고 있는지도 모르는 경우가 많다. 그런 반면 자신의 예술적, 창조적 재능을 활용해 많은 돈을 버는 경우도 있지만 이 역시 본인에게는 크게 중요하지 않다. 이는 이 형의 사람이 물질적으로 충만 하기보다 정신적으로 충만하기를 늘 꿈꾸며 살기 때문이다. 따라서 이 형의 사람에게 돈은 인생의 목적이 아니라 단순히 생활을 하기 위한 방편 일 뿐이기에 그다지 돈에 얽매여 살아야 할 이유가 없는 것이다.

대인관계에 있어서는 상대에게 친절하고 열정적으로 대하며 애정문제에 있어서는 상당히 감정적이고 로맨틱한편이다. 대개 친구가 연인으로 발전하는 경우가 많다. 남과의 경쟁을 싫어하고 독립적으로 판단하거나 이성적으로 판단하는 일에 익숙하지 못한 경우가 많다.

신비적이고 영적인 것에 관심이 많으며 미스터리한 역사적 사건이나 유물에 관심을 많이 가지기도 하며 인간의 내면을 깊이 탐구하여 종교나 철학에 심취하기도 한다. 마음이 여리고 약해서 쉽게 상처받고 좌절하며 슬픔에서 헤어 나오기가 힘든 경우가 많아 신경쇠약이나 우울증으로 고생하는 경우가 많으며 신경계통이나 정신 질환에 유의해야 한다.

알레르기 체질이 많고 류마티스 관절염 신경통의 질환이 잘 발생하고 마약이나 알코올 중독에 빠지는 경우도 있다.

● 철학형

철학적 손의 특징은 손가락이 가늘고 길며 뼈마디가 굵게 튀어나와 있다. 손가락 끝은 둥근 편이며 손가락을 붙였을 경우 손가락 사이의 틈이 벌어져 있다. 이 철학적 손을 가진 사람은 심오한 생각을 하는데 마디가 많이 튀어 나올수록 더욱 분석적인 판단을 하게 된다.

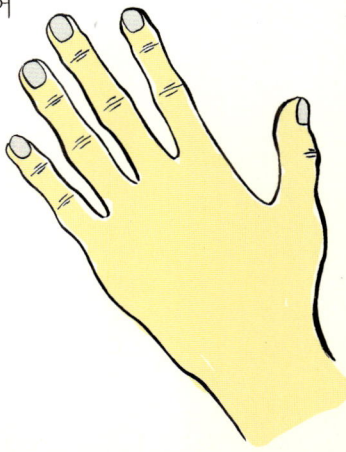

이 사람은 남다른 지식욕으로 사상적이고 사색적이며 뛰어난 추리력과 판단력을 가지고 있는 사람으로 형식보다 실리에 밝고 진리와 학문을 탐구하는 특성을 가진다. 특히 종교적인 문제, 문학, 신비스러운 것에 관심이 많다. 혹은 진지한 문제나 분석적인 능력으로 일을 잘 해낸다.

이 유형의 사람은 생활환경과 주변인물에 민감하게 반응하므로 조용하고 평화로운 환경을 추구함으로 정신적인 노력을 집중시켜 일을 한다. 대체로 종교, 철학, 사상을 연구하거나 후학을 가르치는 일에 적합하며 사회적으로는 정신적 지도자의 역할을 하게 되는 경우가 많다. 또는 수학자나 경제분석전문가, 시사분석전문가나 미술, 문학 평론가로 활동하는 경우가 많고 칼럼리스트나 시사저널리스트로 활약하는 등 지식적이고 논리적인 사고를 요하는 일을 하는 경우가 상당수이다.

상당히 이성적인 사람으로 일시적인 감정이나 충동적인 행위는 하지 않는 편이며 매사 차분하고 이성적으로 생각하며 의심이 많고 타인을 경계하는 경향이 강하여 지적이고 냉철한 이미지를 가짐으로 인해 사람들이 쉽게 접근하지 못하는 경우도 있다.

대부분 외롭고 고독한 생활을 많이 하게 되고 사교적인 면이 적어 나이가 들수록 배우자와 함께 하는 시간이 많아지는데 이는 가족애가 강하면서도 표현 할 줄 몰라 그저 함께 하는 것으로 스스로 위안을 삼기 때문이다. 모든 일에 분석적이고 이성적이므로 연애에 있어서도 상당히 신중을 기하는 편이다. 때문에 쉽게 정에 빠지는 경우가 없고 결혼 후에도 다정다감한 부부관계는 기대하기 어렵고 상당히 이성적이고 지적인 사랑을 추구한다.

● 예술형

이 손의 모양은 좀 도톰하면서 부드러운 감을 주는 고운 손이다. 손가락 끝으로 가면서 점점 가늘어 지면서 둥근 형태로 손가락이 긴 편이다. 이 유형의 사람은 예술적 기질을 가진 사람으로 정서적이고 낭만적이며 특히 색, 모형, 소리에 민감한 감각을 지니고 있다. 머리가 좋고 직관적이며 쉽게 감명을 받기 때문에 감수성이 예민하고 동정심이 많으며 자발적이고 쉽게 감동 받기 때문에 다른 사람에 대한 정서적이 반응이 때로는 일관적이지 못한 경우도 있다.

이성보다는 감정이 앞서기 때문에 계획성 없이 닥치는 대로 일을 하는 경우가 많고, 추리력이 약하고 인내심이 없어 자신의 기분에 맞지 않으면 그 자리에서 화를 내거나 얼굴의 변화를 가지게 된다.

성격은 명랑하고 사교적이라 쉽게 상대방의 호감을 사지만 본능에 지배되기 쉽고 놀기에 열중하며 주색잡기에 빠지기 쉬운 단점이 있다. 반면 예술적 감각이 뛰어나 본인이 직접 예술적인 일에 관여 되어 있지 않아도 예술 공연을 감상하거나 미술품 수집에 취미를 가진다. 또한 낭만적인 감성이 뛰어나 시와 문학을 즐기기도 하지만 내심은 늘 외롭고 혼자 있는 것을 절대 견디지 못해 늘 누구를 만나 함께 있기를 원한다.

성격적으로 열정적이어서 이성 관계에 있어서도 맹목적이고 돌발적이며 색욕에 빠지기 쉽고 앞뒤를 가리지 않고 해치우는 나쁜 성격 때문에 이성관계가 문란하여 도덕적 문제를 일으키기도 한다.

이런 손의 유형은 창의적인 직업이나 예술 관련 직업에 가장 만족을 느끼게 된다. 이 손을 가진 사람은 대체적으로 육체적으로 힘든 일은 좋아하지 않으며 섬세한 성격이기 때문에 힘든 일을 억지로 할 수 밖에 없는 상황에서는 견디어 내기 힘들어 한다.

제3장
손가락

● 손가락 읽기

수상술에서, 각 손가락은 나름대로의 특징이 있고, 이 특징을 통해서 그 사람의 성격을 알 수 있다. 각 손가락은 행성의 이름을 따서 만들어졌다. 그림을 보면 관련된 행성을 상징하는 기호가 손가락에 표시되어 있다. 첫째 손가락, 즉 검지는 목성(♃)이다. 이 손가락은 자신감, 야망, 인생에 대한 긍정적인 태도, 때로는 종교와 관련이 있다. 둘째 손가락, 즉 중지는 토성(♄)으로서, 책임감, 진지함, 균형감을 보여준다. 이 손가락은 또한 외부적인 성격과 내부적인 세계를 나누는 기준도 된다. 셋째 손가락인 약지는 태양(☉)으로서, 창조적인 감정과 욕구를 나타낸다. 꼭 예술적인 것만을 의미하는 것은 아니다. 이 손가락을 통해서, 그 사람이 얼마나 행복한 지도 알 수 있다. 새끼손가락(소지)은 수성(☿)이다. 이 손가락은 정신 능력, 의사소통 기술, 더 나아가서는 성적(性的)인 것에 대한 태도와도 관련있다.

● 네 가지 주요 유형들. 각각의 손가락을 보면, 그 사람의 성격을 많이 알 수 있다. 누군가를 만났을 때, 그 사람의 손을 슬쩍 보면서 어떤 결론을 얻을 수 있을지 알아 보라.

●손가락의 4가지 유형

손가락 유형은 크게 네 가지이다. 네모형 손가락을 지닌 사람은 합리적이고 관습적이며 분별력 있고 조직적이다. 만약 손가락 끝도 역시 네모형이라면, 매우 질서 정연한 성격에다 현실적으로 인생을 살아가며 사랑을 할 때에도 꼼꼼할 것이다.

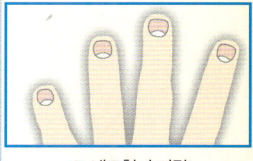

● 네모형 손가락

뾰족한 손가락을 지닌 사람은 굉장히 민감하고, 종종 비현실적이어서, 현실적이고 세속적인 사람들이 잘 이해해주지 못한다. 손가락이 모두다 뾰족하고 그 끝이 길다면, 몽상적이고 비현실적이며 종종 지나치게 이상주의적인 태도를 지니고 있을 것이다. 아름다움을 중시하기 때문에 현실과 타협하기 힘들 것이다.

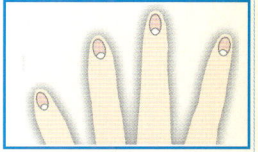

● 뾰족한 손가락

원추형 손가락을 지닌 사람은 영민하고 직관적이다. 이런 사람은 쉽게 감명을 받기 때문에 감수성이 예민하다. 동정심이 깊고 자발적이며 쉽게 감동받기 때문에 다른 사람에 대한 정서적인 반응이 때로는 일관적이지 못할 수도 있다.

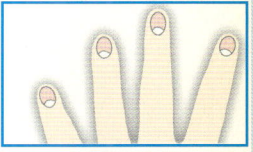

● 원추형 손가락

둥글넓적한 손을 지닌 사람은 활동적이고 독창적이며 활력이 넘치기 때문에 기업심과 모험심을 갖고 있다. 이런 사람이 갖고 있는 열정은 다른 사람에게 긍정적인 영향을 줄 수 있다.

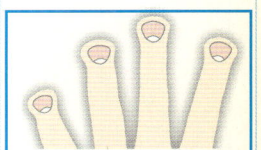

● 둥글넓적한 손가락

●손가락 보기

손가락의 상은 우선 등 쪽에 맑고 둥글고 부드러우며 끝이 가늘고 뾰족하고 유연하며 긴 손가락에 피부가 맑고 희며 윤기를 가진 것을 좋은 상으로 본다. 반면 손가락의 뼈마디가 굵고 손가락 끝이 굵으며 짧은 것은 좋지 않은 상으로 본다. 하지만 손가락을 판단할 때는 여러 가지 사항들을 잘 분석해야 한다.

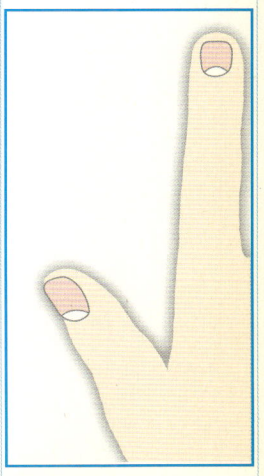

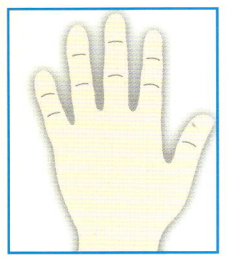

● 서로 휘어져있지 않은 곧은
손가락

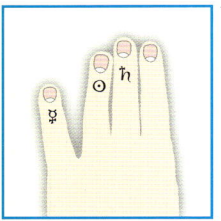

● 수성 손가락이 다른 손가락
과 따로 떨어져 있으면, 까다
로운 방식으로 생각하고 말
하는 경향이 있다. 태양 손가
락이 약해서 토성 손가락 쪽
으로 휘어져있다. 이런 경우
는, 심각한 영향력 때문에 긍
정적인 감정이 줄어든다.

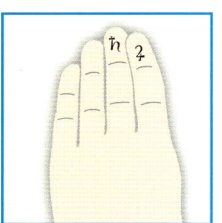

● 목성 손가락이 옆에 있는
토성 손가락 쪽으로 휘어져
있으면, 어느 정도 욕심이 있
으며, 아마 선천적으로 불안정
한 성격일 것이다.

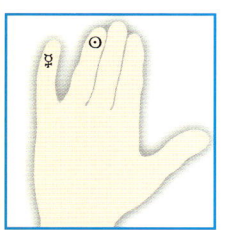

● 수성 손가락이 태양 손가락
쪽으로 휘어져 있는 모습이다.
이런 사람은 어떠한 일을 잘
극복하지 못하는 경향이 있다.

　　우선으로 손가락의 관절을 잘 살피고 각 손가락들의 길이와 유연성 각 마디의 길고 짧음 손톱의 모양과 무늬 색상까지도 잘 살펴서 판단해야 올바른 운명적 판단을 할 수 있다. 그렇다면 지금부터 손가락의 세밀한 부분들을 살펴보기로 하자.

● 손가락 비교하기

　　많은 손가락은 완전히 곧은 것이 아니라, 좌우로 인접한 손가락 쪽으로 기울어져 있다. 이것을 통해서 성격을 더욱 깊이 알 수 있다.

　　곧은 손가락, 즉 좌우로 휘어져 있지 않은 손가락은 (첫번째 그림 참조) 각각의 뚜렷한 성격을 나타낸다. 예를 들어, 검지(목성) 손가락이 곧으면, 자신감이 많다는 것이다.

　　소지(새끼 손가락, 수성)은 의사소통과 관련이 있다. 만약 이 손가락이 다른 손가락과 떨어져서 휘어져 있다면 (두번째 그림 참조), 그 사람은 아마 적어도 자립적인 사고방식을 갖고 있을 것이다. 때로는 어색한 태도와 비협력적인 태도를 보이기도 한다. 이 손가락은 성적(性的)인 것과도 관련이 있다. 만약 이 손가락이 다른 손가락과 많이 떨어져 있다면, 친밀한 관계에서 자기 표현을 하기 어려울 것이고, 그로 인해 현재의 갈등이 더욱 악화될 수도 있다. 소지가 곧을수록, 더 직선적인 사고방식을 갖고 있을 것이다. 만약 이 손가락이 약지 쪽으로 휘어져 있다면 (세번째 쪽 그림 참조), 때로는 어린아이식으로 선의의 거짓말을 하거나, (선의의 거짓도 아니고 악의의 거짓도 아닌) 모호한 거짓말을 하는 경우도 있다.

　　약지가 중지 쪽으로 휘어져 있는 사람은, 책임감과 진지함 사이에서 갈등을 겪고 있을 것이다. 따라서, 즐겁고도 행복한 마음을 가져야 할 것이다. 특히, 약지가 중지에 비해서 짧은 경우가 가끔 있는데, 이는 죄책감을 느끼고 있어서, 자신의 밝은 성격에 어두운 그림자가 깔려 있을 것이다. 최악의 경우는, 우울증까지 겪고 있을 지도 모른다. 하지만, 다른 요소들로 인해서 이러한 특징이 줄어들 수도, 더 커질 수도 있다.

검지가 그 옆에 있는 중지 쪽으로 휘어져 있다면 (54p 네번째 그림 참조), 소유욕이 강할 것이다. 욕심이 많다는 것이 아니라, 물질적인 관심사에 대한 불안을 만들어 내는 실질적인 욕구와 관련된 것이다. 이런 손을 가진 사람은 신뢰성이 약간 없을 수도 있다. 다른 특징들이 없다면, 예를 들어 소지가 약지 쪽으로 휘어져 있지 않다면, 그런 특징이 강하지 않을 것이다. 손을 쥐는 방식을 통해서도 욕심이 어느 정도인지 확실히 알 수 있다. 손을 앞쪽으로 구부려서 쥔다면, 소유욕과 집착력이 강할 것이다. 그렇지만, 만약 손을 대체로 편 상태로 있다면, 특히 손가락 밑 부분 사이에 공간이 있다면, 욕심이 많지 않을 것이다. 비록 욕심이 있다고 할지라도, 너그러운 마음도 어느 정도 갖고 있을 것이다. 좌우로 휘어진 손가락을 통해서 나타나는 경향들이 항상 큰 문제가 되는 것은 아니다. 하지만, 그래도 손가락이 곧으면 곧을수록 더 좋다는 것을 명심하고서 다른 사람의 손을 보아야 한다.

●손가락의 관절

사람의 손가락에는 각 손가락에 두 개의 관절을 가지고 있다. 이 관절이 발달되어 다른 동물들과는 달리 손을 자유자제로 쓸 수 있는 것이다. 그래서 손에 있어 관절은 상당히 중요한 역할을 해내는 바 운명감정에 있어서도 빼놓을 수 없는 부분이다.

● **굵은 관절 :** 손가락의 관절이 뼈가 굵고 튀어 나온 상으로 철학적 손가락을 하고 있는 이 유형은 감성보다 이성이 발달해 있는 경우이다. 사고방식이 규칙적이고 새로운 정보를 받아들이기 전에 면밀한 분석을 하는 경향이 있다. 논리적이고 따지기를 좋아해 쉽게 사람들과 친해지기 어려운 성향이 있다. 첫 번째 관절이 굵은 사람은 지능적이고 두뇌회전이 우수한 사람이다. 두 번째 관절이 굵은 사람은 매사 신중하게 생각하고 질서 정연하게 주변 환경에 맞춰 생활하는 경향이 있으며 신경질적이고

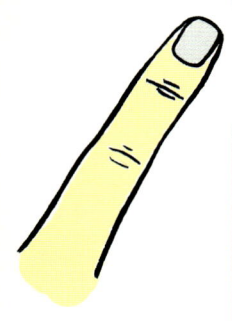

성격이 날카로운 사람이다. 두 관절이 모두 굵은 경우는 지능은 우수하면서도 조심성이 많고 성격이 날카로운 경우가 많다.

● **날씬한 관절** : 손가락의 관절이 거의 드러나지 않고 손가락이 둥글고 날씬하게 생긴 관절은 감정적이고 직감이 뛰어나며 신경이 예민한 사람이다. 예술적 재질을 타고 난 사람으로 감각적인 면도 뛰어난 경우가 많다. 또한 외부자극에 민감하고 새로운 정보를 잘 받아들이며 생각과 행동을 직관적으로 처리하는 편이다. 그러나 말만 앞세우거나 실행력이 떨어지는 경우가 종종 있다. 이런 유형의 사람은 직감이 뛰어나고 영감이 풍부하며 성격이 명랑하고 사교성이 뛰어난 경우가 많다.

각 손가락 마디의 의미

● 검지 (목성) 손가락
1 : 자존심, 위엄, 때로는 명상적인 성격
2 : 야망, 사업 능력.
3 : 통치 욕구, 고상함 부족.

● 중지 (토성) 손가락
1 : 학문을 좋아하며 미신을 잘 믿는 경향
2 : 탐새탐구활동을 잘 할 수 있는 재능
3 : 재정적인 면에 적성, 물질주의

● 약지 (태양) 손가락
1 : 시적 능력
2 : 사업에 많은 관심
3 : 좋지 못하거나 허세를 부리는 경향

● 소지 (수성) 손가락
1 : 훌륭한 의사소통
2 : 합리적 의사소통을 할 수 있는 재능
3 : 사업 및 상업 능력

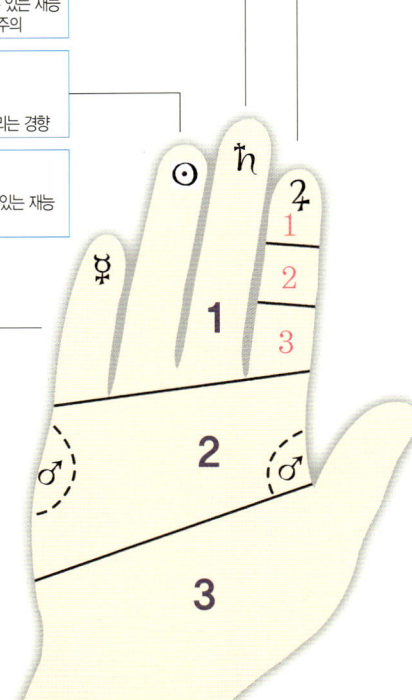

●손가락과 마디 읽기

손가락은 마디에 따라서 세 부분으로 나눌 수 있다. 손의 세 부분과 마찬가지로, 손가락에서도 제일 위 부분은 마음과 정신에 관련된 것이고, 중간 부분은 합리적인 것과 관련이 있으며, 아래 부분은 기본적인 욕망과 욕구에 관련된 것이다. 손가락 마디를 읽을 때, 각 손가락의 특징을 잘 고려한다면, 더 재미있는 성격 유형을 알 수 있다. 이제부터는 다섯 손가락 하나 하나에 대해서, 그리고 그 손가락의 마디에 관한 것들을 이제부터 하나 하나 자세히 알아보도록 하자.

●엄 지

수상학에 있어 엄지손가락은 대단히 중요한 의미를 가지고 있다. 우리는 엄지 하나로 많은 것을 알 수 있는데 만약 엄지가 좋은 의미를 갖지 못하면 나머지 네 손가락이 아무리 좋은 의미를 가진다고 해도 그 의미가 반감된다.

엄지는 인간의 의지력과 사고력을 나타낸다. 그리고 생명 에너지를 나타내며 삶에 있어 추진력과 힘의 원천이 되는 뇌와도 밀접한 연관성을 지니고 있다. 병자가 죽을 때가 가까워 오면 엄지가 손바닥 안으로 구부러져 들어가며 힘없이 주먹을 쥔다. 또 지능 지수가 낮은 사람의 엄지는 힘이 없고 못생긴 경우가 많다. 엄지가 짧고 곤봉모양으로 생겼으면 매우 본능적이고 때로는 성격이 과격해 지기도 한다.

엄지는 크게 두 가지, 즉 유연한 유형과 경직된 유형으로 나눌 수 있다. 엄지가 유연할수록 손 안팎으로 더 잘 움직일 수 있을 것이다. 유연한 엄지를 가진 사람은 성격 또한 유연하고 마음도 넓어서, 종종 관습에 얽매이지 않는다. 이런 사람은 자신의 견해만 내세우는 성격이 아니라서 새로운 생각을 잘 받아들인다. 불화를 싫어하기 때문에 공격적인 상황을 회피하려고 한다. 관대한 성격으로서 물질적으로 뿐만 아니라 정신적으로도 관용을 베풀 수 있다.

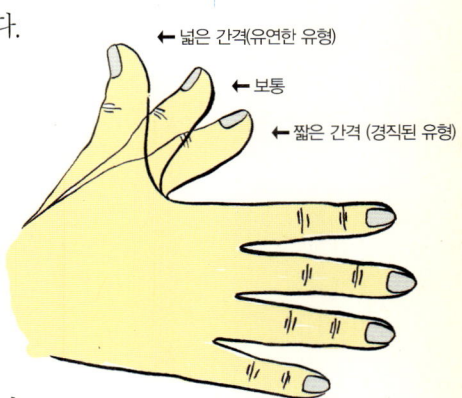

← 넓은 간격(유연한 유형)

← 보통

← 짧은 간격 (경직된 유형)

인간애가 넘치는 태도 역시, 유연한 엄지를 가진 사람의 특성이기도 하다. 솔직하고도 정직한 성격도 물론 강하다. 엄지가 매우 유연하다면, 인생에 대해서 충동적인 반응을 보일 수도 있다. 이런 성격의 유일한 단점은, 남을 기쁘게 해주기 위해 지킬 수 있는 것 이상의 약속을 한다는 것이다. 그러니, 이런 성격을 좀 자제해야 한다. 남들을 실망시키지 않기 위해서, 그리고 신뢰를 잃지 않게 위해서 말이다.

경직된 엄지를 지닌 사람에겐 반항적인 성격이 있다. 엄지가 바깥쪽으로 잘 움직이지 않을수록 그 사람은 반항심과 고집이 셀 것이다. 그래서 유연한 엄지를 가진 사람보다 친근감이 적은 것이다. 경직된 엄지를 가진 사람은 자기 견해와 결단력이 강할 것이다. 자발성이 부족하기 때문에 모든 것에 대해 신중히 생각할 시간이 필요하다. 엄지가 매우 경직되어 있어 손에 거의 붙어 있을 정도라면, 그 사람은 적대감이 많고 논쟁을 좋아하는 성격일 것이며 때로는 독단적이고 자기 생각과 견해만 내세우고 참을성도 매우 부족할 것이다. 그러니 이런 사람들은 참을성을 기르고 친구들을 잘 이해해 주어야 한다. 용기만 있다면, 경직된 엄지를 가진 사람이라 할지라도 그러한 성격을 완화시킬 수 있다. 이런 태도 변하는 시간이 지나면서 알게 모르게 엄지에 조금씩 나타난다.

엄지의 제일 위 마디는 의지력을 나타내는 것이다. 아래 마디는 이성과 논리를 나타낸다. 둘 중에서 긴 마디가 그 사람의 성격에 영향을 준다. 유연성 또한 이 중 하나의 마디 또는 두 마디 모두에 나타난다. 아래 마디가 위 마디에 비해 더 유연하다면, 그 사람은 여러 가지 상황에 적응을 잘 할 것이다. 이성 능력을 이용하여 상황에 먼저 적응할 것이다. 만약 정 반대라면, 즉 위 마디가 더 유연하다면, 분명 의지력이 강할 것이다.

엄지의 중심, 즉 위 부분과 중간 부분 사이에 '허리' 라고 하는 매우 가는 부분이 있으면, 매우 요령 있게 어떠한 것을 남에게 전달할 수 있는 사람이다. 이것은 인생의 여러 면에서 중요한 균형을 이루는 데에 필요한 것이다. 하지만, 엄지에 '허리' 부분이 전혀 없다면, 요령은 부족하지만 논쟁과 이성 능력으로 요점을 말할 수 있다. 엄지가 곧은 사람은 다소 현학적이어서, 논의의 주제가 무엇이든 올바른 결정을 할 수 있다. 공격적이기보다는 고집이 센 성격이다.

전체 손에 비해서 엄지가 짧으면, 대체로 이성 능력이 적다. 엄지가 매우 짧으면, 분명 열정과 감성을 잘 통제하지 못할 것이다. 이런 성격은, 경직된 엄지를 가진 사람에게도 해당된다. 반대로 엄지가 길면, 더 요령 있는 성격을 지녔다는 것이다.

● **유연한 엄지 :** 엄지가 유연할수록 손 안팎으로 더 잘 움직일 수 있다. 유연한 엄지를 가진 사람은 성격도 유연하고 마음의 폭도 넓어 크게 관습에 얽매이지 않는 경우가 많다. 사고의 유연성을 지닌 사람으로 외부의 자극과 새로운 정보를 잘 받아들이며 자신의 견해만 고집하고 내세우지 않는 성격

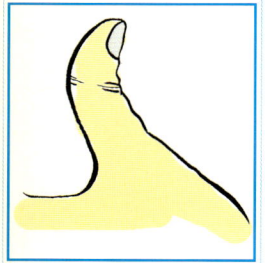
● 유연한 엄지를 가진 사람은 성격이 원만하고 사고의 유연성을 지닌 사람으로 자신의 견해만 고집하거나 내세우지 않고 포용하는 편이다.

으로 직관적인 판단력이 뛰어나고 타인의 의견을 존중하며 사람들과 부딪히는 것을 싫어하기 때문에 되도록 공격적인 상황은 회피하는 편이다.

다른 사람의 아이디어를 구체화시켜 실체로 만들어 내는 재능을 가지고 있으며 손재주가 많으며 실용적 창의력을 가지고 있다. 성격이 관대해서 정신적 물질적으로 베푸는 것을 좋아하고 인간애가 넘치는 태도를 보이며 솔직하고 정직한 성격도 강하다. 하지만 매우 우연한 엄지는 남을 기쁘게 해주기 위해 지킬 수 없는 약속을 하는 경향이 있는데 이런 성격은 자제해야 한다.

● **경직된 엄지 :** 엄지가 경직된 사람은 지적인 창의력을 가졌으며 독창적이고 수평적 사고를 가진 사람으로 다소 반항적인 성향을 보인다. 엄지가 바깥쪽으로 잘 움직이지 않을수록 반항심과 고집이 세다. 이런 유형의 엄지는 친근감이 적고 자기의 견해와 결단력이 강하다. 지적인 영역에서도 슬기롭게 문제를 해결해 나가며 오래된 문제라도 새로운 접근방식으로 해결하는 능력을 가진 사람이다. 엄지가 매우 경직되어 손에 거의 붙어 있을 정도라면 적대감이 많고 논쟁을 좋아하고 독단적이며 참을성도 결여되어 있다. 이 경우 스스로 참을성을 기르고 타인을 배려하고 이해하려는 노력을 하면 성격이 유연해지면서 엄지손가락도 함께 유연해 지게 된다.

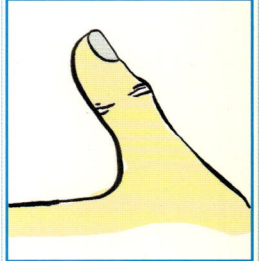

● 경직된 엄지를 지닌 사람은 지적인 창의력을 가졌으며 독창적인 수평적 사고를 가진 사람으로 다소 반항적인 성향을 보인다.

● **엄지의 길이 :** 손 전체에 비해 엄지가 짧으면 대체로 이성적 능력이 적다. 엄지가 매우 짧으면 열정과 감성을 통제하지 못해 문제를 일으키기 쉽다. 이런 성격은 경직된 엄지를 가진 사람도 해당되는 문제이다. 반대로 엄지가 길면 요령 있는 성격을 가지게 된다.

● **엄지의 허리 :** 엄지의 중심, 즉 윗부분과 중간 부분 사이에 허리처럼 매우 가느다란 부분이 있으면 매우 요령 있게 남에게 의사 전달을 할 수 있는 언변을 타고 난 사람이며 달변가이며 사고력이 세심하여 쾌활하고 재치가 넘치며 사교성이 뛰어나 외교적 수완이 있다. 이것은 인생이 여러 면에서 균형을 이루는데 중요한 역할을 해내게 된다. 하지만 엄지에 허리 부분이 전혀 없다면, 요령은 부족하지만 논쟁과 이성능력으로 요점을 말하게 된다. 엄지가 곧은 사람은 현학적인 면이 있어 논의의 주제가 무엇이든 간에 올바른 결정을 내릴 수 있지만 고집이 센 경향이 있다.

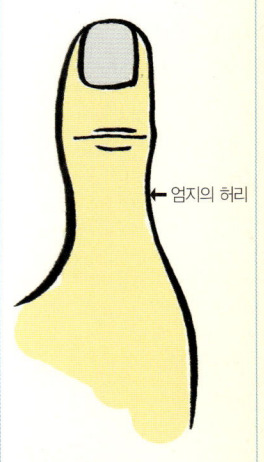

← 엄지의 허리

● 엄지 모양 살피기

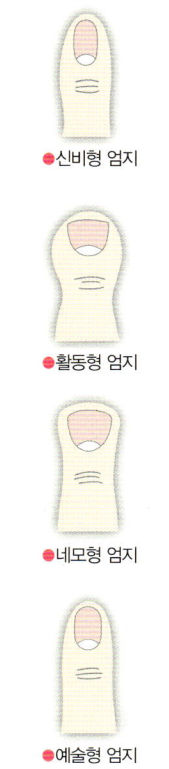

● 신비형 엄지

● 활동형 엄지

● 네모형 엄지

● 예술형 엄지

● **신비형 엄지 :** 엄지손가락이 뾰족하게 생긴 사람은 대체적으로 사교적으로 대인관계의 요령이 좋지만 때로 자신의 이익이나 목적을 위해서 상황을 잘 이용하기도 한다. 이런 사람은 주변 변화에 민감하고 유행을 잘 따르고 다소 신경질 적인 측면을 가지고 있다. 엄지가 뾰족하면 뾰족할수록 충동적이고 즉흥적인 성향을 지닌다.

● **활동형 엄지 :** 곤봉모양의 엄지를 가진 사람은 매우 본능적이고 은근히 과격한 면을 가지고 있으며 모험심이 강하고 창의적인 능력을 지닌 경우가 많아 예술적인 면에 촉각이 발달해 있는 경우도 있다.

● **네모형 엄지 :** 고집이 센 경향이 있고 실용적이고 합리적인 성향을 지니며 규율을 잘 지키는 성격이다. 올바른 판단력과 분별력을 지니고 있으며 항상 정직과 신뢰를 우선으로 생각하는 경향이 강하다.

● **예술형 엄지 :** 예술형 엄지를 가진 사람은 감각적인 면이 뛰어나고 창조적인 마음을 가지고 있다. 외모를 중요시 여기는 성향이 강해 항상 남들에게 멋있는 인상을 주려고 노력하는 사람이 많다. 만약 손가락이 둥글고 작으면 의지력이 약하다.

● 엄지의 크기와 마디

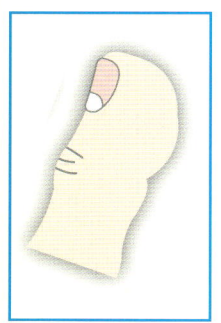

손에 비해 엄지가 큰 경우는 공격적이고 지배적이며 재능을 많이 타고 나지는 않으나 적극적인 자세로 좋은 결과를 얻게 된다. 작고 약한 엄지손가락은 활력과 에너지가 부족해 자신의 재능을 제대로 펼쳐 내지 못하는 경우가 많다. 아주 두텁고 큰 엄지손가락을 가진 경우에는 굉장히 완고하고 불합리적인 성향을 지니는 사람이 많다. 엄지가 뚱뚱하고 못생긴 경우에는 의지력이 지나쳐 황소고집이 있고 생각을 깊이 하지 않고 일부터 저지르고 보는 경향이 있다.

엄지의 첫째 마디는 의지력과 추진력, 결단력과 인내력을 나타내고 둘째 마디는 이성과 논리적 사고력을 나타낸다. 그러므로 엄지의 마디가 서로 균등하게 잘 발달되어 있는 것이 길한 상이다. 유연성도 살펴야 하는데 첫째 마디가 유연하다면 의지력이 강한 사람이고 둘째 마디가 더 유연하다면 이성 능력을 발휘하여 여러 가지 상황에 적응을 잘 하는 사람이다.

● **첫째 마디 :** 첫째 마디가 길고 잘 발달되어 있다면 의지력이 강한 사람이며 추진력과 결단력 인내가 강한 사람으로 판단할 수 있다. 첫째 마디가 짧은 엄지는 계획을 잘 세우고 많은 생각을 하지만 마음만 있을 뿐 실제 행동으로 실천이 잘 안되므로 일을 시작하기 전에 의지와 열정이 사라지는 경우가 많다. 엄지손가락의 첫째 마디가 손가락 끝 쪽으로 깎인 듯이 보이는 엄지를 가진 사람은 사람의 심리를 잘 파악하는 통찰력을 가지고 있다. 첫마디가 볼록한 엄지손가락을 가진 사람은 진취적이고 적극적인 성향을 가지고 있는데 첫째 마디가 굵을수록 자신의 의지력과 고집도 세다고 본다.

← 첫째 마디
← 둘째 마디

● **둘째 마디 :** 둘째 마디가 얇은 엄지는 사고력이 섬세하다. 특히 둘째 마디의 중간 부분이 얇으면서 긴 경우엔 성격이 명랑쾌활하고 사교적인 면이 강하다. 둘째 마디가 두꺼운 경우는 매사 신중을 기한다. 한 가지 문제를 오랫동안 심사숙고하는데 대체로 소극적 성향을 보인다.

둘째 마디가 길면 이성과 논리가 강한 사람이라 판단하면 된다. 이는 사고력이 강한 성격으로 첫째 마디의 의지력과 추진력을 사고력으로 균형을 잡아주어야 하므로 매우 중요한 역할을 하게 된다. 첫째 마디에 비해 둘째 마디가 짧은 경우 사고력이 뒷받침 되지 못하고 행동만 앞서게 되므로 일단 저질러 놓고 보는 성급한 면이 강하다.

●검 지

검지는 목성구 위에 있는 손가락으로 자아, 자신감, 야망, 인생에 대한 긍정적인 태도 혹은 종교적 성향, 명예, 자부심, 독립심, 지배욕, 노력 등을 보는 곳이다. 검지가 휘어지지 않고 잘 뻗어 있다면 일단 이는 자신감이 넘치는 사람으로 정신적으로도 고결하다 판단하면 된다. 또한 검지가 다른 손가락에 비해 긴 편이라면 생활력이 강하고 진취적이며 발전의 가능성을 가지고 있음을 암시하는 것이다.

검지가 매운 긴 경우는 보스기질이 강하게 작용한다고 본다. 다만 검지에 상처나 결함이 있다면 자기 잘난 맛에 살며 폭력적이 될 수도 있다. 검지가 짧은 사람은 매사 자신감이 결여되고 독립적인 일을 잘 수행하지 못한다. 즉 검지가 짧다는 것은 검지가 가지고 있는 좋은 의미들이 상실되는 것이다. 이런 경우라면 독립적으로 사업을 하기보다는 조직에 소속되어 직장생활을 더 잘 할 수 있다고 판단하면 된다.

손을 자연스레 폈을 때 엄지와 검지의 간격이 넓게 펴지면 이는 독립심과 지배욕이 강한 사람으로 진취적 성향이 강한 사람이다. 검지와 중지의 간격이 넓게 벌어지면 역시 독립심이 강하고 자기만의 독특한 정신세계를 가진 사람으로 남에게 간섭받기를 죽기보다 싫어 하는 사람이다. 검지가 중지 쪽으로 휘어져 있다면 소유욕이 강한 사람으로 선천적으로 불안정한 성격이다. 즉 자신이 갖고 싶은 것을 갖지 못하면 심리적으로 불안정해 져서 그것을 가질 때까지 왠지 마음이 편치 않게 된다.

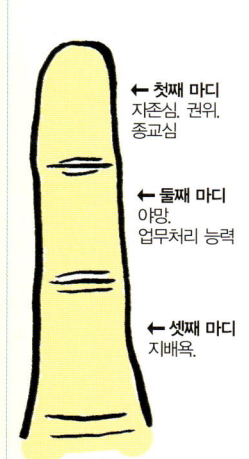

← 첫째 마디
자존심. 권위.
종교심

← 둘째 마디
야망.
업무처리 능력

← 셋째 마디
지배욕.

● **검지의 첫째 마디 :** 검지의 첫째 마디가 갖는 의미는 자존심, 권위, 종교심등을 나타낸다. 다른 두 마디에 비해 첫째마디가 현저히 길면 이는 자존심이 강하고 권위적인 성격의 사람으로 종교를 갖는 경우가 많다. 또한 첫째 마디가 길면 두뇌가 명석함을 의미한다. 반대로 다른 두 마디에 비해 첫째 마디가 현저히 짧으면 이는 종교나 신앙심이 없다고 보며 머리회전이 느리다고 본다. 또 이 부분에 상처나 결함이 있으면 자존심도 없냐는 말을 자주 듣게 되거나 지속적으로 자존심을 다치는 일이 발생하며 심리적으로 상당히 위축되어 심하면 정신질환을 앓게 되거나 이중성격을 보이기도 한다. 이런 경우는 종교를 멀리 하게 되지만 스스로 종교에 의지하거나 명상이나 자기 수련을 끊임없이 하게 되면 오히려 타인에게 존경 받는 인물로 거듭나게 된다.

● **검지의 둘째 마디:** 검지의 둘째 마디는 그 사람의 야망과 업무처리 능

력을 나타내는 곳이다. 둘째 마디가 긴 사람은 야망이 큰 사람이다. 검지가 잘 생기고 이 둘째 마디가 유달리 크다면 그 사람은 업무처리 능력이 탁월하여 자신의 야망을 이룰 것이다. 반대로 둘째 마디가 짧다면 그다지 야망이 없고 사업적 수완도 떨어지는 사람이다. 둘째 마디에 상처나 결함이 있다면 야비하고 잔인해지기 쉬우므로 주의해야 한다.

● **검지의 셋째 마디:** 검지의 셋째 마디는 통치욕구와 지배력을 나타낸다. 셋째 마디가 긴 사람은 항상 남의 위에 서려고 하며 권위적이고 지배적 성향을 갖는다. 그러다 보니 대인 관계에서 사람들에게 좋은 인상을 주지 못하는 경향이 있다. 하지만 검지가 잘 생겼다면 자기만의 카리스마로 사람들을 사로잡는 힘을 가지게 된다. 셋째 마디가 가늘고 섬세한 경우에는 전문적 지식이 많아 특정분야에서 두각을 나타낸다. 셋째 마디가 짧은 경우 오히려 늘 남에게 이끌려 다니게 되고 사람이 매사 바쁜 것이 없으며 고상함이나 세련됨이 부족해 대인관계에 있어 그다지 인기가 없는 사람으로 간주된다. 셋째 마디에 흉터나 결함이 있다면 이는 상당히 권위적이고 폭력적으로 변하지 쉽고 가족이나 아랫사람을 억압하여 폭군이 되기 쉽다.

●중지

검지는 타인들과의 관계를 나타내고 엄지는 조상, 부모의 운을 보며 약지는 배우자, 소지는 자손을 의미한다. 중지는 자기 자신을 나타내는 부분이다. 그러므로 중지는 그 사람의 성향이나 성격을 잘 판단할 수 있는 중심체가 된다. 또한 중지는 책임감, 진지함, 신중함, 도덕, 사색, 고독을 의미한다.

중지가 곧게 잘 뻗어 있고 길며 그 모양이 잘 생기면 사람이 반듯하고 인물이 준수하며 책임감이 강하고 매사 신중하고 진지한 태도로 사회에서도 인정받고 발전하는 사람이지만 성격은 음성적이고 고독을 즐기며 종교나 철학분야에 관심이 많고 이상적인 것을 추구하고 항상 연구하는 마음과 독서를 즐긴다. 중지가 긴 경우는 사람이 너무 진진해 유머감각이 떨어지고 농담과 진담을 잘 구분 짓지 못하는 경향이 있다. 중지가 짧은 경우는 사람이 별로 진지하지 않고 책임감 없는 행동을 해 주변을 실망시키는 일이 빈번하다.

중지와 검지의 사이가 벌어져 있으면 타인의 도움을 기대하기 어려운 것을 뜻하고 이 벌어진 간격이 많이 넓다면 대인관계가 원만하지 못해 주변에 항상 적을 갖게 된다. 반대로 중지와 검지가 가까이 붙어 있는 경우는 대인관계가 원만하고 남을 잘 도우며 타인의 도움도 있는 편이라고 본다. 장지와 검지의 사이의 아래쪽에 틈이 벌어지는 경우는 타인의 말에 손해를 보거나 하는 경우가 발생하거나 구설이 따른다. 혹은 스스로 구설을 만들기도 하는 등 말에 의한 손해가 따르니 항상 말을 아끼고 조심하는 것이 바람직하다.

중지와 약지 사이가 넓게 벌어지는 경우는 자유를 구하는 기질이 강한 사람으로 방종아가 되기 쉽다. 도덕과 윤리에 속박되는 것을 싫어하고 인생을 즐기며 살겠다는 생각이 강해 허랑방탕한 세계에 빠지거나 성적으로 문란해지는 경우가 많으니 유의해야 한다. 이 경우는 친인척 관계가 나쁘거나 배우자와의 관계가 원만하지 못해 생사이별을 하는 경우가 많다. 만약 벌어진 정도가 많이 넓으면 자녀와도 인연이 없는 것으로 판단한다.

장지와 약지 사이가 가까이 붙어 있는 경우는 친인척 관계가 좋은 것으로 보고 부부 운과 자녀운도 좋은 것으로 판단한다. 중지와 약지 사이의 아래쪽에 틈이 벌어지는 경우는 늘 걱정이 많고 친척, 형제, 배우자로 인해 손해를 보는 경우가 많다.

● **중지의 첫째 마디:** 중지의 첫째 마디는 그 사람의 진지함과 학문적 자세를 나타낸다. 중지의 첫째 마디가 길면 학문을 좋아하며 사람이 진지하고 매사 연구적 자세를 취한다. 첫째 마디가 잘 발달하고 튼튼하면서 긴 경우 대부분 학자나 연구직에 종사하는 경우가 많으며 유머 감각은 좀 떨어지는 편이다. 중지의 첫째 마디가 짧은 경우에는 상당히 보수적 성향을 가지고 안정을 추구하는 사람이다. 그러다 보니 새로운 일에 대해서는 망설임이 많고 모험심이 적은 편이며 늘 안정을 위한 안정을 찾는 사람이다. 첫째 마디가 얇은 경우는 매사 비관적이고 삐딱한 시각을 가지고 있으므로 사회에 적응하기 힘들고 대인관계에 있어서도 상대를 항상 의심하고 들기 때문에 고립되는 경우가 많다. 이는 세상을 못 믿고 자기 자신도 믿을 수 없는데 누구를 믿겠느냐는 생각이 바탕에 깔려 있기 때문이다.

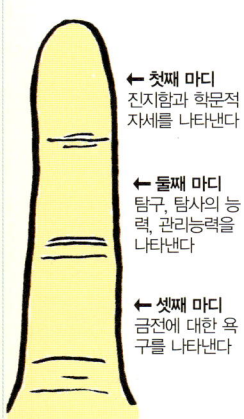

← 첫째 마디
진지함과 학문적 자세를 나타낸다

← 둘째 마디
탐구, 탐사의 능력, 관리능력을 나타낸다

← 셋째 마디
금전에 대한 욕구를 나타낸다

● **중지의 둘째 마디** : 중지의 둘째 마디는 탐구, 탐사의 능력, 관리능력을 보는 곳이다. 중지의 둘째 마디가 길고 잘생긴 사람은 늘 탐구정신이 강해 직접 새로운 일이나 정보에 대해 직접 체험해 보려는 욕구가 강하다. 그러다 보니 이 마디가 길고 잘생긴 사람은 스스로 경험해 보고 아랫사람들에게 일을 더 효율적으로 처리 할 수 있도록 하는 관리능력이 뛰어난 사람이다. 둘째 마디가 짧은 사람은 분석적이고 과학적이다. 이 사람은 늘 어떤 일을 분석하려고 하며 과학적으로 접근한다. 그래서 이럴 것이다. 라는 추측이나 예상은 결코 믿지 못한다. 늘 데이터에 의해 일을 처리 하므로 실수는 없으나 가족이나 대인관계에서는 깐깐한 사람으로 인식되어 지기 쉽다.

● **중지의 셋째 마디:** 중지의 셋째 마디는 금전에 대한 욕구를 나타낸다. 셋째 마디가 긴 사람은 금전에 대한 욕구가 강한 사람으로 물욕이 앞서고 금전만능주의에 빠지기 쉽다. 그러다 보니 항상 돈을 생각하고 돈을 벌기 위한 노력을 하는 사람이다. 또한 이 마디가 긴 경우는 사람이 이기적인 성향을 가지기도 한다. 셋째 마디가 짧은 사람은 항상 돈을 움켜쥐려는 생각이 지배적이다. 그래서 한번 주머니에 돈이 들어가면 좀처럼 나오지 않는 사람으로 금전적인 면에서 상당히 인색한 사람이다. 이런 사람은 항상 돈 때문에 주변 사람을 잃게 된다는 점 명심해야 하며 베푸는 것을 배워 나가야 할 것이다.

●약 지

약지는 그 사람의 인기, 명성, 행운, 예술적 재능과 표현력 등을 나타낸다. 약지가 길게 잘 발달한 사람은 예술적 재능이 풍부하고 화려한 것을 즐기고 활동적이며 행운이 잘 따른다. 그러다 보니 약지가 긴사람 중에는 도박을 즐기는 경우가 많다.

반면, 약지가 짧은 경우는 창의적 재능이 부족하고 예술적 감각이 떨어지며 사교성이 결여되어 있어 침울한 성격을 지니기 쉬우며 유행에 뒤떨어지는 경향도 있다. 항상 행운이 멀리 있고 행복감을 느끼기가 힘든 경향이 있다. 이 경우에는 되도록 많이 웃으려는 노력을 기울려 사람들과의 유대 관계를 형성해 나가는 것이 바람직하다. 결국 행운도 불행도 자기 자신이 만들어 가는 것임을 잊지 않아야 한다.

약지가 중지 쪽으로 휘어져 있으면 책임감과 진지함에 갈등을 느끼며 살아간다. 이런 사람의 경우는 늘 즐거운 생각을 하고 스스로 행복해 지려는 노력을 아끼지 말아야 한다. 약지가 중지에 비해 많이 짧은 경우는 늘 어떤 죄책감에 시달리기 쉬워 밝은 성격일지라도 항상 그늘을 지우게 되어 우울증을 겪기도 한다. 약지와 소지의 간격이 넓은 경우는 구속받거나 간섭 당하는 일이 없고 예술적 재능을 충분히 발휘할 수 있는 사람이다.

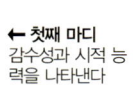

← 첫째 마디
감수성과 시적 능력을 나타낸다

← 둘째 마디
사업적 재능과 예술적 재능을 나타낸다

← 셋째 마디
예술적 애호도를 나타낸다

● **약지의 첫째 마디 :** 약지의 첫째마디는 그 사람의 감수성과 시적 능력을 나타낸다. 이 마디가 긴 경우는 시와 문학에 감수성이 예민하며 예술품이나 음악을 감상하는 안목도 넓고 깊다. 언어를 아름답게 구사하는 시인이나 문학가에게 나타나고 예술적 취미를 즐기는 경우도 많다. 하지만 지나치게 길면 자아도취에 빠지는 경우가 있고 손가락 끝이 주걱모양으로 생기면 극단적인 성향을 보이기도 한다. 약지의 첫째 마디가 다른 마디에 비해 현저히 짧은 경우는 예술적 감각이 떨어지고 유행에 뒤지며 세련됨과 고상함을 지니지 못해 사람이 약간 촌스러운 느낌을 주기도 한다.

● **약지의 둘째 마디 :** 약지의 둘째 마디는 사업적 재능과 예술적 재능을 나타낸다. 약지의 둘째 마디가 긴 사람은 시각적인 감각이 뛰어나 선이나 색을 보는 안목이 깊다. 이 유형의 사람은 그러한 자신의 재능을 사업적으로 발전시켜 나가는 경우가 많고 미술품 큐레이터로 활동하는 경우도 많다. 약지의 둘째 마디가 짧은 사람은 시각적 감각이나 사업적 재능이 부족한 것으로 본다.

● **약지의 셋째 마디:** 약지의 셋째 마디는 예술 애호도를 나타낸다. 셋째 마디가 긴 경우에는 예술에 대한 애호도가 깊고 그에 대한 욕심이 많은 사람이다. 특히 이 마디가 두꺼우면 예술품 수집에 열을 올린다. 또한 이 마디가 길면서 두꺼우면 자신의 허세를 위해 예술품을 수집하는 경향이 보인다. 셋째 마디가 짧은 경우에는 예술에 대한 심미안이 부족한 사람이다.

●소 지

소지(새끼 손가락)는 외교적 능력, 재력, 지혜 등을 나타낸다. 소지가 길고 잘생긴 사람은 외교적 능력이 뛰어나 타인과의 의사소통이 잘 되고 자기표현 능력이 탁월하다. 또한 소지는 재력을 나타내기도 해 소지가 잘 생기고 긴 사람은 지혜롭고 이재에 밝아 재물을 모으는 일에도 능하다.

소지는 자녀를 의미하기도 하므로 소지가 길고 잘생긴 사람은 자녀 운이 좋아 자녀에게 애정이 많고 또 자녀가 발전한다. 소지가 극단적으로 긴 경우에는 자칫 탐욕적인 사람이 되므로 주의해야 한다. 소지가 짧은 경우는 외교적 능력이 모자라고 자기표현을 잘 못해 타인과의 의사소통이 어렵고 사교성이 떨어져 대인관계에 문제를 일으키기 쉽다. 또한 이 경우 이재에 어두워 재물과는 거리가 멀거나 구두쇠가 되기 쉽다.

소지가 짧은 경우는 결혼운도 좋지 않다고 보고 자녀운도 없다고 판단한다. 소지가 굽어 있는 경우는 신뢰성이 떨어지고 사기성 기질이 농후하며 자녀와도 사이가 나쁜 경우가 많다. 소지가 약지와 떨어져 있으면 자립적 사고방식을 가지고 있으며 어색한 태도와 비협력적인 태도를 보이기도 한다. 이 경우 성격이 대체로 까다로운 편이다.

소지는 성적인 것과도 연관을 가지는데 소지가 다른 손가락과 많이 떨어져 있는 경우는 친밀한 관계에서 자기표현을 하기 어려워하고 그로 인한 갈등을 악화 시킬 수도 있다. 소지가 곧을수록 아주 직선적인 사고방식을 가지고 살아간다. 소지가 약지 쪽으로 휘어져 있는 경우는 선의의 거짓말을 하거나 선의도 악의도 아닌 모호한 거짓말을 하는 경우도 있는데 이는 대체로 스스로 어떤 일을 잘 극복하지 못할 때 보이는 모습이다.

● **소지의 첫째 마디 :** 소지의 첫째 마디는 의사소통 능력을 보여주는 곳이다. 이 부분이 길면 자신의 생각이 명확하고 자기주장이 뚜렷하여 상대편에게 자신의 의사를 분명하게 전달한다. 여기에 손가락 끝이 뾰족하게 생기면 사람을 설득하는 능력이 뛰어나 상대를 설득시켜 자신의 의사를 관철시키는데 능한 사람이다. 첫째 마디가 짧은 경우 상대를 설득시키거나 자신의

의사를 전달하는 것을 귀찮게 생각하며 게으른 사람이 많다.

● **소지의 둘째 마디 :** 소지의 둘째 마디는 합리적 성향과 상업적 재능, 성적 취향 등이 나타나는 곳이다. 소지의 둘째 마디가 길면 생각이 합리적인 사고를 가진 사람으로 자기만을 고집하지 않고 대인관계나 의사소통에 있어 합의를 이끌어 내는 재능이 있다. 이는 상업적인 재능으로 발전해 거래를 함에 있어서도 흥정을 잘 하는 사람이다. 또한 이 부분이 길면 애정 면이나 성적인 면에 있어서도 자신의 기분만이 아니라 상대를 배려하는 마음이 크다.

소지의 둘째 마디가 짧은 경우는 자기의 기분에 따라 매사를 결정짓게 되는 경향이 있고 정조관념이 희박하여 여러 명을 상대하는 등 문란한 성생활로 물의를 일으킬 소지가 많으므로 항상 자제해야 한다. 소지의 둘째 마디가 굵은 경우는 파렴치한 일을 하는 경향이 있다.

● **소지의 셋째 마디 :** 소지의 셋째 마디는 상상력과 사업 및 상업능력을 보는 곳이다. 소지의 셋째 마디가 긴 경우는 사업이나 상업에 능력이 탁월한 사람이 많다. 경영이나 장사수완이 좋아 손대는 일마다 성공을 거두어 부를 이루게 된다. 다만 자기기만적 성향을 주의해야 한다. 셋째 마디가 짧은 경우 사람이 소박한 것을 좋아한다. 그래서 화려한 도시 생활보다는 전원생활을 즐기고 음식도 토속적이며 소박한 상차림을 선호하는 편이다. 셋째 마디가 굵은 사람의 경우는 현실적이고 눈에 보이는 현상에 집중하는 상상력이 부족한 사람으로 창의력을 요하는 일은 하기 힘이 들고 사업이나 장사에 있어서도 기존에 해오던 방식이나 원리 원칙적 경영방침을 선호하게 된다.

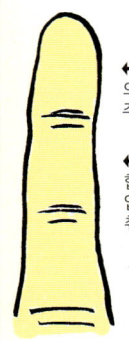

← **첫째 마디**
의사소통을 보여 주는 곳이다

← **둘째 마디**
합리적 성향과 상업적 재능, 성적 취향을 나타낸다

← **셋째 마디**
상상력과 사업 및 상업능력을 보는 곳이다

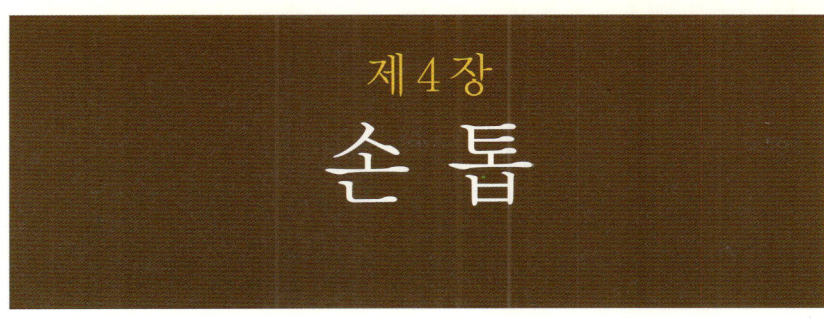

제 4 장
손 톱

 손가락과 마찬가지로 손톱 역시 여러 가지의 형태를 하고 있으며 그 생긴 모습에 의해 많은 것들을 알 수 있다. 특히 손톱은 사람의 건강적인 문제와 직결되어 있어 건강적인 측면을 관찰할 때 매우 용이하다. 건강에 이상 있는 지는 손톱을 살펴보면 금방 알 수 있게 된다. 건강한 사람의 손톱은 광택이 있고 빛깔이 담홍색으로 고우며 손톱아래 반월형이 흰색으로 나타난다. 건강이 좋지 않은 사람의 손톱은 빛깔이 혼탁하고 가로세로의 줄이 많이 나있는 것을 볼 수 있다. 손톱은 생긴 모양, 그 길이의 길고 짧음, 색, 반점, 줄등으로 길흉을 판단하게 된다.

● 손톱의 길이

 손톱의 길이가 길고 짧은 것은 손가락의 첫째 마디를 기준으로 판단한다. 첫째 마디의 절반정도의 길이를 표준형으로 보고 이보다 긴 것을 긴 손톱, 이보다 짧은 것을 짧은 손톱으로 본다.

 ● **표준 길이 :** 손톱의 길이가 첫마디의 절반 정도의 크기인 이 유형의 손톱은 대체로 건강하고 명랑한 성격의 소유자로 큰 어려움 없이 인생을 살아간다.

 ● **긴 손톱 :** 첫째 마디의 절반을 넘는 긴 손

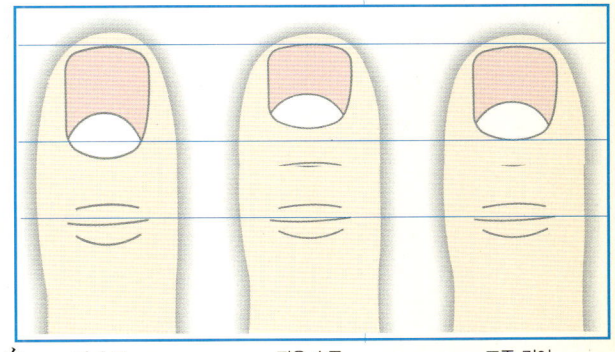

긴 손톱   짧은 손톱   표준 길이

톱을 가진 사람은 예술적 재능이 많고 사교적이다. 이 손톱의 특징은 매사 낙천적인 성격의 소유자로 어떤 어려운 상황이 와도 크게 불안해하지 않는다. 손톱이 길면서 넓은 경우는 매사 자기중심적이고 이기적인 사람으로 다른 사람의 감정이나 생각을 무시하는 경향이 있다.

● **짧은 손톱** : 첫째 마디의 절반보다 짧은 손톱은 머리가 명석한 사람이다. 그러나 무엇이든 남의 손에 맡기지 못하고 본인이 직접 해결하려는 성향이 있다. 좋고 싫은 것이 분명해 이런 모습이 극단적인 양상을 낳기도 하고 이성과 이론을 앞세워 타인을 공격하는 일을 잘하나 날카로운 비판력으로 타인의 마음을 상하게 하는 경우도 많다. 여성은 남편이나 아이들에게 불평 불만을 많이 가지게 되어 가정생활이 힘들어 질수도 있으나 만일 사회활동을 하게 되면 가정의 불화는 줄일 수 있다. 극단적으로 짧은 손톱의 여자는 자궁에 문제가 있어 임신 출산에 문제가 발생한다. 여기에 소지가 짧으면 자녀를 생산하기 어렵다.

● 손톱의 모양

손톱의 모양은 주로 손끝의 모양과 일치하는 경우가 많다. 예를 들어 손가락 끝이 둥글면 손톱의 모양도 둥근 편이고, 손끝의 모양이 각이 지면 손톱의 모양도 각이진 형태를 하게 된다.

손가락 끝과 손톱의 모양은 자신의 내면을 외부에 표현하는 양상을 나타내고 있다. 손가락 끝에 달려 있는 손톱의 모양은 각 손가락 마다 의미를 달리하는데 검지는 자아와 관련된 것을 보여주고, 중지는 책임감을 나타내고, 약지는 예술적 재능과 창의력을 나타내며 소지는 자기표현과 의사소통을 나타낸다.

손가락 첫 마디가 짧아서 손톱이 짧은 경우가 있는데 이런 경우에는 재치나 요령이 부족한 사람이다. 대체로 성격이 급하고 충동적인 성향을 보이며 비판적이고 성급한 결론을 내리는 경우가 많다.

손전체가 짧고 땅딸막하면 매우 까다롭고 방어적인 사람이다. 만약 이런 사람이 손바닥이 붉은색 이거나 손금이 붉은색이면 그 의미는 더욱 강하게 작용한다. 하지만 손가락 첫마디는 길지만 손톱이 짧다면 이성적인 사람으로 자기 통제력과 재치가 있는 사람으로 판단하면 된다. 손톱은 그 사람의 활력의 정도를 보여 주므로 손톱이 넓은 사람은 손톱이 좁은 사람에 비해 활력이 넘친다.

● **네모형 손톱** : 네모형 손톱은 주로 손가락 끝도 네모형인 사람이다. 이 손톱을 가진 사람은 스스로 규칙을 잘 만드는 사람이다. 다소 성격이 급한 면이 있으나 되도록 자신을 통제하려는 이성이 강한 사람이다. 이는 네모형의 손톱이 상당히 이성적이고 세상을 현실적으로 바라보는 시각이 강하기 때문이다. 때문에 창의력은 부족하지만 부단한 노력으로 자기만의 일처리 방식을 가지고 있는 경우가 많고 주변을 깔끔하게 정리정돈 하지 않으면 불안해서 흐트러져 있는 것을 그냥 보아 넘기지 못한다.

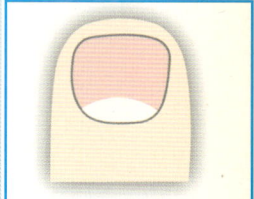

네모형 손톱이 붉은 빛을 하고 있는 경우는 자기통제가 잘 안 돼 화를 참지 못하고 분노하는 경향이 있다. 그러나 손톱 색이 창백한 경우는 웬만해서 쉽게 화를 내지 않는 경향을 보인다. 네모형 손톱이 짧은 경우는 요점 파악이 잘 안되고 편협한 태도를 보이며 이성적이기보다는 감정적인 경우가 많다. 이런 사람은 사소한 생각이나 자신의 신념에 집착하는 성향이 짙어 자신의 세계에 갇히는 경우가 많다.

합리적으로 타협하는 일이나 다른 관점에서 문제를 해결하는 일이 거의 없고 자신의 관점에만 매달려 있어 고집이 세고 성격이 급하다. 네모형의 손톱이 푸른빛을 하고 있으면 심장이 약한 경우가 많고 색이 짙은 청색이나 보라색인 경우에는 심장질환이 있다.

● **둥근형 손톱** : 둥근형의 손톱은 손가락 끝도 둥근형인 경우가 많다. 이 유형의 사람은 기분에 살고 기분에 죽는다. 환경변화에 적응이 빠르고 어떤 환경 어떤 분위기 속에서도 적응해 자기 일을 하는 사람이다. 사막에 버려와도 죽지 않고 살아남는 유형이라 할 수 있다. 정열적이고 사교적인 성격이지만 사람들과 마찰도 곧잘 일어난다. 이는 할 말은 하고 마는 솔직한 성격이 둥근형의 특성이기 때문인데 사교적인 만큼이나 입바른 소리를 잘해 상대를 기분 나쁘게 하는 경향이 있으며 눈에 거슬리는 한 사람을 집중적으로 공격

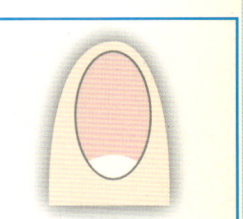

하기 때문에 다투는 일이 많다. 그러나 언제 그랬느냐는 듯 뒤끝 없이 풀어져 금방 화해하는 성격으로 오랫동안 담아두지 못한다. 부모를 죽인 원수라 할지라도 용서하는 형이다. 단점은 돈을 함부로 쓰는 낭비성이 있다는 것이다. 즉 금전에 대한 개념이 없는 사람으로 주머니에 있는 돈은 다 써버려야지 직성이 풀리는 사람이다. 이 유형의 사람은 지갑을 비워 두는 것이 좋다.

둥글면서도 짧은 손톱을 가진 사람은 비판력이 뛰어나 언제나 칼날 같은 말을 잘 내 뱉고 옳고 그름을 반드시 가려내고 마는 무서운 면이 있다. 이 사람은 대체로 자신이 정해 놓은 정의의 잣대를 항상 가지고 다니는 사람이다.

둥글면서 긴 손톱을 가진 사람은 성격이 온화하고 차분한 편이다. 평소 말을 많이 하지 않는 성격으로 내심을 알 수 없는 사람이다. 하지만 자신의 관심사나 전문적인 분야에 대해서는 주변을 감동시킬 만큼 조리있게 말을 잘한다. 평소 차분한 성격이라고 해도 심기를 잘못 건드리면 아주 무서운 사람으로 돌변하므로 주의해야 한다.

둥근 손톱이 널찍하게 생겼다면 비장계통의 질환이나 담석증 등이 생길 수 있으니 주의해야 한다. 이런 사람은 평소에는 그렇지 않다가 화가 나면 상당히 폭력적으로 돌변할 수 있으므로 주의해야 한다.

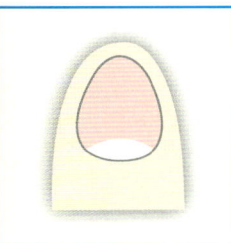

● **삼각형 손톱 :** 삼각형의 손톱을 가진 사람은 감수성이 예민하고 세련된 사람이다. 감정의 변화가 많고 쉽게 감상에 젖으며 낭만적인 사람이다. 항상 말과 행동이 세련되고 우아한 면이 있으며 사물을 보는 안목도 뛰어나 고상한 차림을 좋아한다. 대체로 삼각형 손톱은 질투심이 많고, 부정적인 생각을 많이 한다. 주변사람들에게 차갑고 냉정한 인상을 주기도 하므로 늘 좋은 생각을 하고 웃는 얼굴로 긍정적인 사고를 하는 것이 운에 도움이 된다.

손톱이 심한 삼각형을 이루고 있으면 항상 외향에만 치중한다. 항상 자신의 옷차림에 신경 쓰고 눈에 보이는 부분에 치중하기 때문에 정서적으로는 메마르고 오로지 물질에만 신경을 쓴 나머지 모든 것을 최고급의 것을 갖고 싶어 한다. 또한 이 유형은 늘 진실을 숨겨두는 경향이 있어 자칫 거짓된 삶을 살거나 비밀이 많은 사람이다.

삼각형의 손톱을 가진 사람은 장 질환에 주의해야 한다. 물을 바꾸거나 조금만 맞지 않는 음식을 먹으면 장에 탈이 생겨 잦은 설사와 변비 현상을 일으키고 심한 경우 암으로 발전하니 평소 건강에 신경을 많이 쓰는 것이 좋다. 또한 편도가 잘 붓거나 인후가 약한 경우가 많다. 역삼각형의 손톱은 척추질환, 손발 저림, 부분적 마비증세가 있을 수 있다.

● **기타 여러 유형의 손톱** : 손톱이 새 발톱 모양으로 휘어져 있는 경우 성격이 까다롭고 고집이 세다. 이런 유형의 사람은 지배적이고 우월적인 태도로 주변을 무시하는 경우가 많다. 손톱이 매우 짧으면 힘이 부족하고 체력적으로 약해 쉽게 피곤을 느끼며 신경이 예민하다. 손금이 진하게 나타나 있으면 이런 의미가 더욱 강해진다.

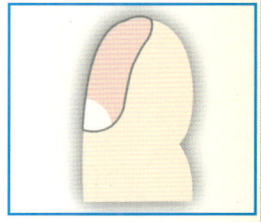

손톱이 아몬드처럼 길고 뾰족한 듯 둥근모양이면 육체적으로 약하거나 신체적 결함이 있는 경우가 많다. 손톱에 세로의 줄이 진 경우가 많은데 건강이 좋지 않다는 신호이다. 대체로 이 경우에는 신경성 질환과 중독성 질환이 있다. 손톱에 가로의 줄이 간 경우에는 큰 변화가 오는 경우가 많다.

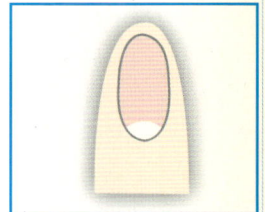

● **손톱으로 알 수 있는 건강 체크** : 손톱도 건강문제를 보여준다. 손가락에서부터 손톱이 형성되어 나오는 데는 약 9개월이 걸린다. 손톱에 있는 홈집을 통해 건강 문제가 언제 발생했는 지를 알 수 있다. 아래 그림은 손톱에 나타난 전형적인 건강의 조짐들이다.

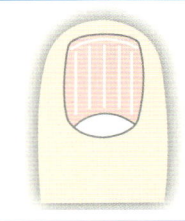
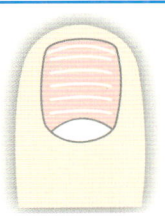
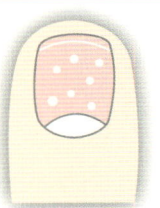
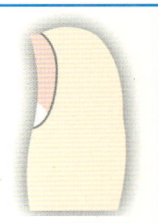

손톱에 수직 융기선이 있으면 정신적 충격 또는 육체적인 힘을 요하는 여러가지 일에 직면해 있음을 의미한다.

손톱에 가로 융기선은 산성(酸性)과 관련된 문제를 보여주는 것일 수 있는데, 주로 나이가 많은 사람들에게 나타난다.

손톱에 흰 얼룩이 있으면 신경이 약하다는 것이며, 손톱 위에 점은 허약한 체질을 의미한다. 또 검은 점은 질병이 있음을 알려주는 것이므로 속히 병원에 가서 검사를 받아 보는 것이 필요하다.

움푹 패인 손톱은 미네랄 부족과 관련있다. 이것은 또한 신체적 건강을 보여주는 것이기도 하다.

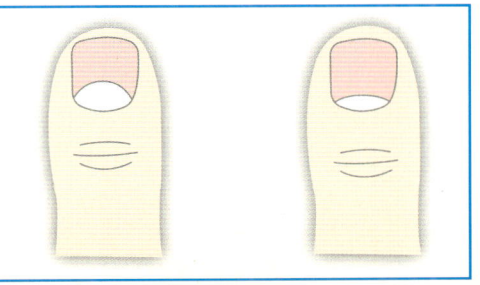

건강한 사람의 손톱에 반달은 크고 또렷하게 나타난다. 대략 손톱 크기의 1/5 정도가 표준이며, 그 보다 크면 소화기 계통이 왕성해서 비만이 생길 수 있음으로 조심할 것 반대로 아주 작거나 없는 경우는 소화기 계통의 기능 저하로 피곤이 누적될 수 있으므로 휴식과 적당한 운동이 필요하다.

제 5 장
손바닥

손바닥은 언덕과 계곡이 있는 풍경과도 같다. 가장 높은 곳을 구(丘)라고 하는데, 손가락과 마찬가지로 각각의 구 역시 행성의 이름을 따서 만들어졌다.

금성구(♀)은 엄지 아래쪽 살이 있는 부분이다. 이 구는 높을수록, 사랑을 수용할 수 있는 능력이 많아진다. 만약 손 전체에 살이 많고 땅딸막하다면, 이런 특징은 자아도취로 빠질 것이다. 금성구가 적당한 사람은 일반적으로 자연, 음식, 음료수, 즐거운 시간 등을 굉장히 좋아한다. 미식가인 경향이 있고, 온정과 기쁨을 줄 수 있는 지상의 농작물로써 타인을 즐겁게 해주는 것을 즐긴다. 금성구가 평평하면, 육체적인 사랑보다는 정신적이고 영적(靈的)인 사랑을 하는 사람일 것이다.

월구(☽)은 상상력, 이상주의, 낭만, 여행 등과 관련이 있다. 이 구가 많이 발달된 사람은 동정심이 많을 것이다. 왜냐면, 이 구는 자기 개인의 욕구가 타인의 욕구와 관련이 높기 때문이다. 월구가 충만한 사람은 때로는 너무 감성적인 태도를 보이기 때문에 쉽게 이성을 찾지 못할 수 있다. 때로는 월구가 충만한 사람은 강한 종교적 견해 및 관습과도 관련이 있다.

목성구(♃)가 발달되어 있으면, 자신의 일은 최대한 자신이 책임지려는 욕구를 갖고 있을 것이다.

토성구(♄)가 발달된 사람은 진지하고도 심지어는 엄숙하기까지 한 성격이어서, 어떠한 것을 매우 심각하게 받아들이는 경향이 있다. 월구가 낮거나 아예 없는 사람은 경박한 성격이어서, 어떠한 것을 전혀 진지하게 받아들이지 않는다.

태양구(☉)는 각광을 받고 싶어 하는 욕구를 나타낸다. 태양구가 작은 것보다야 아무래도 큰 게 낫다. 태양구가 크면 자만심이 많은 성향을 나타내기는 하지만, 마음속에는 사랑과 온정, 충실함, 씀씀이가 큰 성격을 지니고 있다.

수성구(☿)가 발달되어 있으면, 화술(話術)이 뛰어나고, 정신적으로 재치가 많으며, 아이디어도 풍부하다. 만약 이 구가 충만하다면, 정신력이 매우 풍부할 것이다.

화성구(♂)는 세 개가 있다. 엄지에 가장 가까이 있는 화성구가 가장 많이 발달되어 있다면, 때로는 철인경기를 할 만큼 활력이 증가할 것이다. 중간에 있는 화성구는 탄력성이 좋은데, 여기에는 내적 활력과 반항심이 잘 나타나 있다. 만약 이 부분이 부드럽다면, 활력이 매우 적을 것이다. 손 바깥쪽에 있는 화성구가 발달되어 있으면, 내적 상태가 불안하고, 정신적인 공격성을 지니고 있을 것이다. 어떤 손바닥에는 두 개의 구가 결합되어 있다. 예를 들어, 창의력을 나타내는 태양구와 혁신성을 보여주는 수성구가 결합되어 있으면, 창조적인 아이디어의 영감(靈感)을 받을 수 있다.

●구(丘)

손바닥을 살펴보면 평면이 아니다. 손바닥 가운데를 중심으로 언덕처럼 볼록하게 솟아 있는 부분들이 있는데 이 부분들을 구(丘)라고 한다. 구는 각각이 의미하는 바가 다 틀리고 구에 나타난 문양과 높낮이에

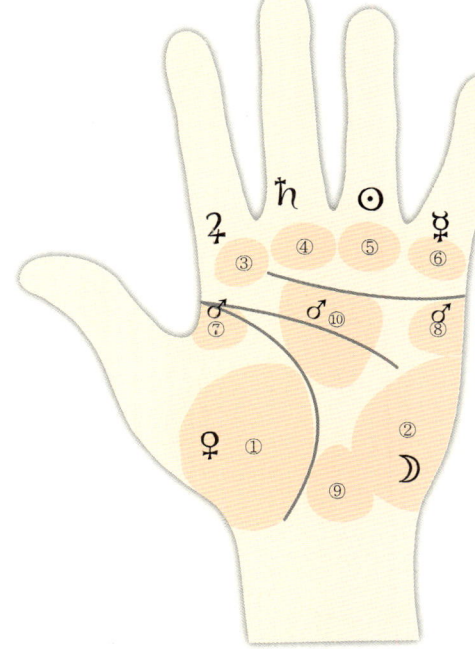

1. 금성구
2. 월구
3. 목성구
4. 토성구
5. 태양구
6. 수성구
7. 제1화성구

8. 제2화성구
9. 해왕성구
10. 화성평원

손바닥에 위치한 대표적 칠구(七丘) : 금성구, 월구, 목성구, 토성구, 태양구, 수성구, 화성구

따라 길흉이 달라진다. 그러므로 각 구의 특성을 잘 이해하고 거기에 나타난 문양과 색을 잘 이해하면 어떤 운명을 가졌는지 알 수 있다.

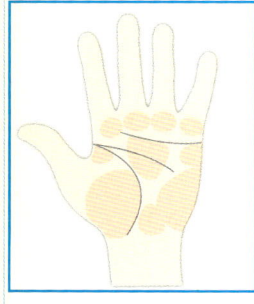

●구의 종류

손바닥의 중앙 평평한 곳을 중심으로 화성평원이라 하고 이를 중심으로 9개의 언덕이 형성된다. 금성구, 월구, 제1화성구, 제2화성구, 태양구, 수성구, 목성구, 토성구인데 수상가들 마다 조금씩 구를 나누는 방법이 틀려서 제1화성구와 제2화성구를 다 같이 하나로 묶어서 7개의 구로 나누는 방법이 있고, 금성구와 월구 사이의 해왕성구를 인정하지 않고 8개의 구로 나는 방법도 있다. 또 손바닥 한가운데를 화성평원이라 하여 10개의 구로 나누는 방법도 있다. 이 책에서는 10개의 구로 나누는 것을 기본으로 한다.

구는 적당히 고루 발달되어 있는 것을 좋은 것으로 본다. 대부분 두 세 곳이 균등하게 발달되어 있으나 어느 하나가 특별나게 발달하고 다른 곳이 미약하거나 흠이 있는 경우는 좋은 의미와 나쁜 의미가 강하게 나타나므로 성격이나 행동이 극단적으로 변해 갈수 있다. 구들이 모두 균등하게 잘 발달되어 있는 경우에는 인생도 별 어려움 없이 평탄하게 살아가게 된다.

●금성구

금성구의 위치는 엄지 아랫부분에 볼록하게 튀어나온 부분을 가리킨다. 이는 엄지의 세 번째 마디에 해당하기도 한다. 엄지는 육안으로 쉽게 보기에는 마디가 둘 밖에 보이지 않지만 사실상 이 금성구 부분이 엄지에 셋째 마디에 해당하는 부분이다.

금성구는 생명력을 나타내는 부위로 건강, 애정, 매력, 성욕 등을 나타내고 있는 부분이다. 금성구가 잘 발달되어 높이 솟아 있는 경우는 신체 에너지가 강하게 작용하는 경우여서 성욕이 강하고 애정을 수용하는 능력이 많다. 사교성이 뛰어나 사람들과 잘 어울리고 다툼을 싫어한다. 상당히 매력적인 사람으로 화려하고, 사치를 즐기며, 음악, 무용, 문학, 예술을 좋아하고 즐기는 풍류가이다. 정직한 성격으로 남을 속이는 일은 하지 않는다. 대체로 미남 미인 형이 많고 여성적이며 행동이 온순하고 살결은 흰 사람이 많고 키와 살은 중간 정도이다.

금성구가 지나치게 발달하면 윤리와 도덕을 무시하는 경향이 있고 육체적 향락에 빠지게 되니 주의해야 한다. 또한 이 경우에 금성구가 붉은색을 하고 있으면 과다한 성욕으로 색광이 되기 쉽다. 만약 손 전체에 살이 많으면서 땅딸막하게 생겼다면 이런 특징은 자아도취에 빠져 자기 잘난 맛에 살아가는 사람이다.

금성구가 적당한 사람은 대개 자연을 좋아하고 미식가이며 즐거운 시간을 보내는 것을 좋아한다. 자신이 만든 음식이나 자연에서 얻은 식재료를 이용해 사람들과 함께 나누고 대접하는 것을 즐기는 사람으로 사교적인 생활을 즐기는 타입이다. 금성구가 잘 발달하지 못한 사람은 건강이 약한 편이고 육체적인 사랑보다는 정신적이고 영적인 사랑을 즐기는 사람이다.

●월구

월구는 금성구의 옆으로 소지에서 아래 손목과 연결된 부분이다. 월구는 상상력, 이상주의, 낭만, 여행등과 관련되어 있으며 잠재능력, 직관력, 신비주의, 영감, 예술적 재능, 창작능력 등을 알 수 있는 곳이다.

월구가 매우 잘 발달되어 있는 경우에는 예술적 재능을 타고 나지만 변덕이 심하고 비현실적인 생각이나 생활을 하게 되며 동작이 느리고 게을러서 매사 계획만 세우고 실행에 옮기지 못하는 경향이 있다. 너무 감상적인 태도를 보이기 때문에 이성교재가 힘이 든 경우가 많고 종교적 성향이 강해서 신앙이 돈독하거나 종교, 철학에 관심을 많이 가지기도 한다. 또한 동정심이 많은 사람이기도 하다. 이는 월구는 자신의 개인적인 욕구가 타인과의 관계에서 이루어지는 것을 나타내기 때문이다. 즉 월구가 잘 발달된 사람은 친인화적인 사람으로 타인과의 관계유지에 많은 신경을 쓰는 사람이라 보면 된다. 인물은 턱이 둥근 편이며 대체로 살이 찐 편이고 피부색은 창백한 경우가 많다.

월구가 너무 발달되어 있어 다른 구들이 상대적으로 낮아 보이면 이기적이고 음험한 성격으로 거짓말을 잘한다. 이성관계도 난잡해 진다. 이는 성욕과 관계없이 눈앞의 새로운 것에 끌리게 되는 특성 때문으로 이해하면 된다.

●목성구

검지 아래가 목성구이다. 목성구는 권력, 명예, 지배욕, 자부심등을 나타낸다. 목성구가 잘 발달되어 있는 사람은 최대한 자신의 일에 책임을 완수하려는 욕구가 강해 포기가 쉽지 않은 성격이다. 자신감이 넘치고 타인에게 관용을 베푸는 편이며 야망이 강한 사람이다. 보수적 성향이 강하고 명예를 중요시 여기며 돈을 잘 쓰는 사람으로 다른 사람보다 출세가 빠른 편이다. 성격은 밝으며 정직하지만 형식이나 격식을 중요시 여기는 사람이다. 그러므로 형식과 격식을 무시하는 것을 가장 싫어한다. 다부진 몸매에 크지도 작지도 않은 체구이다. 혈색이 좋으며 가슴과 어깨가 발달되어 있는 경우가 많다. 이 부분이 지나치게 발달하면 이기적이고, 폭력적으로 변한다. 폭음폭식에 난잡한 성욕으로 질병이 생기기 쉽다.

●토성구

중지의 아랫부분에 해당하는 부위가 토성구이다. 토성구는 냉정함, 사려 깊음, 고독의 성향을 나타낸다. 토성구가 잘 발달되어 있는 사람은 진지하고 엄숙한 성격이어서 학문연구에 관심이 많고 세상을 살아가는데 있어 일반 상식을 벗어나는 언행을 하지 않으며 대인관계도 진지하고 사려 깊은 배려를 함으로써 사람들에게 지적이고 바른 사람이란 평을 듣게 된다. 뛰어난 재능을 가지고 있기도 하며 사치와 화려함을 싫어하고 사교적이지 못해 세속적인 즐거움과 어울리지 못하는 경향이 있다. 성격은 내성적인 편이고 행동은 둔하고 느리지만 인내력이 있어 꾸준히 노력하고 일하여 자기의 꿈을 성취해 나가는 사람이다. 대체로 이마가 넓고 턱이 좁은 경향이 있다. 피부색은 노랗고 체구는 마른 편으로 자세가 바르지 않은 경우가 많다. 유달리 토성구만 발달되어 있다면 극단적인 면을 보이는데 위험한 사이비 종교에 빠진 듯 비관적이고 냉소적인 성향을 가지게 되며 비윤리적이고 비도덕적인 사상을 가지게 된다. 이 경우 신경성 질환을 앓거나 손발을 심하게 다치는 경우가 있다. 토성구가 낮거나 아예 없는 경우는 경박한 성격으로 무엇이건 진지하게 받아들이지 않고 책임감도 없는 사람이다.

●태양구

약지 아랫부분이 태양구이다. 태양구는 예술, 창조, 감성 등을 의미하며, 사랑과 온정, 씀씀이를 나타내는 부위다. 태양구가 발달된 사람은 머리가 좋고 지적인 사람이며 각광받고 싶어 하는 욕구가 강하며 성격이 명랑하고 심미안을 가진 사람이다. 이런 특징이 늘 유행에 관심이 많고 자신을 꾸미고 자기의 환경을 아름답고 멋있게 꾸미는 일에 열중하고 이런 성향은 명성이나 지위를 좋아하는 성향 때문에 항상 자신의 명성이나 지위에 걸맞은 차림에 촉각을 곤두세우고 있기 때문이다. 어떤 일을 해도 실패하는 경우는 없고 다만 너무 정직해서 남에게 이용당하는 경우가 생길 수 있으니 주의해야 한다. 적당한 키와 몸집을 가지고 혈색이 좋고 상당히 매력적인 미남 미인형이 많다. 지나치게 발달한 경우는 자신의 자만심이 많고 외모에만 치장하는 경우가 많고 씀씀이가 크고 허영심이 강해 오해를 사는 경우도 있다. 그러나 여기서의 씀씀이는 금전적인 면만을 지칭하는 것은 아니며 마음의 씀씀이도 큰 것을 의미하니 태양구가 지나치게 발달했다 해서 나쁜 것만은 아니다. 태양구가 잘 발달되지 않은 경우는 사람이 음울해 보이고 예술에 대한 이해력이 떨어지며 남을 위해 맘을 잘 쓰지 않는 이기적 성향도 있다.

●수성구

소지 아랫부분이 수성구이다. 수성구는 지혜, 기지, 과학, 외교, 사교성, 상업 등을 나타낸다. 수성구가 잘 발달되어 있는 경우는 화술이 뛰어나고 재치가 많아 타인과의 의사소통이 원활하여 누구와도 금방 친해진다. 즉 정신적인 측면이 강하게 작용되므로 아이디어도 풍부하고, 온정이 풍부하고 감수성도 뛰어나 사람들에게 인기를 얻는다.

상업적 재능도 뛰어나며 장사수완도 좋은 사람이다. 체구가 작은 편이고 동작도 빠른 편이다. 수성구가 아주 발달되어 있으며 달변가로 하루 종일 말을 해도 지칠 줄 모르는 수다스러움도 갖고 있으며 이를 나쁘게 이용하여 거짓말을 잘 하거나 사기를 치는 경우도 있다. 수성구가 발달되지 못한 경우는 사교적인 면이 떨어지고 타인에 대해서는 무관심해 대인관계가 원만하지 못한 경향이 있다.

●제1화성구

엄지의 아래 부분과 생명선이 시작하는 사이에 있는 것이 제1화성구이다. 활력, 공격, 야만을 나타낸다. 제1화성궁이 발달되어 있으면 공격적 성향을 가진 사람으로 활력이 넘치는 용감무쌍한 사람이다. 성격이 거칠고 거만한 부분이 있어 적을 만들기 쉽지만 한번 친해지면 아주 인간적으로 정이 두터운 사람이다. 소심하고 꼼꼼한 것을 싫어하고 활동적이거나 거친 운동을 좋아하며 성욕도 아주 왕성한 편이다. 지나치게 발달되어 있으면 야만적 성향을 보여 폭력적이고 공격적이어서 다른 사람에게 상해를 가하는 위험인물이 될 수도 있다. 그러나 발달되지 못한 경우는 대체로 겁이 많고 비굴한 성향이 있다.

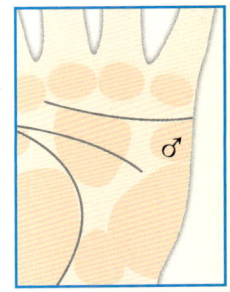
제1화성구

●제2화성구

수성구와 월구 사이의 부위를 제2화성구라한다. 제2화성구는 심리상태, 저항력, 생활력 등을 보는 곳이다. 여기가 발달하면 아무리 힘들고 어려운 상황이 전개되어도 이를 극복하고 이겨내는 힘을 가진 사람이다. 그러나 이곳이 발달하지 못하면 심리상태가 불안정해 고난과 난관에 부딪히면 쉽게 포기하는 경향을 보이는 사람이다.

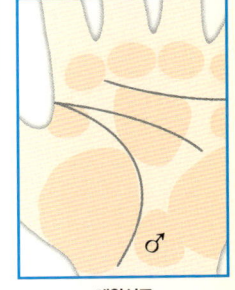
제2화성구

●해왕성구

월구와 태양구 사이의 중간지점이다. 해왕성구는 사고, 인지능력, 현실과 이상의 조화 등을 나타내는 부분이다. 이 부위가 발달해 있으면 올바른 사고와 인지능력이 뛰어난 사람으로 자기만의 카리스마로 주변을 사로잡으며 자신의 이상을 현실에 적용시키는 응용력이 뛰어난 사람으로 독창적인 삶의 방식으로 자신을 발전시켜 나간다. 이 해왕성구가 푹 꺼져 있으면 인지능력이 떨어지고 현실감각이 없으며 스스로 자신이 무엇을 좋아하는 지 무엇을 좋아하는지 잘 모르는 사람이다.

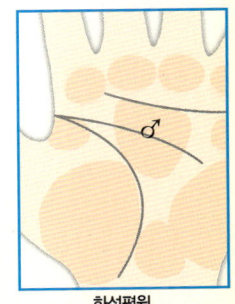
해왕성구

●화성평원

화성평원은 손바닥 한가운데 부분을 이른다. 7개의 구로 분리하는 경우는 제1화성구, 제2화성구, 화성평원을 하나의 화성구로 보는데 세부분이 의미하는 바가 각기 틀리므로 구분지어 보는 것이 더 용이하다. 화성평원은 그 사람의 정신적 에너지를 본다. 화성평원이 넓게 퍼져 잘 발달되어 있으면 대

화성평원

체로 다른 구들이 발달이 약하다. 이런 경우에는 인생에 있어 여러 가지 어려운 난관들이 많이 겹치게 되는 경향이 있는데 이른바 엎친 데 덮친다고 한 번에 여러 가지 힘든 문제들이 발생하여 고난을 겪게 된다. 화성평원을 만져보아 탄력이 좋으면 정신적 에너지가 충만한 사람으로 설혹 육체가 약하다 하더라도 정신력으로 모든 일을 해내는 사람이다. 화성평원을 만져보아 탄력이 없고 부드럽다면 정신력이 약한 사람으로 아무리 신체건강이 좋아도 난관에 부딪히면 해보지도 않고 포기 하는 사람이다.

●손의 영역 구분

손을 여러 영역으로 나누어 각 부분의 발달과정을 보고 그 특성을 알아내는 방법이다. 발달되어 있는 부분은 그 영역의 특성이 잘 나타나게 되고 발달 되지 않은 영역은 그 영역이 의미하는 것들이 부족하여 어려움을 겪게 되는 것을 의미한다. 그러므로 영역별로 발달한 부분과 그렇지 못한 부분을 살펴보는 것은 개인의 특성이 어떤 곳에 발달되어 있는지를 알게 해 주는 포인트가 된다.

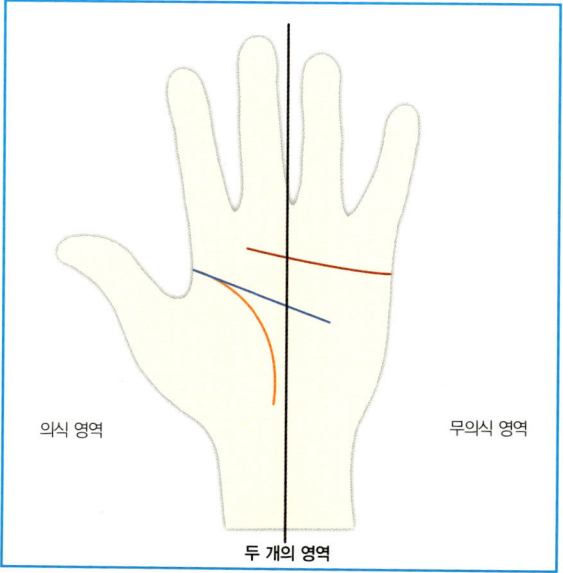

생명선 ─────
두뇌선 ─────
감정선 ─────
운명선 ─────
태양선 ─────
결혼선 ─────

의식 영역   무의식 영역

두 개의 영역

● **두 개의 영역 :** 손을 두 개의 영역으로 나누면 의식영역과 무의식영역으로 나눈다. 의식영역은 환경에 대한 영향을 살피고 무의식영역은 직관력, 감수성 등 정신적 가치를 중요시 여기는가를 본다.

● **세 개의 영역** : 손을 세 개의 영역으로 나누어 볼 때는 가장 위쪽을 정신적 영역으로 감정, 이상, 열정 등을 살펴보는 곳으로 이곳이 잘 발달되어 있으며 이상이 놓고 정신적 가치를 추구한다. 가운데 부분을 현실적 영역으로 보는데 이는 육체적 에너지와 정신적 에너지가 서로 교차되는 지점으로 얼

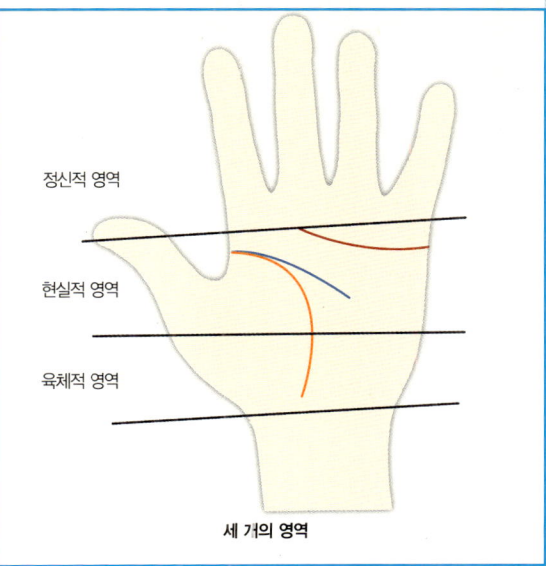

세 개의 영역

마나 둘을 균형감 있게 유지하는 가를 살피는 곳이다. 아래쪽을 육체적 영역으로 보는데 잠재되어 있는 개인의 욕구가 나타나는 곳으로 본능적 욕구가 얼마나 강한지를 보여주는 곳이다.

● **네 개의 영역** : 네 개의 영역으로 나누어 볼 때는 엄지 윗부분을 이성적 영역으로 야망과 자신감을 보여주는 곳이다. 약지와 소지를 중심으로 한 본능적 영역은 의사소통, 예술에너지를 나타내는 곳으로 이곳이 곳이 발달하면, 예술, 과학, 작가 등 창의성을 바탕으로 하는 일에 성공적인 영역이다. 금성구를 중심으로 한 육체적 영역은 삶에 대한 생명력과 열정을 나타내는

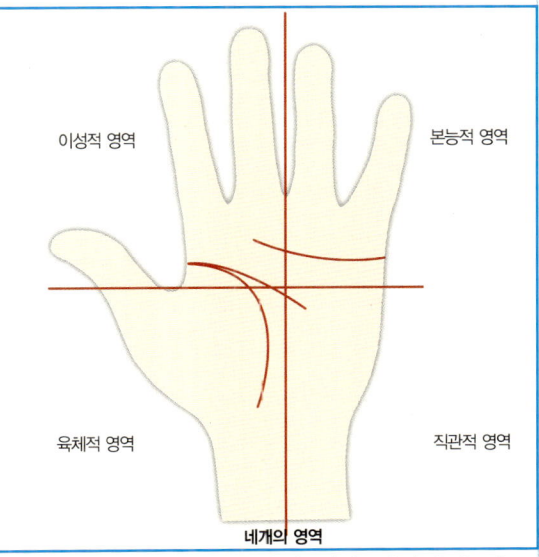

네개의 영역

곳이다. 월구를 중심으로 하는 직관적 영역은 감각적인 면과 정신적인 면, 직감력 등은 나타내는 곳이다.

2

이제부터 손금을 알아보자!

제1장

손금 보기

손바닥에는 여러 가지 형태의 가늘고 굵은 선들이 나타나 있다. 때로는 가는 선들이 서로 교차하며 문양을 만들기도 하고, 굵은 선을 중심으로 가늘고 잔 선들이 나오기도 한다. 손에 나타나는 이 많은 선들은 각기 저마다 의미를 가지고 있다. 누구나 다 가지고 있는 기본적인 굵은 선들과 그 선들이 서로 가지 선을 만들어 내거나 독자적으로 만들어지는 선들이 갖는 각가지의 의미들은 어느 것 하나 그냥 보아 넘길 수 있는 것이 없다.

손금은 대체로 기본 5대선을 중심으로 평가한다. 기본 5대선이란 생명선, 두뇌선, 감정선, 운명선, 태양선을 의미한다. 이 기본 5대선의 모양과 길이를 중심으로 이들 선에서 나오는 곁가지와 무늬 등을 살피어서 그 길흉을 감지하게 된다. 뒤에 별도의 장으로 꼼꼼하게 살피기 전, 우선 이 손금을 정확하게 판단하기 위해서 숙지해야 하는 사항들을 간략하게 알아보기로 한다.

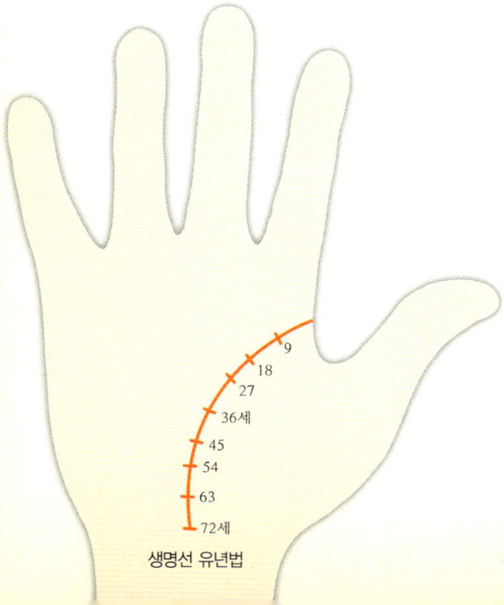

●주요 3대 선과 유년법

● **생명선** : 엄지와 검지 사이의 중간 부위에서 시작하여 손목 아래를 향해 금성구 주위로 뻗어 있는 선을 생명선이라고 하는데 이 생명선은 신체적 활력, 용기, 인생에 대한 열정과 의지력 등을 알 수 있는 선이다. 생

9
18
27
36세
45
54
63
72세

생명선 유년법

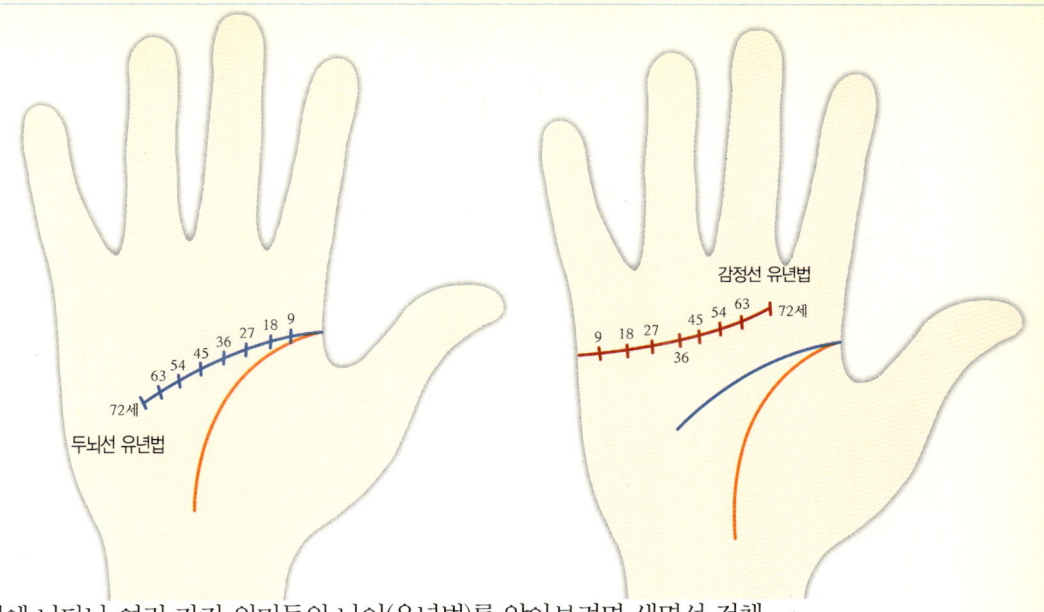

두뇌선 유년법

감정선 유년법

명선에 나타난 여러 가지 의미들의 나이(유년법)를 알아보려면 생명선 전체를 평균연령 남자 72세 여자 75세를 적용하여 생명선 전체를 8등분하여 이를 각 9~10년 정도로 책정하여 나이를 분석한다. 두뇌선, 감정선, 운명선, 태양선들의 나이도 이와 같은 방법으로 산출해 내면 무리가 없다.

● **두뇌선** : 두뇌선은 생명선이 시작되는 부분에서 시작하여 손바닥 가운데를 지나는 선이다. 사람의 사고능력, 정신적 에너지, 상상력, 정보처리능력, 집중력 등을 나타내는 선이다.

● **감정선** : 수성구 아래쪽에서 목성구 부위로 흐르는 선으로 기본선의 가장 위쪽에 위치한 선이다. 감정선은 감수성, 감정, 인간관계, 애정성향을 나타내는 선으로 심장, 혈관의 생리적 상태에 대한 것들도 나타낸다.

생명선	———
두뇌선	———
감정선	———
운명선	———
태양선	———
결혼선	———

기타 보조선

● **운명선** : 손바닥의 아래쪽에서 토성구를 향해 올라가는 세로의 선으로 직업, 일, 생활환경 등을 나타내는 선으로 사회적 변화의 시기, 방향전환, 책임완수능력 등을 나타내는 선으로 운명의 전반적인 문제들을 나타낸다.

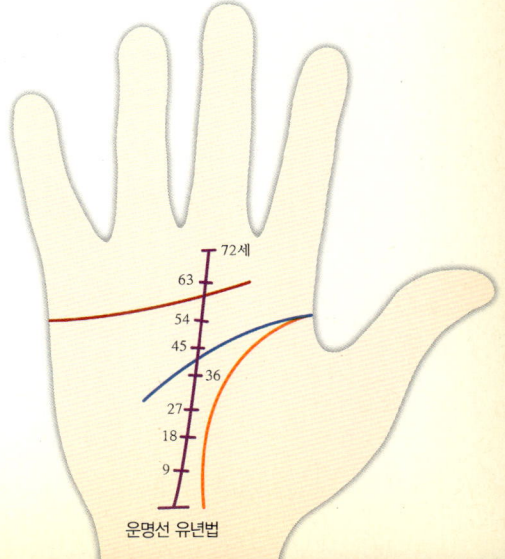

운명선 유년법

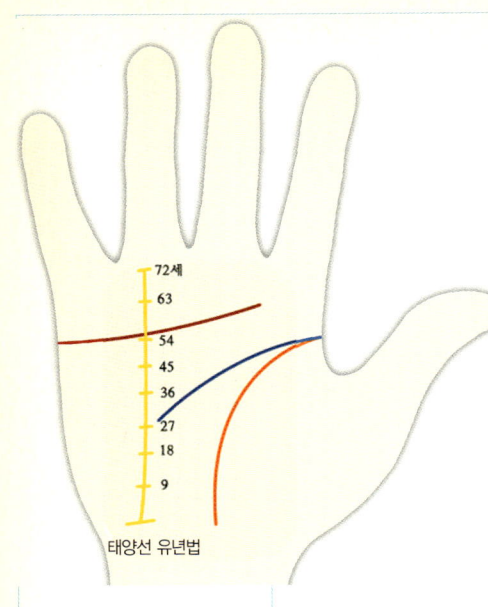

태양선 유년법

● **태양선 :** 태양선은 약지 아래쪽에서 시작하여 태양구를 지나 오르는 선이다. 월구에서 시작하여 태양구로 올라가는 선과 제2화성구에서 태양구로 올라가는 선도 태양선으로 본다. 약지 아래 감정선 위에서 시작하여 태양구로 올라가는 선도 태양선이다.

● **결혼선 :** 소지 아래와 감정선 사이에 가로로 나온 선을 말하며 결혼, 애정문제 등을 나타내는 선이다.

● **사업선 :** 손바닥 아래 쪽, 월구, 생명선 위, 금성구에서 시작하여 소지를 향해 오르는 선이다. 사업적 통찰력, 인내력, 책임감, 개척정신 등을 나타내고, 신체적으로 간, 장기의 상태를 즉 소화기계통의 강약을 나타낸다.

● **방종선 :** 생명선 안쪽이나 생명선 근처에서 월구 방향으로 휘어지며 나오는 선을 방종선이라 한다. 건강선의 한 형태로 불규칙한 생활습관, 알코올, 흡연, 섹스에 집착하여 건강을 해치는 경우에 나타나는 선이다.

● **영향선 :** 생명선 안쪽에 생명선을 따라 흐르는 선을 영향선이라 한다. 배우자, 가족, 친구을 나타내며 생명선에 가까울수록 친밀함을 나타낸다.

● **금성대 :** 감정선 위부분에 검지와 중지 사이에서 시작해 약지와 소지 사이로 반원을 그리는 선을 금성대라고 한다. 감정선의 보조역할로 정서적인 상태를 반영하는 선이다.

● **솔로몬 링 :** 검지 아래쪽에 초승달 모양으로 나타나는 선을 솔로몬 링이라 한다. 직감력이 뛰어난 사람으로 종교, 철학분야에 관심을 갖게 된다.

● **토성환 :** 중지의 아래쪽에 조그만 반달 모양으로 생긴 선을 토성환이라 한다. 현실감각이 없고, 우울한 사람에게 나타나는 선이다.

● **직감선 :** 월구 위에서 초승달 모양으로 소지 손가락 아래로 휘여 올라가는 모양의 선이다. 무의식의 발달 상태를 나타내며 직감력, 미래 예지력 등을 나타내는 선이다

생명선	———
두뇌선	———
감정선	———
운명선	———
태양선	———
결혼선	———

● **여행선 :** 월구의 위쪽에서 제2화성구 옆 부분에 가로선들이 여러 가닥 있는 선과 월구 위쪽에서 비스듬하게 그어진 선들도 여행선으로 본다. 여행을 좋아하거나 역마살이 있어 한자리에 있지 못하고 늘 돌아다니는 사람, 유학을 한다든지 해외출장이 잦은 사람에게서 많이 볼 수 있는 선이다.

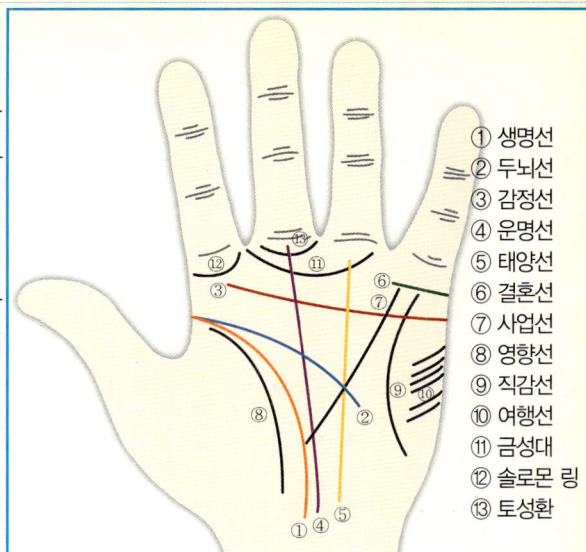

① 생명선
② 두뇌선
③ 감정선
④ 운명선
⑤ 태양선
⑥ 결혼선
⑦ 사업선
⑧ 영향선
⑨ 직감선
⑩ 여행선
⑪ 금성대
⑫ 솔로몬 링
⑬ 토성환

● 기타 무늬

● **상향지선 :** 본선에서 갈라져 나온 선을 지선이라 하는데 위쪽으로 뻗어 나가는 선을 상향지선이라 한다. 상향지선은 대체로 좋은 의미를 나타내어 본선의 힘을 강하게 하는 작용을 한다.

● **하향진선 :** 본선에서 갈라져 나온 지선이 아래로 향한 것을 하향지선이라 한다. 보선의 힘을 약하게 하는 작용을 한다.

● **이우선 :** 이우선이란 선의 끝이 두 갈래 또는 세 갈래로 갈라진 것을 이우선이라한다. 대체로 좋은 의미를 나타낸다.

● **방상선 :** 선에서 가지선이 작게 여러 군데 나와 나뭇가지 모양을 이룬 것을 방상선이라 하는데 대체로 본선이 나타내는 의미를 약하게 하는 나쁜 것으로 본다.

● **쇄상선 :** 섬 모양의 작은 문양이 이어져 사슬과 같은 모양으로 선의 힘을 약하게 하는 작용을 한다.

● **파상선 :** 선이 마치 물결처럼 이어지는 것으로 쇄상 선처럼 선의 힘을 약하게 하는 작용을 한다.

● **십자 문향 :** 열십자 모양으로 된 선을 말하는데 대체로 장해 역할을 하지만 그 위치에 따라 길흉을 달리 한다. 화성평원의 십자문은 신비 십자문이라 하여 영적인 것이나 종교 철학에 많은 관심을 갖게 된다. 목성구의 십자문은 오래된 인간관계의 결실을 의미한다.

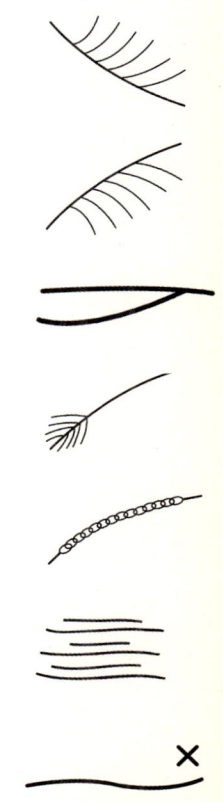

● **섬 문향 :** 대체로 선상에 나타나지만 선에서 떨어져 나타나기도 한다. 변화와 나쁜 작용을 나타낸다.

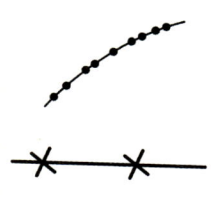

● **격자 문향 :** 가로 세로의 선이 많이 모여 이루는 모양으로 침체됨을 의미한다. 방향을 잘못 잡거나 흩어진 에너지를 의미하는 것으로 수성구에 나타나면 사업부진 금성구에 나타나면 내실보다 외적인 것을 치장하거나 건강의 위험신호로 해석한다. 주로 당뇨병 환자에게 많이 보이는 무늬이다.

● **원환 :** 크고 작은 둥근 원으로 대체로 나쁜 작용을 한다.

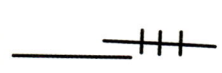

● **별 :** 선이 두세 개 겹친 모양으로 대부분 행운과 성공을 의미한다. 수성구의 별문양은 상업적 재능이나 과학적 재능을 의미하고, 태양구의 별문양은 명성과 갑작스런 성공을 의미한다. 목성구의 별문양은 추진하는 일의 성공, 명예와 권력을 잡는 것으로 해석한다. 토성구의 별문양은 장애를 만나 어려움을 겪게 되는 것을 의미한다.

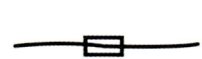

● **삼각형 :** 선이 모여 삼각형을 이루는 것으로 대체로 나쁜 의미이지만 위치에 따라 길흉을 달리 한다. 태양구의 삼각문양은 명성과 부를 가져다준다. 제 2화성구의 삼각문양은 육체적 용기와 에너지를 전달하는 능력을 의미한다.

● **우물정자 문향 :** 본선에서 가까이 사각형의 모양을 가지는 것으로 위험에서 보호 받는 것을 의미한다.

제 2 장
생명선

생명선이 나타내는 것은 인간의 수명과 건강상태를 나타내며 체질, 질병, 수명 등의 육체적인 모든 것을 나타낸다. 즉 생명을 유지하기 위한 삶의 질이 어떤가를 살피는 곳으로 인생에 대한 열정과 의지력, 그리고 신체적 활력을 살피는 곳이다. 그러나 생명선이 아무리 잘 생겼어도 두뇌선과 감정선이 좋지 않으면 장수한다고 할 수 없다. 즉 생명선은 사람이 살아가기 위한 에너지를 측정하는 곳으로 수명의 장단과 직접적 혹은 단독적인 의미를 갖고 있는 것은 아니라는 것이다. 그러면 지금부터 구체적으로 생명선에 대해 살펴보기로 하자.

생명선	▬
두뇌선	▬
감정선	▬
운명선	▬
태양선	▬
결혼선	▬

● 생명선의 시작 부위

생명선이 어디에서 시작하며 그 시작 형태의 모습이 어떤가에 따라 길흉을 달리 한다. 생명선은 대체로 엄지와 검지의 중간 부분에서 시작하는 것이 최상의 모습이다. 그러나 때로는 생명선이 엄지에 가까운 부위에서 시작되는 경우도 있고, 검지와 가까운 부위에서 시작되는 경우도 있다.

엄지 가까이 생명선이 시작되는 경우 : (그림 ❶선) 엄지 가까이에서 생명선이 시작되는 경우는 희망, 목적, 지위, 명예를 중요시 여기는 사람으로 처세술에 능하고 자신의 지위를 잘 지켜 나가는 사람이다.

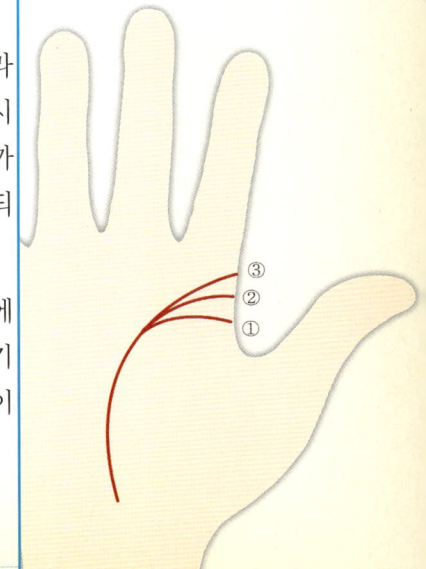

검지 가까이 생명선이 시작되는 경우 : (91p 그림 ❷선) 대단히 활동력이 강하고 타협을 하지 않는 외곬수의 성격으로 성미가 급하여 투사적 성향을 타고 난 사람이며 개인의 야심과 성공에 대한 욕망이 강하며 타고난 지도력을 성공할 가능성은 높은 사람이다.

엄지와 검지의 중간 부위에서 시작하는 경우 : (91p 그림 ❸선) 성격이 반듯해 어느 한쪽으로 기울어짐 없이 자신의 일을 해내는 사람으로 대체로 인생이 순조롭게 진행 되는 사람이다.

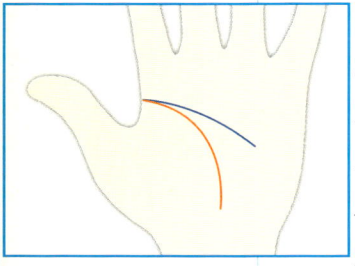

두뇌선과 생명선이 붙어서 시작하는 경우 : 생명선과 두뇌선이 붙어서 시작하는 경우는 조심성이 많은 성격으로 돌다리도 두들겨 보는 성격이다. 두 선이 붙어 있는 구간이 길면(중지와 약지 사이를 지난 것) 너무 조심을 많이 해서 사람이 대범하지 못하고 소극적이 되기 쉬우며 결코 타인을 믿지 않으며 사람을 의심부터 하기 때문에 누군가 호의를 베풀어도 순수하게 받아들이지 않고 일단 경계하는 사람이다.

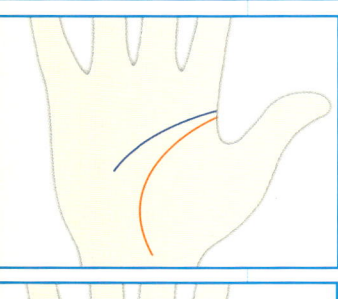

두뇌선과 생명선이 떨어져 시작하는 경우 : 독립심이 강하고 모험심이 강한 성격으로 어떤 일이든 부딪혀 보고 결론을 내는 사람이다. 넓게 떨어진 경우에는 넘치는 호기심과 모험심 때문에 무모한 일을 저질러 곤혹을 치르게 되는 경우도 있으니 이런 사람은 매사 일을 차근히 되짚어 보고 다시 한 번 생각하는 노력을 반드시 해야 화를 면할 수 있다.

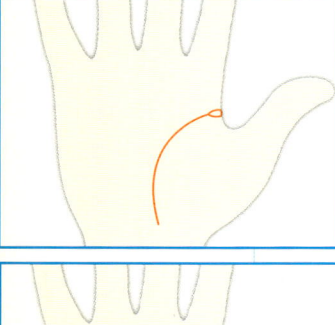

생명선의 시작 부위에 섬이 있는 경우 : 생명선이 시작하는 부위에 섬이 있는 경우를 간혹 볼 수 있는데 이런 생명선을 가진 경우는 태중에 있을 때 부모가 커다란 운명의 변화가 있었다든지 출산시에 난산을 했다고 본다. 혹은 부모의 병이 유전되거나 가정에 복잡한 문제를 안고 있는 것으로 본다.

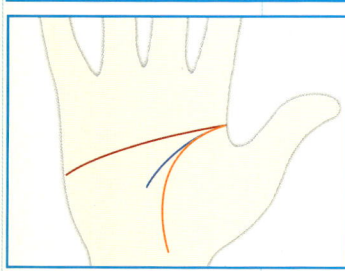

두뇌선 감정선 생명선이 다 같이 시작되는 경우 : 대체로 두뇌선과 생명선이 같은 지점에서 출발하고 감정선은 떨어져 있다. 그러나 이 주요 삼대선이 다 같이 붙어 있는 경우는 성격적으로 특이한 경우가 많다. 이런 경우에는 이중성격을 지니는 경우가 많다. 실제로는 냉정하고 극단적인 성향을 지녔지만 외적으로는 그런 성격을 내보이지 않는다. 현실과의 괴리감을 많이 느끼게 되고 삶을 부정적 측면에서 보는 경우가 많아 만성 우울증을 앓게 되고 심한 경우는 자살 충동을 느끼기도 한다.

● 생명선이 강하고 길게 뻗은 경우

생명선이 강하고 길게 뻗어 있으면서 끊어진 곳이 없고 선명하면 이 사람은 기본적으로 삶에 대한 에너지가 풍부하고 체력이 강하다고 본다. 여기에 감정선과 두뇌선이 좋으면 건강하게 장수한다.

생명선이 다른 선보다 더 뚜렷하게 보이면 지적 활동보다 신체적 활동을 더 잘 할 수 있는 사람으로 스포츠 분야에 재능을 가지거나 군인, 경찰 등 건강한 신체가 기본적으로 갖추어져야 하는 분야에 일을 하는 경우가 많다.

생명선이 둘러싸고 있는 금성구가 풍만하여 살집이 좋으면 활력이 강한 사람으로 외향적 성향이 강하고 감정이 풍부하여 매력이 넘치는 사람으로 대인관계가 좋아 가는 곳 마다 환영 받는 사람이며 인생 전반이 활기가 넘치는 사람이다.

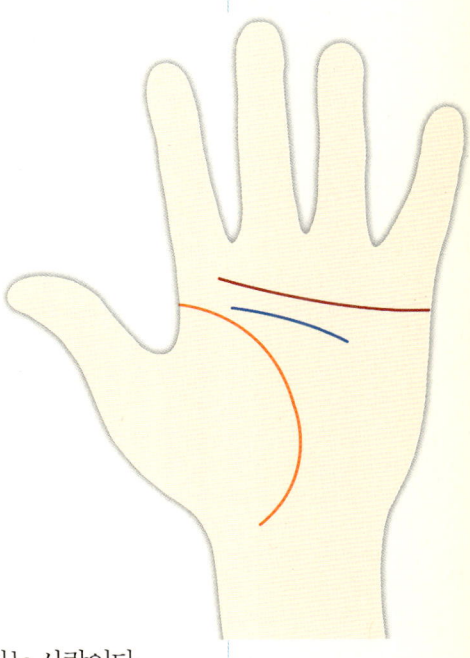

생명선이 손목으로 흘러나오면 장수할 사람으로 인내력 또한 강한 사람으로 매사 적극적 성향을 지닌다.

생명선이 원을 크게 형성 할수록 외향적 성격을 가진다. 또한 생명선의 끝이 엄지 주변으로 길게 돌아가면 가정적인 사람이며 반대로 외부로 흘러가면 타인의 일에 관심이 많고 여행을 좋아하는 사람으로 한자리에 가만히 머물러 있는 것을 싫어한다.

생명선이 길다는 것은 육체적 에너지가 풍부하다는 것을 의미하지만 이는 생명선이 끊어지지 않아야 하며 이런 경우 활동적이고 피로회복 능력이 타인 보다 강하다.

생명선	
두뇌선	
감정선	
운명선	
태양선	
결혼선	

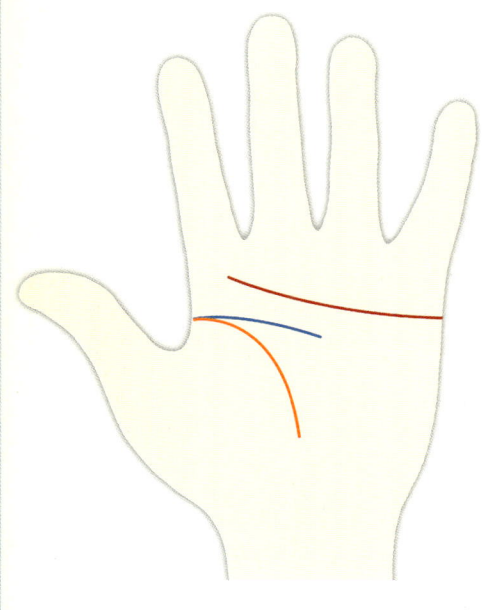

● 짧은 생명선

생명선이 짧은 경우 육체적 에너지가 약한 사람이다. 체력을 바탕으로 하는 일은 이런 사람에게는 무리수가 따른다. 생명선이 짧으면 대체로 단명 한다고 판단하지만 생명선이 짧다고 해서 무조건 단명하는 것은 아니다. 생명선이 짧아도 다른 선들이 좋으면 단명한다고 보기 어렵다. 생명선이 짧으면서 다른 삼대선에 이상이 있다면 이는 단명하거나 오랫동안 병을 앓게 된다.

짧아도 장수하는 생명선 : 앞서도 말했듯이 생명선이 짧다고 해서 무조건 단명 하는 것은 아니다. 생명선이 짧아도 감정선과 두뇌선이 힘차고 뚜렷하면 짧은 생명선을 보충해 주어 대체로 장수하게 된다. 이 경우는 체력은 약하다고 볼 수 있으나 삶에 대한 애착이 강하고 정신적 에너지가 풍부하기 때문에 병이 든다고 해도 굳건한 의지로 병을 치유해 나가는 사람이다.

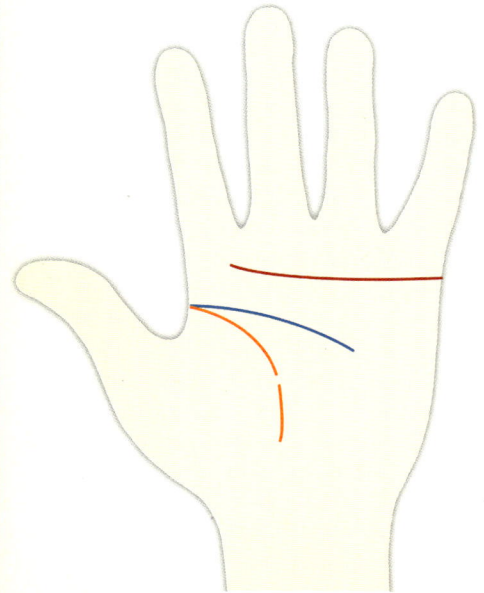

● 끊어진 생명선

생명선이 끊어져 있는 경우 그 모양이나 형태에 따라 다른 판단을 내리게 된다. 단순히 생명선이 끊어진 경우에는 에너지의 흐름이 끊어진 것과 같으므로 그 시기에 사고가 발생하여 몸이 상하는 일이 발생할 수 있다. 생명선이 여러 개 겹쳐서 끊어져 있는 경우는 자신이 운을 개척하려는 의지가 강하다.

생명선이 끊어져 있고 금성구가 좁은 사람 : 이런 경우의 손금은 대체로 육체적 에너지의 힘이 약한 사람으로 건강은 물론이고 애정관계에도 많은 문제를 가지게 된다. 체력이 약하기 때문에 힘들고 어려운 일을 해내기 어렵고 이기적인 성향을 지니며 차가운 사람이다. 대인관계가 원만하지 못하고 약한 체력 때문에 정력이 약해 자식도 적은 것으로 판단하며 여자의 경우에는 남편과 인연도 희박하고 자식도 두기 힘들고 남자들에게 인기도 없다. 여기에 두뇌선과 감정선이 어지럽거나 짧으면 그 의미가 더욱 강해져 일생 병을 앓으며 무력한 삶을 살게 된다.

생명선이 끊어져 옆으로 휜 경우 : 끊어진 생명선이 옆으로 휘어져 있는 경우에는 오른손이건 왼손이건 중병으로 사망하게 되는 경우가 많다. 이는 휘어진 생명선이 더 이상 삶을 영위하지 않음을 의미하고 있기 때문이다.

끊어진 생명선의 간격 : 끊어진 생명선의 간격이 짧은 경우에는 중병에 걸린다고 해도 치유가 가능한 것으로 본다. 끊어진 생명선의 간격이 넓은 경우에는 병이 치유될 가능성이 적다. 끊어진 생명선의 간격이 넓어도 끊어진 부분에 다른 선이 나타나 있으면 생명을 보충시키므로 중병에 걸린다고 해도 치유되는 것으로 본다.

끊어진 생명선이 겹쳐 있는 경우 : 생명선이 끊어져 있으며 끊어진 선이 서로 겹쳐 있는 경우 아무리 중한 병을 앓게 된다고 하더라도 반드시 치유된다.

생명선	———
두뇌선	———
감정선	———
운명선	———
태양선	———
결혼선	———

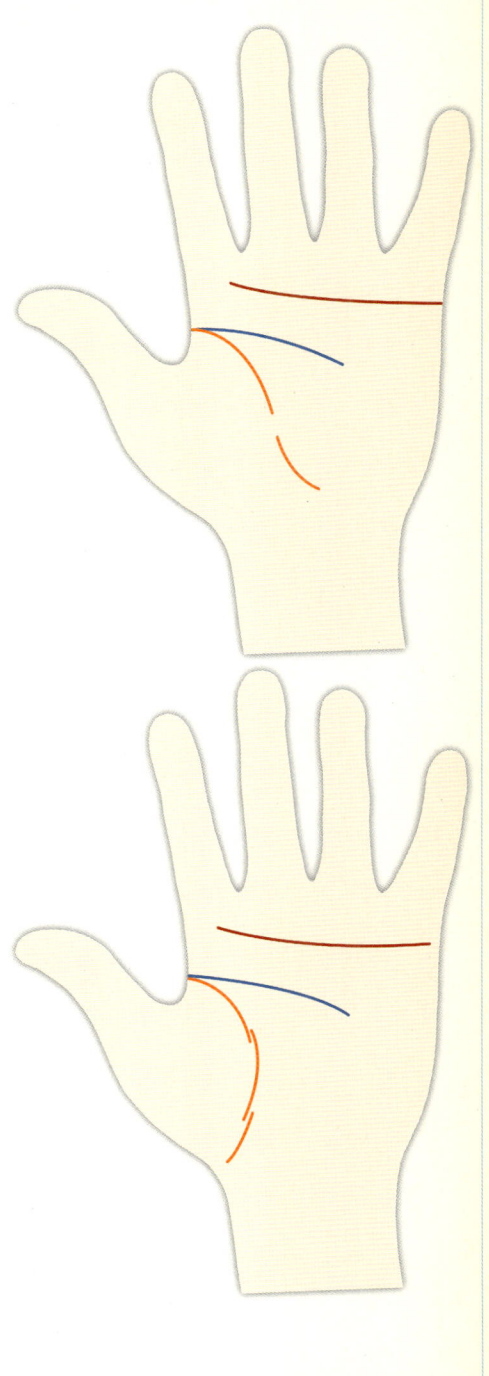

● 생명선에 나타나는 문양과 지선

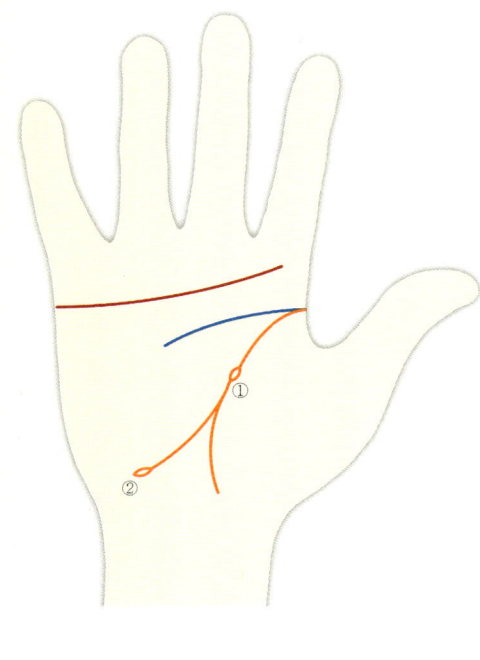

생명선에 여러 가지 문양이나 지선이 나와 있는 경우들이 있다. 우리의 손바닥에는 수많은 작은 선들이 나타나 있는데 이들 중 생명선을 중심으로 나와 있는 지선이나 문양들은 육체적인 건강과 관련된 제반의 문제를 알려 준다. 또 이런 지선이나 문양들이 두뇌선이나 감정선과 연관되어 있다면 인생 전반의 커다란 변화를 의미할 수도 있으므로 잘 살펴 판단해야 한다.

생명선에 나타나는 섬 문양 : 생명선에 나타나는 섬 문양(윗 그림의 ❶)은 생명선이 가지고 있는 고유의 에너지 즉, 육체적인 에너지를 반감시키는 역할을 하게 된다. 이 섬 문양이 생명선 위에 나타나면 먼저 건강에 이상 신호가 온다는 것을 명심해야 한다. 그 위치에 따라 산출되는 연령 때에는 특히 건강에 유의하지 않으면 안 된다. 이는 만성 질병을 앓게 되는 것으로 모든 일에 의욕을 상실하게 되고 신체 저항력도 약해지는 것을 의미하며 주로 소화기 계통의 질환을 앓게 되는 경우가 많다.

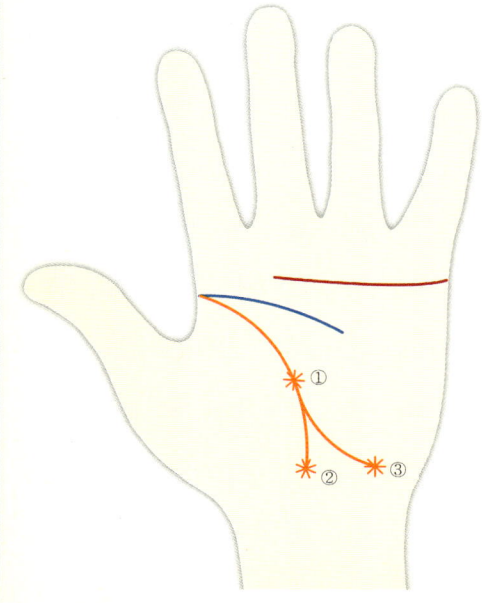

섬 문양이 나타나는 연령 때에는 특히 식습관에 유의하고 충분한 휴식과 수면을 취해 스트레스를 줄이며 건강에 유의 한다면 큰 병을 앓지 않고 지나 갈 수도 있다. 생명선에서 나온 지선이 월구를 향하는데 그 끝에 섬 문양이 나오면(윗 그림의 ❷) 여행지에서 위험을 당하거나 심하면 죽음을 맞게 된다.

생명선에 나타나는 별 문양 : 별 문양은 여러 개의 짧은 선들이 하나의 지점에서 서로 교차하여 생기게 된다. 그러므로 별 문양은 여러 가지 기운이 응집되

생명선	
두뇌선	
감정선	
운명선	
태양선	
결혼선	

어 있다고 보면 된다. 생명선에 별 문양이 나타나면(96p 아랫 그림의 ❶)대개 육체적, 정신적 충격을 입게 된다. 이는 갑작스런 사고를 일으키거나 신변의 변화로 인한 스트레스로 만성 우울증이나 조울증을 유발시키기도 하므로 각별히 주의를 기울이는 것이 좋다.

특히 생명선이 짧은데 생명선 끝 부분에 별 문양이 나타난다면(96p 아랫 그림의 ❷) 이 사람은 사고나 기타 이유로 급변사를 당하게 되므로 각별이 주의를 요하지 않으면 안 된다. 또한 생명선에서 갈라져 나온 지선이 해왕성구를 지나 월구로 향하면서 그 끝에 별문양이 나타난다면(96p 아랫 그림의 ❸) 이 사람은 여행지에서 변사를 당하게 되므로 위험한 곳으로의 여행은 삼가는 것이 좋다.

생명선에 나타나는 십자 문양 : 십자 문양은 별 문양 보다는 작용력이 약하다. 하지만 생명선에 나타난 십자 문양 역시 신체적 에너지를 반감 시키고 사고를 유발하므로 주의하지 않으면 안 된다. 특히 십자 문양이 생명선 시작 부위에 나타난다면 태어나면서부터 체질이 약해 잔병치레를 많이 하는 사람으로 항상 건강에 신경을 써야 하고, 육체적으로 약한 체질을 타고 난 탓에 신경이 예민하여 날카로운 성격을 지니게 된다. 이런 사람은 조금만 기온이 변해도 감기를 앓게 되고 조금만 피곤해도 몸살을 앓게 되는 등 늘 잔병치레로 병원을 오가야 하는 경우가 많으므로 꾸준한 운동과 노력으로 체질을 개선하려는 노력을 해야 할 것이다.

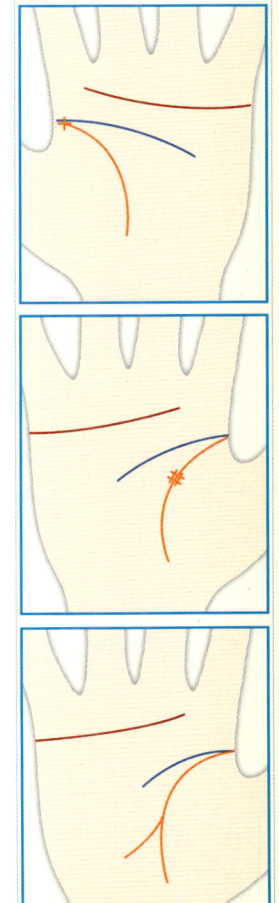

생명선에 나타나는 우물정자 문양 : 우물정자 문양은 보호를 의미한다. 이 문양이 생명선 위에 나타난다면 이 사람은 필시 죽을 고비를 넘기는 사람이다. 그 문양이 나타나는 연령 때에 위험한 고비를 넘게 된다고 보면 된다.

생명선에서 나온 지선이 월구로 향하는 경우 : 생명선에서 여러 가지 지선들이 생겨나올 수 있다. 이 선들은 각기 다른 의미들을 상징하고 있는데 그 나오는 방향에 따라 인생의 변화를 겪는 시기를 알 수 있게 된다. 생명선에서 나온 지선이 월구를 향하고 있다면 이는 장거리 이동 및 해외 이동을 의미한다. 이 선이 길고 선명 하다면 이 이동은 단순히 여행을 의미하는 것이 아니라 이민, 이주, 유학 등 상당시간 고향을 떠나 있게 되는 것을 의미한다. 가지선이 얇고 여러 개가 월구를 향한다면 이 사람은 사업이나 출장관계

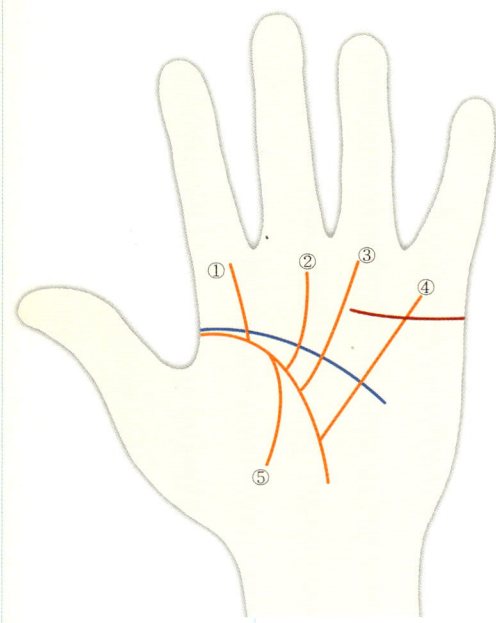

로 집을 떠나 있는 일이 잦은 사람으로 보면 된다.

생명선에서 나온 지선이 목성구를 향하는 경우 ❶ :
목성구로 향해 있는 가지선은 이 사람의 학문적 욕구
가 강하고 학문적 성취를 위해 끊임없이 노력하고 있
다는 것을 의미한다. 이 가지선에 다른 장해선이 없고
선명하게 간다면 이는 학문적 성취를 이루게 됨을 의
미하고 이 가지선이 다른 선들과 만나 우물정자를 이
룬다면 이는 학문을 성취해 스승의 역할을 하게 되거
나 지도자의 위치에 서게 되는 것을 의미한다.

생명선에서 나온 지선이 토성구를 향하는 경우 ❷ :
생명선에서 나온 가지선이 토성구를 향하는 것은 토성
구의 의미를 강하게 만드는 것으로 강한 책임감과 뛰
어난 판단력으로 재물을 성취하게 됨을 의미한다.

생명선에서 나온 지선이 태양구로 향하는 경우 ❸ : 생명선에서 나온 가
지선이 태양구로 향하는 경우는 행복한 삶을 약속하는 것으로 물질적 정신
적 풍요를 의미한다. 이 선을 가진 사람은 사업의 성공뿐만 아니라 가정의
행복도 보장 받은 것이라 볼 수 있다.

생명선에서 나온 지선이 수성구로 향하는 경우 ❹ : 생명선에서 나온 지
선이 수성구로 향하는 경우는 상당이 이재에 밝은 사람이다. 사물을 보는 눈
이 어떤 것을 취해야 이익이고 어떤 것을 취하면 손실인지를 너무도 명확하
게 아는 사람으로 상업이나 사업적 수완이 뛰어나 손대는 일마다 이익을 보
게 되는 사람이다.

생명선 안쪽으로 향한 지선 ❺ : 생명선 안쪽을 향한 가지선은 인간관계에
관한 부분들을 의미하는 것으로 어떤 중요한 인연을 의미한다. 이는 그 연령
때에 따라 달리 인연을 달리 해석하는데 예를 들면 결혼 적령기에는 남편,
애인, 출산과 관련이 있고, 아주 어린 시절에는 친구나 스승을 만나는 것으
로 보며 사회활동을 활발히 하는 시기에는 사업적인 도움을 받는 사람을 만
나는 것 등으로 그 시기와 환경에 따라 각기 다른 인연으로 해석하면 된다.

● 생명선의 변화

생명선이 그저 한 가닥의 선으로 선명하고 길게 나온 것이 최상이지만 사람의 생긴 모습이 다 다르듯 생명선의 모습도 일정하지 않다. 지면을 통해 생명선의 변화된 여러 형태를 다 설명 하기란 쉽지 않은 일이지만 크게 눈에 보이는 생명선의 여러 가지 변화를 통해 그들이 의미하는 바를 알아보기로 한다.

생명선 ──
두뇌선 ──
감정선 ──
운명선 ──
태양선 ──
결혼선 ──

사슬 모양의 생명선 : 생명선이 마치 사슬모양으로 생긴 것은 건강에 커다란 문제를 가지고 있음을 의미한다. 이는 대체로 태어날 때부터 위나 장이 약한 체질로 항상 음식을 잘 소화시키지 못하는 사람이다. 이 사람은 신경이 예민해 조금만 신경을 쓰거나 스트레스를 받아도 체하거나 설사 변비를 반복하는 사람으로 늘 규칙적인 식생활로 소화기를 보호해야 하는 사람이다.

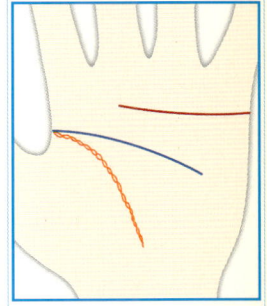

사슬모양의 생명선을 가진 사람은 호흡기 질환을 잘 앓게 되는데 선천적으로 폐나 기관지가 약해 목감기에 잘 걸리고 결핵을 앓게 되거나 폐렴으로 고생하는 경우도 있다.

생명선 안쪽에 나타나는 가는 선 : 생명선 안쪽에 길게 나온 선은 영향선이라 하는데 이 선이 하나가 아니라 여러 개로 나타나거나 짧은 선이 겹쳐있는 경우에는 성격적으로 매우 다정다감한 사람이다. 그러나 이런 사람은 변덕이 심하고 색을 좋아해 절제하지 못하고 문란해지기 쉬운 사람이다. 남녀 공히 이 경우에는 이성 문제가 복잡하게 얽히게 되고 그런 문제로 망신을 당하거나 몸이 상하는 경우가 많으므로 스스로 절제하는 습관을 지니는 것이 중요하다.

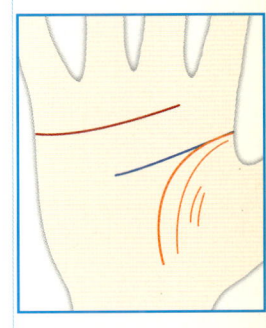

생명선이 파상 선을 하고 있는 경우 : 생명선이 작은 가닥가닥이 이러져 있거나 파도나 물결 같은 무늬를 하고 있는 경우는 생명선이 가지고 있는 고유의 의미들을 상당히 약화시키는 역할을 한다. 이는 타고나기를 병약 체질로 타고 났음을 의미하고 지병을 가지게 됨을 의미하는 선이다. 만약 여기에 여타의 장애선이나 무늬가 있으면 단명하게 된다.

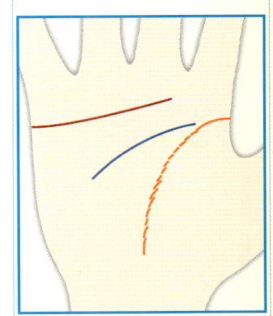

이 선을 가지고 두뇌선과 감정선이 좋지 못한 경우는 사회적 활동도 거의

할 수 없을 정도로 몸이 허약한 사람으로 늘 병원 신세를 져야 하는 의미가 있다. 이 선을 가지고 두뇌선과 감정선이 좋다면 비록 병약한 체질이지만 사회적 활동을 하는 경우이고 여타 좋은 선이나 문양이 나타나면 병약한 체질을 가지고 사회적으로 성공하게 되는 경우이다.

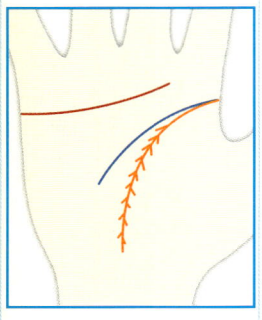

생명선의 가는 지선들이 아래로 향해 있는 경우 : 마치 아카시아 잎이 달린 줄기처럼 생명선에 여러 개의 작고 가는 지선들이 많은 경우에는 노화가 빨리 오는 사람이라 보면 된다. 이런 선을 가진 사람은 평소 건강하게 생활하다가 어느 순간 갑자기 사람이 확 늙어 버리거나 병약해 지는 사람이다. 가는 지선들이 생겨나기 시작하는 시점부터는 쉽게 피로를 느끼고 피로회복이 더디어 지면서 몸이 점점 약해지게 되니 평소 건강에 유의해야 한다.

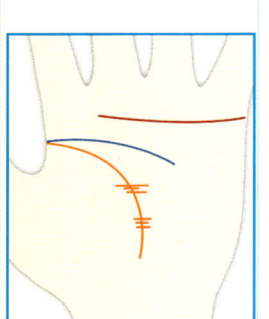

생명선 위의 작은 가로 선 : 생명선 위에 가로로 작은 선들이 겹쳐져 있는 경우는 생명선이 끊어진 것으로 본다. 그렇다고 해서 중병에 걸려 사망하거나 하는 것은 아니고 치유될 수 있는 병으로 간주하면 된다. 하지만 큰 병은 아니라 하더라도 후에 합병증으로 고생 할 수 있으므로 병이 유발되면 치료에 게을리 해서는 안 된다. 대체로 합병증을 일으키는 당뇨, 고혈압, 갑상선 등의 병으로 일상생활에 크게 지장은 없으나 무리하면 합병증을 일으켜 중병으로 가게 되는 경우가 많다.

생명선	———
두뇌선	———
감정선	———
운명선	———
태양선	———
결혼선	———

생명선 위에 가는 선이 한줄 가로로 있는 경우는 이 사람이 무엇엔가 중독되어 있음을 의미한다. 주로 약물이나. 흡연, 알코올, 카페인에 중독된 경우 이런 장애선이 발생하게 되므로 이런 선이 나타나면 반드시 개선하여야지 그렇지 않으면 중독으로 인한 심각한 병을 앓게 되고 심하면 목숨을 잃을 수도 있음을 명심해야 한다.

제3장
두뇌선

두뇌선이란 목성구의 아래와 엄지의 가운데 부분에서 시작하여 화성평원을 지나는 선이다. 두뇌선은 그 사람의 지적능력, 사고력, 지혜, 판단력, 직감력 등을 나타내며 손바닥에 나타나는 선중 가장 중요한 역할을 하는 선이다.

두뇌선은 그 사람의 지능지수를 나타내는 것이 아니고 정신적 에너지의 강약을 측정하고 재능을 발휘하는 방식을 판단하는데 도움을 주는 선이다. 두뇌선은 손에 나타나는 선들 중 가장 중요한 역할을 차지하고 있다. 이는 사람은 누구나 머리로 생각하고 몸을 움직여 활동하기 때문이다. 생각을 한다는 지적능력이 다른 동물과 차별화 되는 인간이 특징이므로 이 두뇌선은 생명선 보다 더 중요한 역할을 하고 있다.

생명선이 육체적 에너지를 담당한다면 두뇌선은 정신적 에너지를 담당하기 때문이다. 건강한 신체에 건강한 정신이 있다고는 하지만 인생사 마음먹기에 달렸다고 하는데 이 마음이란 바로 사람의 정신 상태를 의미하는 것으로 그 사람의 정신 상태를 살피는데 무엇보다도 중요한 역할을 하고 있는 것이 바로 두뇌선인 것이다. 그러므로 두뇌선은 지적인 활동, 지적인 성취, 위기대처 능력, 승리, 패배에 대한 많은 정보를 저장하고 있는 정보 저장 창고라 할 수 있다.

이런 두뇌선은 과거에 있었던 일들을 정확하게 기록하고 있고 현재의 상황이 일어난 원인도 기록되어져 있기 때문에 현제의 상황이 앞으로 어떤 방향으로 진행 되는지의 단서도 나와 있어 미래에 대한 분석을 더욱 용이하게 해 준다. 그러므로 두뇌선을 잘 파악하면 아무리 복잡한 사건이나 일도 풀수 있는 실마리를 찾게 되는 것이다.

두뇌선이 나쁜 경우 다른 선이 아무리 좋아도 그 사람의 생활이 평탄하다 할 수 없다. 그러나 다른 선들이 그리 좋은 모습이 아니라 하더라도 두뇌선이 좋으면 지혜로움으로 나쁜 일들을 극복해 내는 사람이다. 두뇌선이 좋은 경우 운명선이나 태양선이 없어도 많은 발전을 이루는 경우가 많다.

● 두뇌선의 시작 점

생명선과 가까이 붙어서 시작하는 두뇌선은 그 시작하는 지점에 따라 다른 의미를 갖게 된다.

생명선과 합쳐서 시작하는 경우 : 대부분의 두뇌선이 생명선과 합하여 시작하고 있다. 생명선과 두뇌선이 합하여 시작하는 경우는 매사 사람이 신중하고 세심함을 보이며 상식적인 측면으로 세상을 바라보는 합리적인 사람이다. 하지만 자신의 일에 대해서는 상당히 꼼꼼하고 예민한 사람이다.

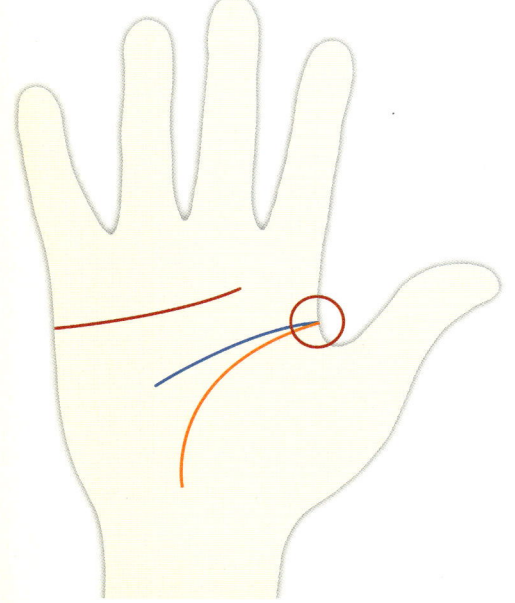

생명선	━━━
두뇌선	━━━
감정선	━━━
운명선	━━━
태양선	━━━
결혼선	━━━

생명선과 두뇌선이 합쳐진 부위가 길면 자아의식이 부족하고 매사 자신감이 결여 되어 가족이나 주변 환경에 영향을 많이 받는 소극적이고 의존적 성향을 지니게 되므로 무엇이든 스스로 해결해 나가려 하는 독립심을 길러야 할 필요가 있다.

생명선과 두뇌선이 합쳐서 시작하는 경우에 두뇌선이 나아가는 방향에 따라 그 의미가 달라진다. 가령 생명선과 두뇌선이 합쳐서 시작하고 두뇌선이 생명선을 따라 강한 곡선을 이루며 생명선과 아주 가까이 흐르는 경우는 너무 소심한 성향으로 겁이 많아 모든 일에 조심을 기하게 되므로 큰 실패도 없으나 큰 성공도 없다.

두뇌선이 생명선과 합쳐서 시작을 하고 그 방향이 월구를 향하는 사람은 감수성이 풍부한 사람으로 예술적 재능이 뛰어난 사람이다. 두뇌선이 생명선과 합쳐서 시작을 하고 그 방향이 제2화성구로 향하는 사람은 감수성이 풍부하고 예술적 재능이 뛰어나면서도 의지력이 강하고 판단력이 뛰어나 크게 발전할 가능성이 많은 사람이다.

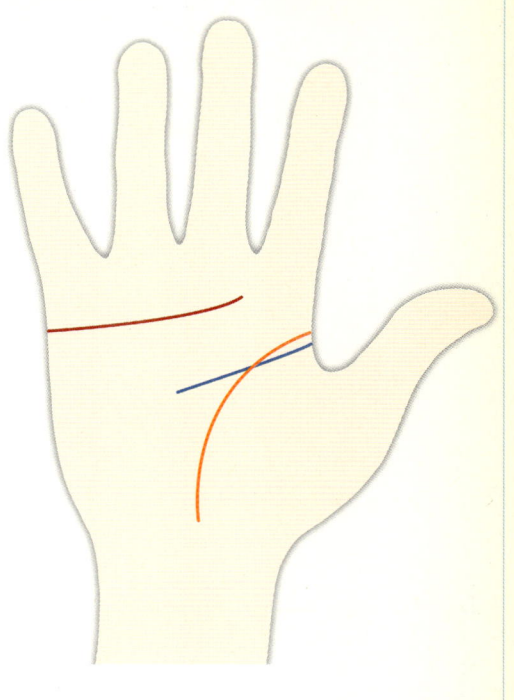

생명선 안쪽에서 시작하는 경우 : 생명선의 안쪽에서 두뇌선이 시작되는 경우는 상당히 예민한 성격의 소유자로 매사 신경이 날카롭고 인내력이 부족하다. 이런 사람은 부정적인 측면이 많아 대인관계에 있어서도 남들과 다투기를 잘하고 화를 잘 내기 때문에 주변에 사람이 별로 없으며 대범하지 못하다. 대체로 이런 경우는 가정적으로도 안정되지 못하는 경우가 많아 가정생활에서도 가족 간에 다툼이 많다. 이런 경우 대부분 자신의 성격상의 문제로 야기되는 일이 많으니 스스로 화를 참고 인내하는 법을 배워나가는 것이 인생을 편안히 살아가는 방법이 될 것이다.

생명선과 떨어져 시작하는 경우 : 생명선에 떨어져 두뇌선이 시작되는 경우는 결단력과 의지력이 강한 것을 의미한다. 이런 선을 가진 사람은 매사 적극적이고 강한 추진력으로 일을 진행하고 인생을 살아가게 되는데 자신의 강한 의지로 때로는 불가능해 보이는 일을 성취해내 주변을 놀라게도 한다. 항상 바른 판단을 내리고 냉정하게 생각하여 정에 치우침이 없는 사람이다. 대체로 생각이나 행동에 균형이 잘 잡혀 있어 삶에 있어 매우 적극성을 지닌 사람이다.

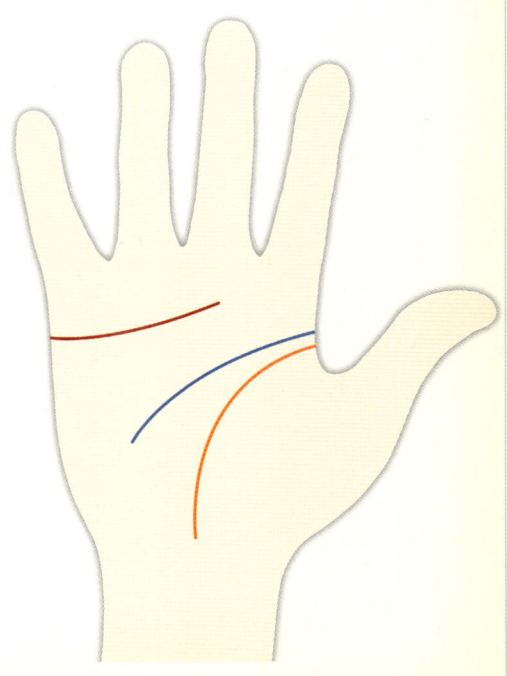

생명선에서 많이 떨어진 곳에서 두뇌선이 시작되는 경우는 지도력을 갖추고 있는 사람으로 다른 사람을 지위하는 능력 즉 리더십이 뛰어나고 자신의 목표점을 향해 돌진해 나가는 추진력이 강한 사람으로 때

로는 주변의 질타를 받기도 하지만 끝내 목표를 이루어내고야 마는 강한 에너지를 가진 사람이다. 이런 사람은 또한 자아의식이 강해 독립적인 성향을 강하게 가지고 있으므로 조금도 남에게 구속 받는 일은 견디지 못하는 특성을 가지고 있다. 그러나 너무 많이 떨어져 시작하는 경우는(생명선에서 검지 사이의 반을 넘어 경우) 매사 조심성이 없고 성급하여 일을 그르치는 경우가 많고 사람이 산만하고 가벼워 매사 용두사미가 된다. 이런 경우 매사를 계획 없이 충동적으로 살아가므로 자신의 단점을 알고 개선하려는 노력을 아끼지 말아야 한다.

두뇌선이 검지 바로 아래에서 시작하면서 두뇌선이 선명하고 장애선이 없으며 운명선이나 태양선이 뚜렷하면 크게 성공할 사람이다. 이는 목성구의 명예와 권력의 에너지를 두뇌선이 흡수하여 명예와 권력을 자신의 것으로 만드는 힘을 가지기 때문이다. 단, 두뇌선이 선명하고 장해선이 없어야 하는 것이 필수 조건이다. 두뇌선이 생명선 안쪽에서 시작하는 경우는 상당히 히스테리가 심한 사람으로 겁이 많고 소극적이며 소심한 사람이다.

● 두뇌선의 진행 방향

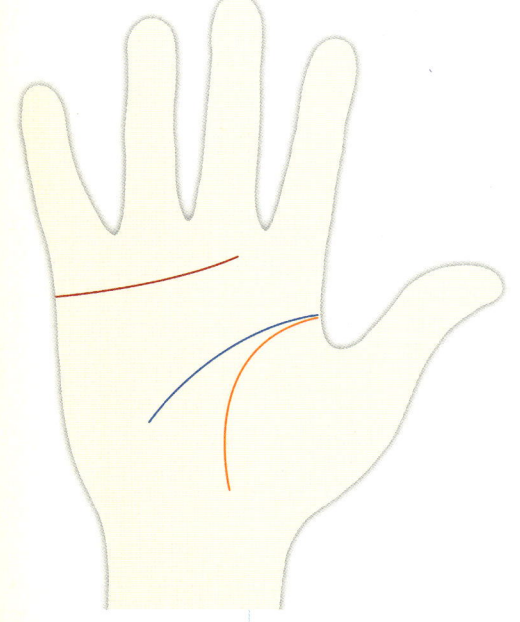

두뇌선의 시작점에서 사람의 성향이 달라지듯 두뇌선의 진행 방향에 의해서도 그 의미를 각기 달리하게 된다. 대부분 두뇌선은 제2화성구 지점을 향하든가 월구를 향하는 경우가 대부분이다. 그러나 때로는 수성구나 태양구를 향해 가는 두뇌선도 있다. 진행 방향의 변화를 가진 두뇌선이 인생에는 어떤 변화를 가져 오게 되는지 알아보기로 하자.

월구를 향한 두뇌선 : 두뇌선의 진행 방향이 월구를 향하고 있는 경우는 그 사람의 월구의 특징적인 성향을 가지게 되는 것을 의미한다. 상상력이 풍부하고 낭만적인 성향을 가진 사람으로 매사 긍정적인 사고를 가지고 세상을 아름답게 보는 사람으로 자신의 풍부한 상상력으로 획기적인 일을 해내기도 하는 사람이다. 다만 애정 문제에 있어서는 누구에게나 다정다감한 성격 때문에 오해를 받기도 한다.

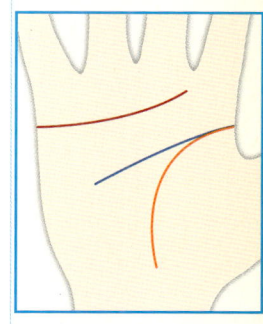

제2화성구를 향한 두뇌선 : 두뇌선이 제2화성구를 향한 경우는 거의 일직선인 두뇌선을 가진 경우이다. 이 경우는 현실적인 측면이 강한 삶을 살아가게 되므로 상상력이 없어 매사 정확하고 명확한 것을 지향한다. 이런 사람은 일에 있어서나 대인관계에 있어 정확하지 못한 것을 참지 못하며 가정사에 있어서도 늘 현실적인 측면을 강조하기 때문에 자칫 딱딱한 사람으로 인식되기 쉬우나 일에 있어서만큼은 정확하고 어려움이 닥친다 해도 강한 의지력으로 이겨내는 사람이다.

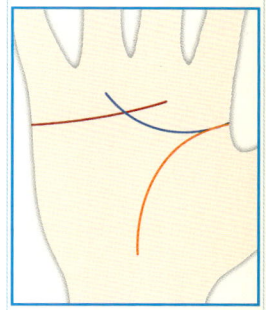

태양구를 향한 두뇌선 : 두뇌선이 태양구를 향해 있는 경우는 자신만의 독창적인 방법으로 부를 축적하는 사람이다. 이 사람은 예술적 재능이 뛰어나고 사물을 바라보는 시각이 독특하여 다른 사람들이 생각지 못한 것을 생각해 내는 사람으로 자신이 그러한 재능으로 많은 부를 이루는 사람이다. 특히 이런 경우는 예술적인 재능으로 부를 축적하는 경우도 많다.

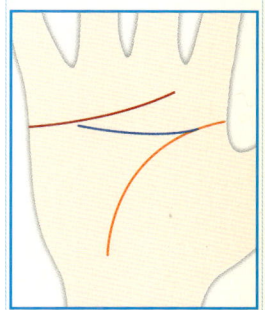

수성구를 향한 두뇌선 : 두뇌선이 수성구를 향해 있는 경우는 특정 분야에 재능을 발휘하는 경우이다. 이런 사람은 전문적인 분야의 일에 종사하는 경우가 많고 그 방면에 인정받게 된다. 과학적 분석이나 수리 분석에 뛰어나 연구직에 종사하게 되거나 전문 경제인이 되는 경우도 많은데 이는 수성구의 영향을 받기 때문이다.

두뇌선이 일직선으로 가다가 갑자기 방향을 바꾸어 수성구로 향하는 경우는 손익계산이 빠른 사람으로 장사나 사업으로 크게 성공을 거두는 사람이다. 이런 경우는 경제에 대한 개념이 남달리 뛰어나 돈의 흐름이 눈에 보이는 사람으로 타고난 재운이 있는 사람이다. 대인관계에 있어서도 사교적이고 손익계산을 따지게 되므로 인간적으로는 자칫 고독해 질 수도 있으나 이런 사람은 대체로 돈이 행복이므로 주변에서 보면 고독해 보여도 자신은 크게 괘념치 않는 경우가 많다.

생명선 ───
두뇌선 ───
감정선 ───
운명선 ───
태양선 ───
결혼선 ───

● 두뇌선의 강약

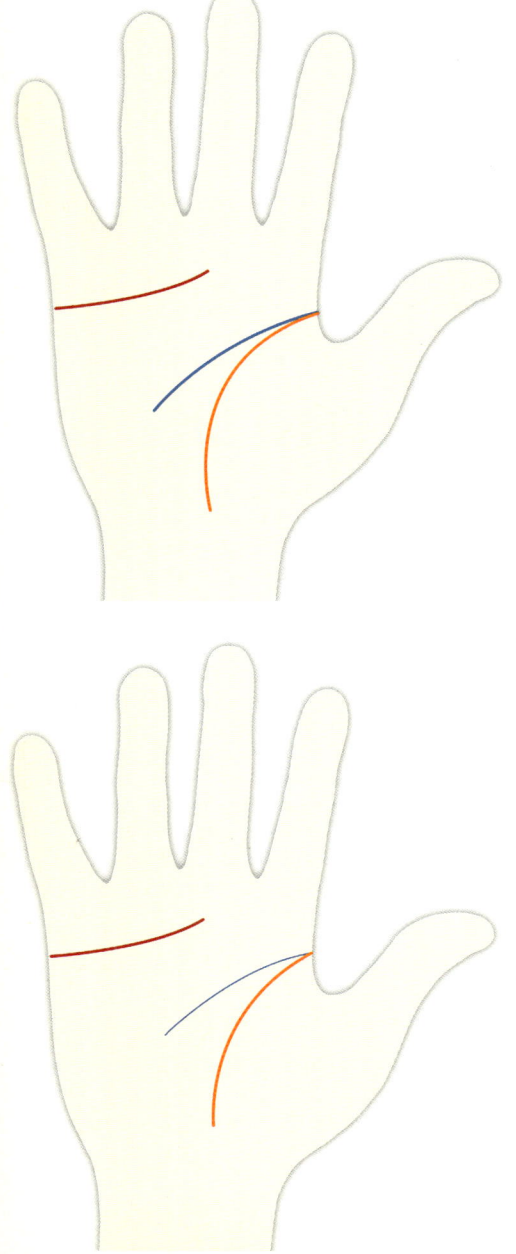

강한 두뇌선 : 강한 두뇌선은 다른 선보다 도드라져 보인다. 두뇌선이 강하다는 것은 정신적 에너지가 풍부한 것으로 강한 정신력과 뚜렷한 사고력을 나타내며 다른 선이 약한 경우 이를 보완해 주는 역할을 하게 된다. 두뇌선이 강한 경우에는 살아가면서 위급한 상황에서도 위기 대처능력을 발휘하게 되므로 그 어떤 어려운 상황 속에서도 현명하게 대처하여 위기에서 탈출하게 된다. 이는 그 사람이 가지고 있는 풍부한 정신적 에너지가 정확한 판단력을 가지게 하여 올바른 사고를 가지게 함으로써 모든 일을 합리적으로 해결하는 능력을 부여하기 때문이다.

두뇌선이 선명할수록 그 의미는 더욱 강해져 생각이 더욱 명쾌하여 자신의 일 뿐 아니라 다른 사람의 일도 객관적인 입장에서 논리적으로 해결하는 능력을 가지게 되므로 주변에서 항상 지혜롭고 현명한 사람이라는 평가를 받게 되므로 이는 삶을 살아가는데 있어 커다란 장점이 된다고 보면 된다.

약한 두뇌선 : 약한 두뇌선은 정신력이 약한 사람이다. 다른 선들에 비해 두뇌선이 약한 경우는 항상 마음이 불안정 하고 무슨 일이든 걱정부터 앞세우게 된다. 이는 두뇌선이 갖는 정신적 에너지의 저하 때문에 일어나는 현상으로 크게 걱정하지 않아도 되는 일이 본인에게는 커다란 부담으로 작용하게 되는 것이다. 이런 사람은 매사 자신감이 결여 되어 있어 항상 겁부터 내게 되어 사물에 대한 이해력이나 사고력이 떨어지므로 판단력이 흐려진다.

항상 사거리에 서 있는 사람처럼 이리로 갈까 저리

로 갈까 궁리는 많은데 막상 어떤 것도 쉽사리 결정 내리지 못해 어물쩍 거리는 경우가 많고, 큰일이건 작은 일이건 스스로 무엇인가를 결정해야 한다는 것에 대단한 부담을 갖게 되어 자신이 내려야 할 결정마저 타인에게 미루는 경우가 허다하다. 이런 사람은 조금 스스로 대범해 지려는 노력을 해야 하며 용기를 가지고 일단 부딪혀 보는 것이 삶을 성공으로 이끄는 방법이 될 것이다.

● 두뇌선의 길이

두뇌선이 긴가 짧은가는 그 사람의 성향을 결정하는 중요한 단서가 되는 것이다. 한 가지 참고 할 것은 두뇌선이 길다고 해서 머리가 좋다든가 짧다고 해서 머리가 나쁘다는 식의 해석을 해서는 안 된다. 모든 선은 그 길이 자체가 길흉의 단서가 되는 것이 아니고 그 길이는 성향이나 삶의 방식을 결정짓는 단서가 되는 것임을 잊지 않아야 한다.

❶ 두뇌선이 긴 경우 : 두뇌선이 긴 경우에는 지적 호기심이 강한 사람으로 무엇이건 궁금한 것이 있으면 그것을 알 때 까지 잠을 못자는 사람이다. 많은 것을 경험하고 싶어 하고 흥미를 가지는 모든 일에 부딪혀 보며 그것을 이해할 때 까지 매달리는 경우가 많으며 다양한 문화생활을 즐기며 자신의 지적 호기심을 채워 나가는 사람으로 대인관계에 있어서도 사람에 대한 호기심이 많아 여러 분야의 사람들과 접하면서 인맥을 넓혀 나가게 된다.

이런 호기심은 다방면에서 나타나는데 때문에 박학다식한 사람이 많다. 하지만 넓이는 있으되 깊이는 없어 많은 것을 두루 섭렵하는 장점이 있는 반면 특정 분야의 전문적인 지식은 없는 단점도 있다.

❷ 두뇌선이 짧은 경우 : 두뇌선이 짧은 경우의 사람은 자신이 관심을 갖는 특정 분야에만 집중적으로 탐구하는 성향을 보인다. 그래서 어떤 분야의

전문가 들이 많다. 이런 사람은 다양한 경험을 할 기회가 적어 자신의 전문 분야가 아니면 전혀 다른 분야에는 관심을 가지지 못하고 알려고도 하지 않는 단점이 있어 대인관계에 있어서도 다양한 분야의 사람과 교류를 가지지 못하고 일이나 관심분야가 같은 사람들과 어울리게 된다.

대체로 전문지식 분야에 종사하는 경우가 많고, 교수, 의사, 연구직에 종사하는 사람이 많으며 사업을 하는 경우 실패하기 쉽다. 다만, 사업을 하더라도 특수 전문분야에서는 성공을 거두게 된다.

두뇌선이 극단적으로 짧은 경우 (두뇌선이 토성구 아래에서 끝나는 경우)에는 상상력이 모자라고 두뇌 발달도 나쁜 사람이다. 자신을 표현하거나 의견을 제시하는데도 어둔한 사람으로 행동도 민첩하지 못한 경우가 많다. 이런 경우에는 눈에 보이는 물질적인 것에만 관심을 가지게 되고 단명한 경우가 많은데 단명이 아니면 일생 고달픈 삶을 살아가게 된다.

● 형태별로 본 두뇌선

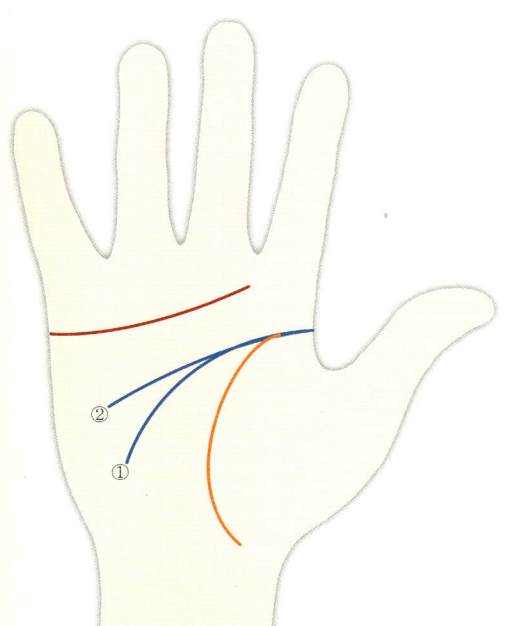

두뇌선 역시 다양한 형태를 가지고 있다. 선 자체가 일직선이거나 굽어 있는 경우도 있으며 가파른 곡선을 하거나 갑자기 꺾여 내려가는 경우, 혹은 두뇌선에서 나오는 여러 가지 지선의 형태와 문양 등 손에서 두뇌선과 관련되어 일어나는 다양한 변화들은 삶에 있어 많은 영향력을 행세 하게 된다. 우선 두뇌선의 일반적인 형태들에 대해 알아보기로 하자.

❶ **곡선형 두뇌선** : 곡선형의 두뇌선은 대체로 월구를 향해 흐르고 있는 경우가 많다. 이는 정신적 에너지가 월구의 영향을 받고 있음을 의미한다.

부드러운 곡선을 그리는 두뇌선은 월구의 에너지를 받으면서도 실질적인 성향도 함께 가지고 있어 실험정신이 뛰어나고 창의력도 뛰어나다. 이런 경우는 여러 가지 방향으로 사고를 전환하는 능력이 뛰어나 새로운 아이디어를 많이 방출하는 경우로 새로운 문화나 유행을 창출해 내는 일에 적합한 경우가 많아 광고관련업이나 방송매체와 관련된 업종에 일을 많이 하며 경영이나 인문사회분야에서 두각을 나타내는 경우가 많다.

많이 휘어진 곡선의 모양을 한 두뇌선은 사람이 낭만적이고 상상력이 풍부하며 예술적 재능이 뛰어난 사람이다. 그러나 비현실적인 면이 강해 기분파 성향을 보이고 현실감각이 떨어져 내일을 생각지 않는 사람이 많다. 규칙이나 원칙에 얽매이는 것을 참지 못해 학창시절 문제아 취급을 받는 경우도 많으며 질투심이 많은 단점이 있다.

❷ **직선형 두뇌선** : 직선형의 두뇌선은 한 우물을 파는 사람이다. 논리적인 사람으로 집중력이 뛰어나고 현실적인 사람으로 두뇌가 영리하고 실무능력이 뛰어난 사람이다. 특히 인내력과 결단력이 강해 일을 성공적으로 이끄는 사람이다. 주로 법조계, 과학기술 분야의 종사자가 많으며 사업적 재능도 있는 사람이다.

가파른 곡선의 두뇌선 : 두뇌선이 월구 쪽을 향해 가파른 곡선을 이루는 경우는 그 상상력이 더욱 커지는 경향을 보인다. 이런 상상력은 다른 사람이 생각지 못하는 것을 생각해 내어 창조적인 일을 하게 하는데 화가, 문예창작 등 창조적 작업을 하는 사람들에게서 많이 나타나는 선이다. 이런 두뇌선의 단점은 늘 현실세계와 떨어져 있기 때문에 현실감각이 떨어지고 경제적인 면에는 둔해 주변을 힘들게 한다. 그러나 자신의 예술적 재능으로 뜻하지 않게 돈을 벌기도 한다.

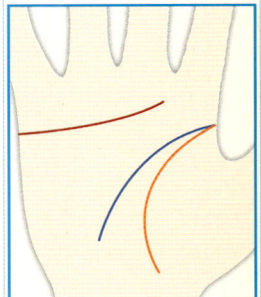

두뇌선이 갈라진 경우 : 보통은 두뇌선이 하나로 되어 있는 경우가 일반적이지만 두뇌선이 두 갈래 혹은 세 갈래로 갈라져 있는 경우도 많다. 이는 얼핏 잘못 보면 운명선과 착각할 수 있으므로 두뇌선에서 갈라져 나온 선인지 운명선인지를 잘 살펴보아야 한다. 두뇌선이 갈라지는 기점에 따라 그 의미가 달라지는데 우선 두뇌선이 갈라져 있는 경우는 대부분 어떤 재능을 타고 났음을 의미하므로 좋은 의미로 판단하면 된다.

두뇌선이 태양구 아래에서 갈라진 경우(❷)는 태양구의 특성이 살아나므

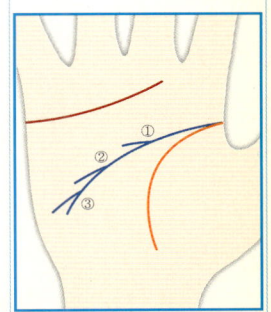

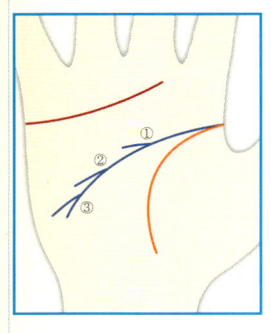

로 작가적 재능을 가진 사람이 많으며 예술, 창작의 재능으로 발전을 이루게 된다. 두뇌선이 토성구 아래에서 갈라진 경우는❶ 토성구의 영향을 받아 상식과 학식이 풍부하고 이지적인 면을 가지며 부동산에 대한 안목을 가져 부를 이루는 경우가 많다. 특히 운명적으로 강한 기운을 가지고 있기 때문에 어떠한 어려운 일이 닥쳐도 극복해 내는 행운이 온다.

두뇌선이 수성구 아래에서 갈라지는 경우는❸ 수성구의 상업, 사업적 재능의 영향을 받아 이재에 밝은 사람으로 사업으로 성공을 거두게 된다. 두뇌선이 갈라지면서 한 선이 월구 아래를 향하는 경우는 영감이 뛰어난 사람으로 예지력이 발달한 경우가 많다.

많지는 않으나 두뇌선이 세 갈래로 나뉘는 경우도 있는데 이런 경우에는 여러 가지 재능으로 성공을 거두는 사람으로 다방면에 두각을 나타내게 된다.

한 사람이 한 가지 일에도 얻기 어려운 성공을 이런 사람은 두세 가지의 일에서 성공을 하는 경우로 여기에 태양선이나 운명선이 뚜렷하면 굉장한 명성과 재물을 얻게 된다.

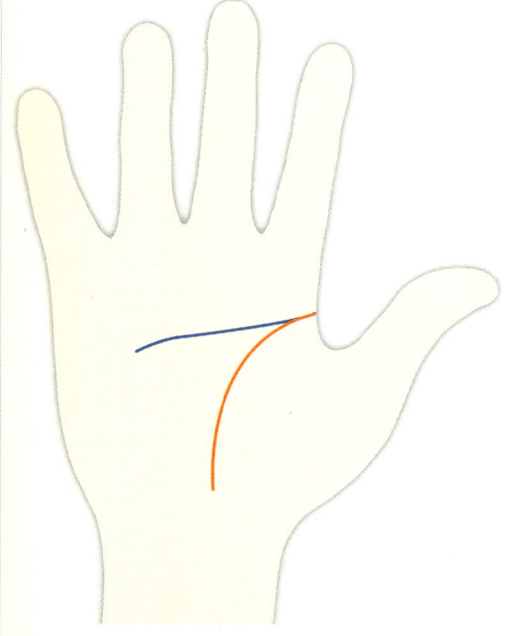

막쥔 손금 : 흔히 두뇌선과 감정선이 합쳐져 한 가닥으로 되어 있는 선을 막쥔 손금이라 한다. 막쥔 손금의 길흉은 극과 극을 달리므로 다른 선들을 잘 살펴보아야 그 길흉을 가늠할 수 있다.

대체로 막쥔 손금의 소유자는 두뇌에너지와 감정에너지가 혼합된 형태로 상당히 까다로운 성격에 집착심이 강한 사람이다. 집중력과 자기 통제력이 대단히 강한 사람으로 부와 명예에 상당한 성공을 거두기도 하지만 이기적 성향이 강한 사람이다. 대범한 성격의 소유자로 의지가 강한 사람이 많으며 성공의 여부는 태양선과 운명선의 향방을 보고 판단한다.

때로 막쥔 손은 다운증후군이나 폐질환을 앓는 사람들에게서도 나타나며 운명선과 태양선이 없는 경우 일생 힘들고 어려운 삶을 살게 되는 경우도 많다.

이기적이고 금전만을 추구하는 물질만능 주의에 빠지기 쉬운 성격으로 일을 크게 벌이거나 변화가 많고 때로 거부의 손에서도 볼 수 있는 선이다. 하지만 늘 변화를 추구하기 때문에 어떤 일에 크게 투자하여 낭패를 당하는 일도 있으며 늘 변화를 꿈꾸는 삶을 살아가는 사람이 많다.

대체로 대범한 성격에 강한 의지를 가지고 있으며 여성은 기가 강해 남자 못지않은 일을 해나가지만 가정생활에 충실하기 보다는 바깥일에 더 관심이 많다. 그러나 사랑에 빠지면 한 곳으로 열정을 쏟아 붓기 때문에 격렬하고 열정적인 사랑을 하게 되는 경우가 대부분이며 상대에 대해 상당한 집착을 보여 쉽게 헤어나지 못하는 형이다.

● 두뇌선에 나타나는 문양

섬 문양 : 두뇌선에 나타난 섬문양은 주로 사고력의 저하를 가지고 온다. 즉, 정신적 에너지가 손실되는 것으로 재물의 손실이나 사회생활의 장애를 유발하게 되며, 근심 걱정으로 인해 사고력이나 판단력이 흐려지는 결과를 가져오게 된다. 이는 너무 신경을 쓰거나 머리를 많이 써서 생기는 증세이므로 주의해야 한다.

두뇌선에 나타나는 섬모양은 정신적 에너지의 감소를 나타내므로 두뇌선에 섬모양이 있는 사람은 신경성 질환이나 우울증, 불면증과 같은 정신 신경과적 질환을 앓게 되는 경우가 많고 기억력이 떨어져 건방증이 심한 사람도 있다.

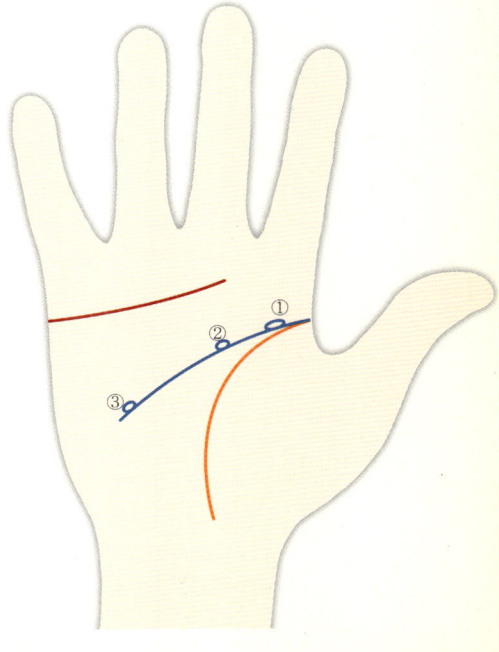

두뇌선의 섬모양이 목성구 아래쪽에 있으면(❶) 선천적으로 뇌에 이상이 있거나 어린 시절 머리가 나빠 공부를 못하는 경우가 많다. 두뇌선의 섬모양이 토성구 아래쪽에서 나타나면(❷) 머리를 너무 많이

생명선	───────
두뇌선	───────
감정선	───────
운명선	───────
태양선	───────
결혼선	───────

써서 신경이 예민해져 쉽게 피로를 느끼는 사람으로 늘 일정한 휴식이 필요한 사람이다. 두뇌선의 소지 아래쪽에 섬 문양이 나타나면(❸) 대체로 중년 이후에 사고력이 저하되는 것으로 본다.

별 문양 : 두뇌선에 나타나는 별 분양은 갑작스런 사고나 병으로 인한 충격을 의미한다. 이는 육체적 충격 뿐 만 아니라 정신적 충격을 동반하게 되는 경우로 각별히 유의하지 않으면 안 된다.

두뇌선 끝에 별 문양이 나타나면 대체로 갑작스런 병을 예고한다. 이는 대체로 가벼운 질병이 아니고 중병이므로 두뇌선 끝에 별 문양이 있다면 정기적으로 검진을 받는 것이 무엇보다도 중요하다. 두뇌선상의 별 문양은 대체로 뇌출혈, 뇌진탕, 고혈압으로 인한 뇌질환 등을 의미하는데 여성의 경우에는 부인과 질환을 의미하기도 한다. 특히 여성으로 건강선과 두뇌선이 교차하는 지점이나 수성구에 별문양이 나타나면 출산이나 부인과 질환으로 생명을 잃을 수도 있다.

토성구 아래 두뇌선상에 별 문양(❶)은 위장계통의 질환을 유발하는데 위암이나 위 천공으로 생명의 위협을 받게 되는 경우가 많고 목성구 아래 두뇌선상에 나타나는 별 문양(❷)은 간경화, 간암 등을 유발한다. 태양구 아래 두뇌선상에 별 문양(❸)은 심장마비, 심근경색 등의 심장질환이나 안과 질환을 유발하게 된다.

두뇌선상의 별 문양은 그 의미가 강하므로 항상 주의를 요하고 사고와 건강에 각별히 신경을 쓰는 것이 무엇보다 중요하다. 이는 병이 완치 된다 해도 정신적 충격이 쉽게 사라지지 않기 때문이다. 만약 생명선이 끊어져 있거나 생명선에도 별 문양이 있다면 치명적인 병이나 갑작스런 질병으로 사망하거나 사고로 급사 할 수도 있으므로 각별한 주의를 요한다.

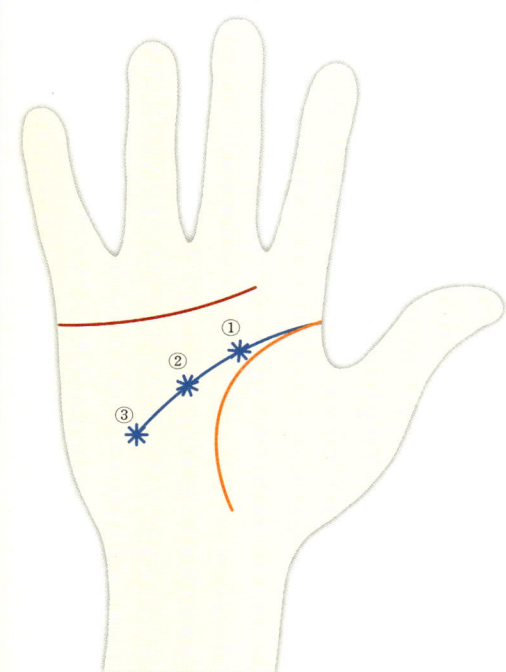

십자 문양 : 두뇌선 상의 십자 문양은 여러 가지 장해를 발생시킨다. 이는 생활방식이나 생활환경에 변화를 의미하고 성격변화를 가져 오기도 한다.

목성구 아래 두뇌선 상에 나타나는 십자 문양❶은 평소 간이 약한 사람이며 간염을 앓게 되는 경우도 있다. 정신적인 측면에서 보며 지배욕과 권력욕이 강한 사람으로 자신이 원하는 권력을 얻지 못하면 스스로 굴욕적으로 생각해 성격이 난폭해 지기도 한다.

토성구 아래 두뇌선상에 나타나는 십자 문양❷은 갑작스런 사고를 암시하는데 생명에 지장은 없으나 불구가 되거나 신경계통에 이상이 생긴다.

수성구 아래 두뇌선상에 나타나는 십자 문양❸은 산업재해, 약물사고, 의료사고를 당할 수 있음을 암시한다. 여성의 경우 두뇌선에 십자 문양이 나타나면 부인과 질환으로 고생을 하게 되거나 자궁외 임신, 난산의 어려움이 있고, 불임인 경우도 있다.

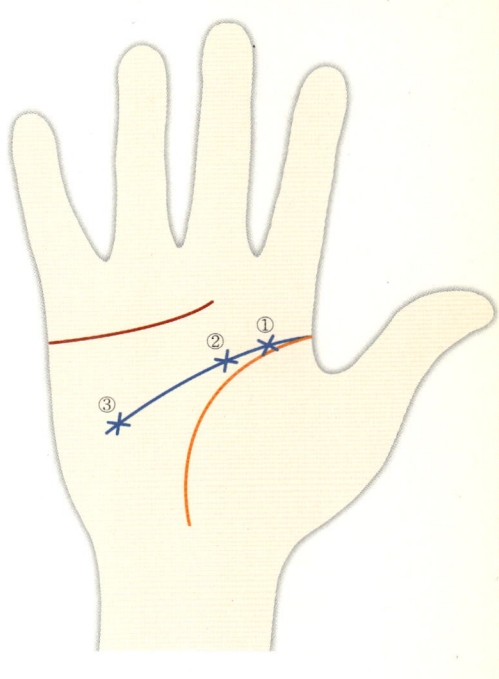

십자 문양은 별 문양처럼 생명에 지장은 없으나 불구가 되거나 장해를 갖게 되므로 늘 주의하는 것이 좋다. 특히, 교통사고나 안전사고에 유의해야 한다.

우물정자 문양 : 우물정자 문양은 항상 보호하는 의미의 문양이기에 두뇌선상에 우물정자 문양이 나타난다면 어떤 위험한 상황에서 구사일생하는 것으로 보면 된다. 대체로 커다란 화제나 대형 참사에서 살아남는 경우도 이 보호의 상징인 우물정자 문양이 있는 경우가 많다. 두뇌선상에 나타나는 우물정자 역시 상당히 충격적인 큰 사고에서 벗어남을 의미하고 있다.

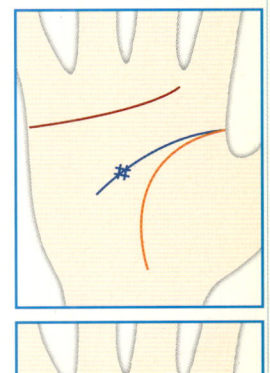

시슬 모양의 두뇌선 : 두뇌선이 사슬 모양으로 된 사람은 두통을 자주 앓는 사람으로 신경이 쇠약하고 신경질적이며 두통을 자주 앓다 보니 머리 쓰는 일이나 신경을 많이 쓰는 일을 싫어한다. 또한 기억력이 감퇴되어 학창시절에 암기과목의 성적이 엉망인 경우가 많고 사소한 것들을 잘 기억하지 못하는 경우가 있다.

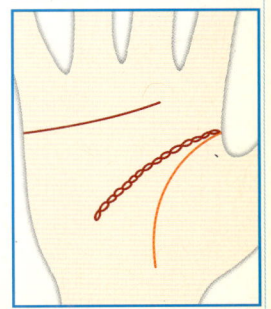

생명선	———
두뇌선	———
감정선	———
운명선	———
태양선	———
결혼선	———

잦은 두통으로 인해 사회생활이 어렵거나 신경쇠약에 걸리는 경우가 많으나 실제 뇌에 크게 이상이 있다기보다는 신경성 두통을 앓는 신경이 예민한 경우가 많다. 그러다 보니 항상 감정적으로 일을 처리하는 경우가 많고, 대인관계에 있어서도 히스테리가 심해 친구가 별로 없다.

이런 경우 자제력이 없기 때문에 애정문제에 있어 상당히 예민한데 쉽게 유혹 당하거나 색을 좋아해 문란한 관계를 가지는 경우가 많으므로 주의해야 하는데 특히 생명선이나 감정선도 사슬 모양인 경우는 성욕의 노예가 되기 쉬워 여러 가지 물의를 일으키는 경우가 발생한다.

● 두뇌선의 지선

두뇌선에서 가지선이 뻗어 나오는 형태도 여러 가지가 있다. 그 가지선이 위치와 크기의 변화에 따라 운에 미치는 영향도 제각각으로 나타난다.

두뇌선에서 작은 가지들이 위로 뻗은 경우 : 두뇌선에서 작고 가느다란 가지 선들이 위로 뻗어 감정선을 향하고 있는 경우는 상당히 감상적이고 정에 약한 사람이다. 이런 사람은 대부분 사랑에 빠지면 모든 것을 버리고 오로지 사랑에만 매달리는 경우가 많다. 사랑에 열중하는 것을 나쁘다고 할 수는 없으나 자신의 일이나 우정, 심지어 가족 까지도 사랑 때문에 버리는 것은 전혀 이성적인 행동이라 볼 수 없다. 이런 경우 십중팔구는 훗날 그런 자신의 행동을 후회하게 되지만 다시 사랑에 빠지면 똑 같은 잘못을 저지르게

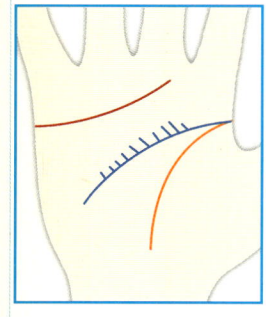

된다. 이는 올바른 사랑이라기보다는 그저 눈앞에 보이는 달콤함만을 생각하는 아둔함이라고 보는 것이 더 정확하다.

두뇌선의 중간 지점에서 위를 향한 지선이 나타나는 경우❶는 잔재주가 많은 사람이다. 늘 새로운 것에 관심이 많고 새로운 것을 익히기 위해 노력을 아끼지 않는 사람이다.

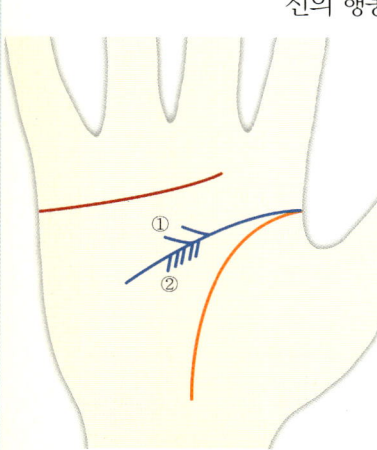

반대로 두뇌선의 중간 지점에서 가지 선들이 아래로 흐르는 경우❷는 머리는 비상하지만 소극적이고 소심하여 기회를 잃는 경우가 많다. 여기에 감정선이 좋지 않으면 대인기피증을 보이

는 경우도 있다.

두뇌선에서 나온 지선이 목성구를 향하는 경우 ❶

: 목성구를 향한 지선은 항상 겉치레에 신경을 쓰고
자신의 체면을 중시 여기는 사람이다. 자신의 체면을
중시 여기는 것이 나쁘다는 것은 아니지만 이 경우
자신의 체면이나 명성을 유지하기 위해 거만한 행동
이나 말로 타인에게 상처를 주거나 다른 사람을 무시
하는 경향을 가진다는 것이 문제가 된다. 목성구를
향한 지선을 가졌다면 스스로 겸손해 지는 법을 배우
는 것이 삶을 성공적으로 이끌어 가는 방법이 될 것
이다.

두뇌선에서 나온 지선이 토성구를 향하는 경우 ❷

: 두뇌선에서 나온 지선이 감정선을 지나 토성구로
향하는 경우는 책임감이 강한 사람으로 매사 최선을
다하고 일을 처리함에 있어서도 차분하고 침착하게
실수를 하지 않는 사람이다. 대체로 완벽 주의적 성
향을 지닌 사람으로 항상 자신의 처지나 신분에 맞게
행동하려 하고 분수에 넘치는 행동이나 일을 하지 않
는데 비해 너무 생각을 많이 하다가 좋은 기회를 놓
치게 되는 경향도 있다. 이는 모험적인 것보다 안정
적인 것을 더 추구하는 성향 때문에 어떤 기회가 와
도 그것이 조금이라도 위험부담이 있다고 생각되면
절대 행하지 않기 때문이다.

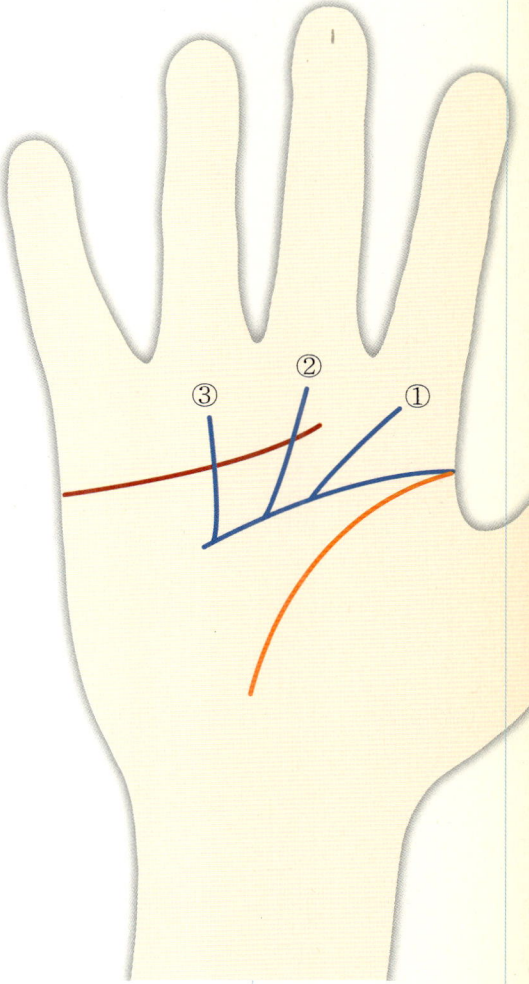

두뇌선에서 나온 지선이 태양구를 향하는 경우 ❸ : 두뇌선에서 나온 지
선이 태양구를 향하는 경우는 남다른 혜안으로 크게 성공하는 사람이다. 한
마디로 돈 버는 방법이 예술이다. 다른 사람들이 보기엔 전혀 돈이 될 것 같
지 않은 일도 이 사람이 손을 대면 돈이 되는 경우가 바로 이런 경우에 해당
한다.

제 4 장

감정선

    감정선은 소지의 근원인 수성구 옆에서 시작하는 것으로 주요선들 중 가장 위쪽에 위치하고 있다. 감정선은 그 사람의 감정의 상태, 감수성, 대인관계, 애정, 사랑, 성격 등 인생전반의 내적인 상황들을 잘 반영하고 있는 곳이다.

    이로써 감정선의 상태가 어떠한가에 따라 그 성격이 냉정한지 정열적인지 혹은 능동적인 성향을 가지고 지배적인지 수동적 성향을 가지고 남에게 이끌려 가는지 적극적이며 포기 할 줄 모르는지 혹은 그 반대로 소극적이며 쉽게 포기하는지를 알 수 있으며 이성적인 사람인지 감성적인 사람인지를 판단하는 곳이기도 하다. 이런 상황들을 볼 때 감정선을 그 어떤 선보다 개인적 성향이나 성격이 잘 드러나는 곳으로 여기에는 수상가들 마다 각기 다른 견해를 보이는 선이기도 하다.

    감정선은 중요선들 가운데 가장 변화가 많은 선으로 현 시점의 감정상태가 그대로 반영되기 때문에 다른 선들처럼 나이를 나누어 보는 것은 그다지 신빙성이 떨어지는 경향이 있다. 그래서 감정선에 있어서는 나이를 나누어 계산하는 것 보다 감정선의 형태나 끝나는 지점들의 위치가 더 많은 감정의 특성을 나타내게 된다.

생명선	———
두뇌선	———
감정선	———
운명선	———
태양선	———
결혼선	———

● 감정선의 판단법

감정선의 위치, 길이와 방향은 그 사람이 가진 정서적 상태와 건강 상태를 나타내므로 우선 감정선의 길이가 어느 정도인지를 판단하고 그 방향의 흐름을 살펴보아야 한다. 색상 또한 중요한 부분을 차지하므로 감정선을 살필 때는 선의 색상과 그 주변의 색상을 함께 살피는 것도 무엇보다 중요하다.

높은 위치의 감정선 : 손바닥에서 높은 곳에 감정선이 있는 경우는 두뇌선과 감정선의 간격이 넓은 경우로 정신적인 측면을 중요시 여기는 사람으로 모든 생활에 있어 정신적인 질적 향상을 추구하는 사람이다. 이는 사랑하는 연인에게도 지속적인 지원과 관심을 요구하는 타입으로 모든 것이 정신적으로 충족되어야만 나머지 물질이나 육체도 함께 할 수 있는 사람이다. 즉, 상당히 이상적인 사랑을 추구하는 타입이다.

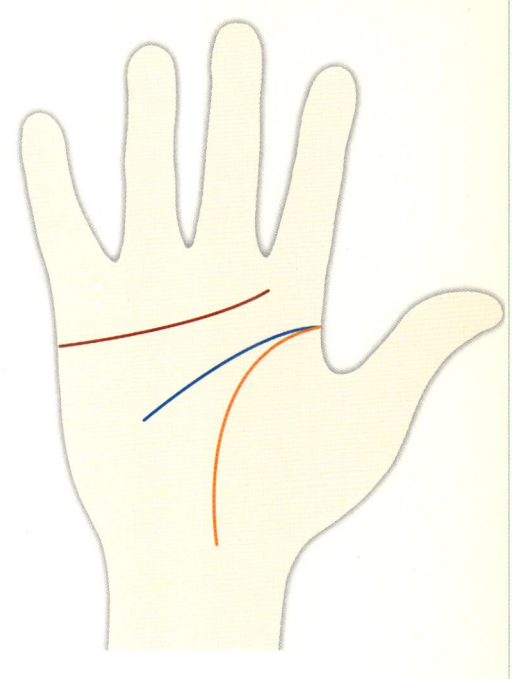

두뇌선과 감정선의 간격이 넓을수록 외향적인 성향이 강한사람으로 숨기거나 비밀스러운 것을 좋아하지 않고 솔직 담백한 성향을 지닌다.

낮은 위치의 감정선 : 감정선이 낮은 곳에 위치한 경우는 두뇌선 가까이에 감정선이 있게 된다. 이런 유형은 대체로 이성적인 사고를 하는 형으로 감저에 치우치는 일 없이 항상 이성적인 판단을 하는 사람이다.

두뇌선과 감정선의 간격이 매우 좁은 경우는 상당히 내성적이고 소심한 성격이다.

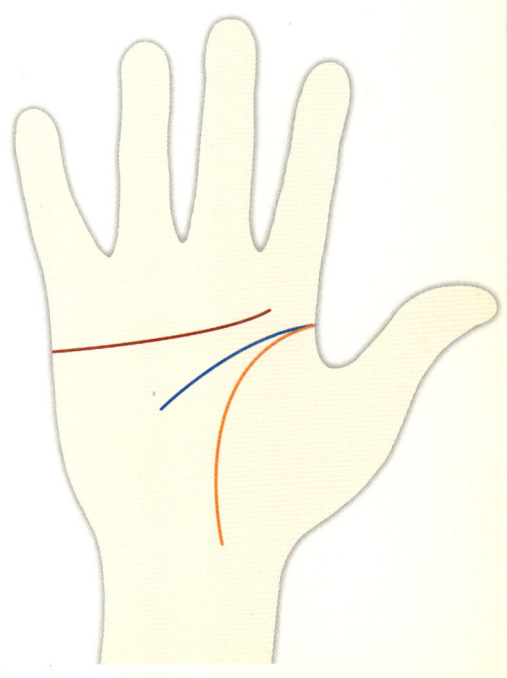

생명선	
두뇌선	
감정선	
운명선	
태양선	
결혼선	

● 감정선의 강약과 길이

강한 감정선 : 감정선이 뚜렷하고 강한 경우는 감정적인 측면이 강한 사람이다. 충동적인 행동을 잘하고 이성보다 감정이 앞서는 성격으로 결과를 생각하지 않고 행동하는 경우가 많다. 강한 감정선은 남성스러움이나 여성스러움이 강해 성격은 따뜻하고 너그러운 편이지만 충동적인 성향으로 인해 이런 장점들이 잘 드러나지 않는 경우도 있다.

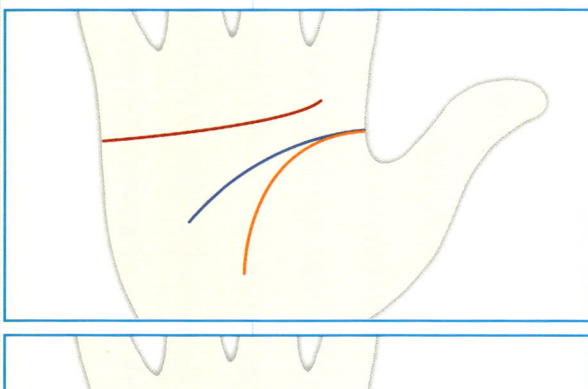

두뇌선 보다 강한 감정선 : 감정선이 두뇌선보다 잘 발달된 경우 대체로 사람이 정직하고 밝은 성격으로 감정이 풍부하며 정열적인 성격으로 특히 열정적인 사랑을 하는 사람으로 목성구가 발달되어 있으며 일도 열정적으로 하는 사람이다. 금성구가 발달된 경우는 대체로 자신의 열정을 육체적 사랑으로 쏟아 붓는 경우가 많다.

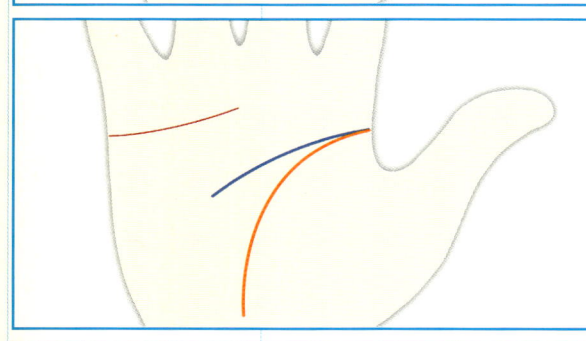

약한 감정선 : 감정선이 다른 선들보다 약한 경우는 대체로 성격이 소심하고 소극적인 면이 강하며, 이기적인 성향이 강하며 변덕이 심한 겨우도 많아 안정적이지 못한 감정의 상태를 유지하는 경우가 많으며 대체로 정서적인 불안과 불균형을 가지고 있는 경우가 대부분이다.

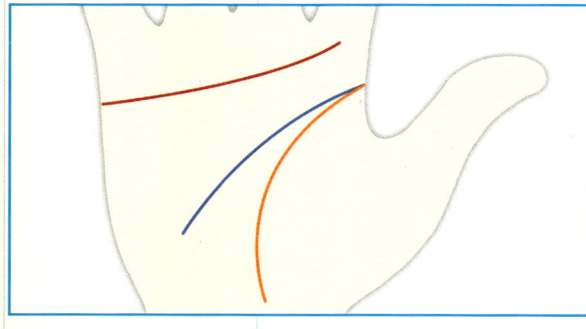

긴 감정선 : 감정선이 극단적으로 긴 경우는 집착력이 강한 성격의 소유자로 무엇이건 자신이 원하는 것을 손에 넣고 그것을 잃지 않으려고 발버둥을 치는 사람이다. 그것이 사람이건 돈이건 어떤 물질이건 자신의 마음에 들면 어떻게든 소유하려 하고 절대 놓치지 않으려고 혈안이 된다.

남녀를 불문하고 질투심이 강하고 독점력이 강하며 자신이 원하는 것을 얻지 못하는 경우에는 자포자기 하는 경향이 많다. 이런 사람의 두뇌선이 일직선으로 월구를 향하고 있다면 나쁜 의미가 더 가중된다.

짧은 감정선 : 감정선이 짧은 사람은 대체로 단순한 성격의 소유자가 많고 쉽게 정에 흔들리지 않는 무뚝뚝한 성격의 사람이 많다. 대게 짧은 감정선을 가진 사람은 자신의 주장이 강하고 이성적인 성격으로 감정에 치우치거나 충동적으로 행동하는 경우가 드문 냉철한 성격의 사람이다.

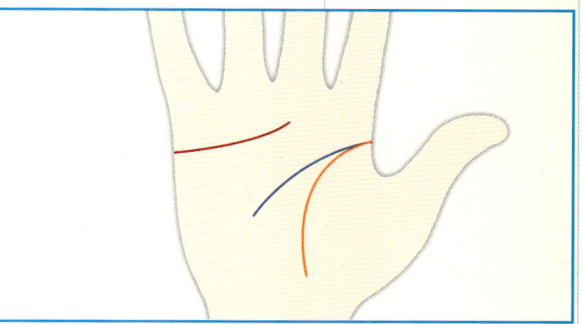

● 감정선의 유형

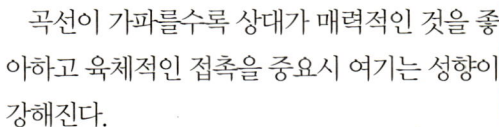

곡선형 감정선 : 곡선형의 감정선을 가진 사람은 모든 일에 주도적 입장을 취한다. 이는 자신이 가지고 있는 열정적 에너지를 바깥으로 표출하고 싶어 하기 때문인데 특히 애정적인 면에 있어서는 정신적인 면과 육체적인 면을 동시에 중요시 여기기 때문에 남녀를 불문하고 자신이 주도권을 쥐려고 하고 적극적이고 열정적인 동시에 로맨틱함을 추구한다.

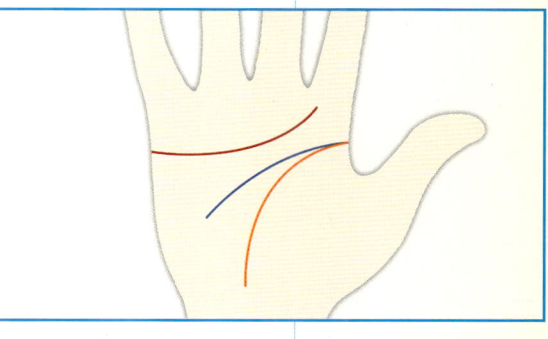

곡선이 가파를수록 상대가 매력적인 것을 좋아하고 육체적인 접촉을 중요시 여기는 성향이 강해진다.

직선형 감정선 : 직선형의 감정선을 야망과 이상이 높은 사람에게서 많이 나타난다. 지선형의 감정선은 차갑고 냉정한 성격의 소유자가

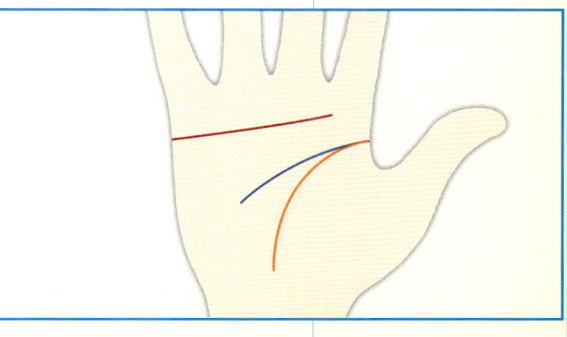

생명선	━━━━━
두뇌선	━━━━━
감정선	━━━━━
운명선	━━━━━
태양선	━━━━━
결혼선	━━━━━

많다. 어떤 일이든 쉽게 감동받지 않고 동정심이 없는 감정이 풍부하지 못하고 다소 소심한 성격이며 질투와 시기가 많은 사람이다. 이는 강한 경쟁심을 가진 이 유형이 자신이 경쟁에 지거나 뒤떨어지는 것을 용납하지 못하는 경향 때문인데 자칫 이런 경향이 상대를 뒤에서 험담하거나 방해하는 형태로 나타나기도 하므로 주의해야 한다.

대체로 리더십이 강한 사람으로 출세와 성공을 향해 무엇이던 자신의 고통을 감내해 내는 사람이지만 애정문제에 있어서는 상당히 소극적 자세를 보인다. 직선형의 감정선을 가진 사람은 사랑보다 일을 중요시 여기고 삶에 있어 자신의 목표점을 향해 가는 것에 있어 애정은 그다지 중요한 일이라고 생각지 않는 경향이 있기 때문이다.

이성의 외형적인 모습에서 매력을 느끼는 경우는 드문 편이고 대체로 자신과 지적 수준이 맞는 사람에게 매력을 느끼는 사람으로 상대의 지적수준이나 학력 등을 중시 여기는 사람이다.

두 개의 감정선 : 감정선 아래나 위에 또 하나의 감정선이 나타나 있는 경우가 있는데 이런 경우는 어떤 곤란한 일이나 어려움이 닥쳐도 이겨내는 강한 의지의 소유자이며 정열적이고 열정적으로 인생을 살아가는 사람이다. 감수성이 풍부하고 감성적인 성향을 가지고 있으며 사람을 끄는 마력을 지닌 사람으로 인기를 위주로 하는 사업이나 여성들에게 더 없이 좋은 성공의 상이다.

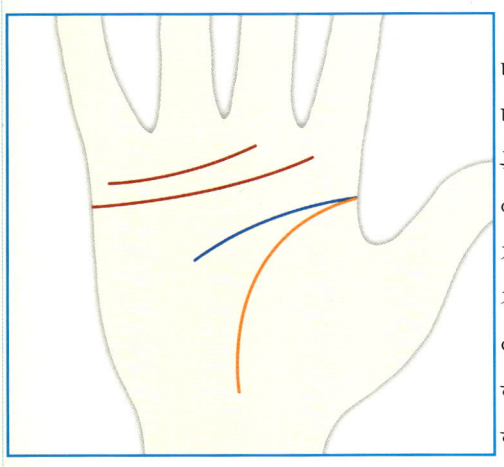

금성대를 또 다른 감정선으로 착각하는 경우가 있는데 금성대는 장지와 무명지 상이에서 반원형을 그리며 나오는 선이다. 금성대는 보통 여러 조각으로 흐트러지는 경우가 많은데 대체로 금성대가 있는 사람은 집중력이 뛰어나 한 가지에 몰두하면 다른 것을 돌아보지 않는 경향이 강하다. 또 관능미에 집착하거나 성에 대해 본능적으로 치우치는 경향이 있으므로 각별히 주의 하는 것이 좋으며 특히, 감정선이나 두뇌선이 나쁘면 변태적 성향이나 치명적인 나쁜 버릇을 가지게 되므로 주의해야 한다.

금성대가 있고 감정선과 두뇌선도 좋으면 감수성이 강하고 예술적 감각이 남 다르게 독특하고 뛰어난 면을 발휘하여 예술가나 문학가로 성공하는 상이다.

사슬형의 감정선 : 대체로 감정선이 사슬형을 하고 있는 경우는 마음이 안정되지 못하고 이성보다는 본능이 강하며 방종한 생활을 하는 사람이 많으며 바람둥이 기질을 갖고 있다. 사슬형이 감정선은 두뇌선이 어떤가에 따라 그 길흉을 달리 하므로 반드시 두뇌선의 형태를 함께 살펴야 한다. 주로 금주, 금연에 실패하는 사람의 유형이며 항상 그때그때 기분에 따라 행동하며 순식간에 기분이 좋았다가도 금방 기분이 나빠지기도 하는 종잡을 수 없이 감정의 기복이 심한 경우가 많다.

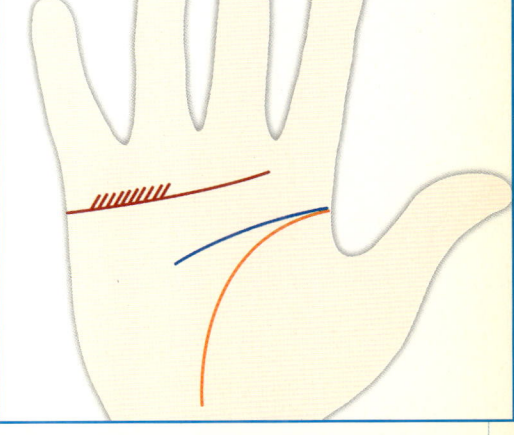

두뇌선의 상태가 좋으면 정이 많은 성격으로 예술적 감각이 뛰어나고 머리가 명석하며 어디를 가나 매력이 넘치는 대상으로 많은 사람들에게 사랑을 받거나 선망의 대상이 된다. 이런 경우 예술인이나 연예인이 되어 부를 누리고 명성을 얻기도 하며 특히 문학, 예술, 예능 방면에 뛰어난 재능을 보여 성공하는 예가 많다.

만약 두뇌선의 상태도 나쁘게 되어 있으면 이런 경향이 더 강해지고 애정적인 면에 있어서도 노골적으로 육체적인 성욕에만 치우치기 쉬우며 한사람에게 만족하지 못하고 이사람 저사람 떠돌아다니는 부평초 같은 애정행각을 벌이기 쉽다.

감정선과 두뇌선이 다 사슬모양이고 금성대가 나타나 있으면 애정적인 부분에 변태성이 강해 자신과 상대를 불행으로 이끄는 경우가 많으므로 자신의 감정상태를 늘 점검하는 것이 무엇보다 중요하다.

지선이 많은 감정선 : 대체로 모든 주요 선에는 몇 가닥의 지선이 있기 마련이다. 그러나 많은 지선이 감정선 위에 세로로 나타나 마치 감정선을 끊고 있는 것과 같은 경우는 이성 관계나 연애문제로 늘 골머리를 썩게 되는

생명선 ————
두뇌선 ————
감정선 ————
운명선 ————
태양선 ————
결혼선 ————

경우로 순탄한 가정생활도 힘든 경우가 많다.

● 감정선의 시작 부위

대체로 모든 감정선은 수성구 아래에서 시작하는 경우가 대부분이다. 그러나 때로는 감정선의 시작위치가 일반적인 위치와 전혀 다른 곳에서 시작되는 경우가 있는데 이는 개인의 성격이나 감정에 지대한 영향력을 행세하게 된다. 몇 가지 유형을 살펴보면 다음과 같다.

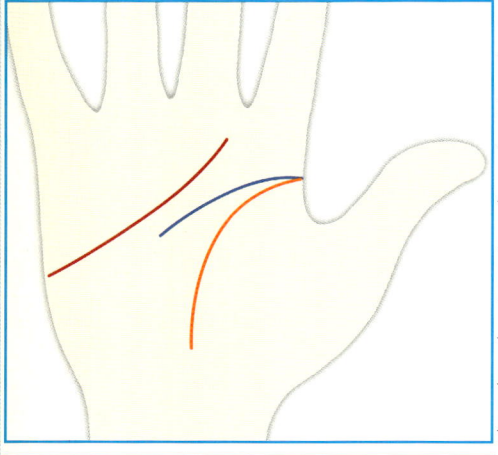

월구에서 시작하는 감정선 : 감정선이 월구에서 시작하는 경우는 그리 흔한 경우는 아니다. 이 감정선은 대체로 아주 극단적인 성격의 소유자로 일반적으로 상상하지 못하는 행동들을 하게 되는 경우가 많다. 자신의 상상 속에서 일어나는 일과 현실을 잘 구분 짓지 못하는 경우가 대부분인데, 일종의 정신질환의 성향을 지닌 의처증이나 의부증 경향을 보이며 혼자 짝사랑하는 사람을 집착하여 스토커가 되기도 하며 실제로 있지 않는 일을 있다고 상상하는 과대망상, 혹은 피해망상증과 같은 증세를 보이기도 하는 다소 위험한 감정의 소유자이다.

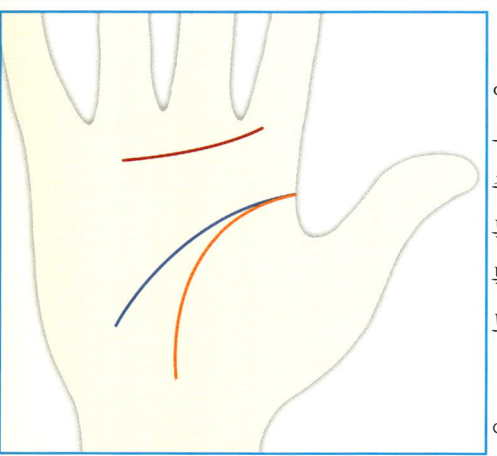

태양구에서 시작하는 감정선 : 감정선이 태양구 아래에서 시작하는 경우는 외형적인 모습에 극단적으로 치우치는 사람이다. 이런 성향은 늘 아름답고 화려한 것을 추구하며 자신이 다른 사람에게 어떤 모습으로 비춰지는가에 신경을 곤두세우는 성격으로 심한 경우는 자신뿐만 아니라 자신의 가족이나 주변 인물들의 외형적인 모습에도 촉각을 곤두세우게 된다.

이유는 자신이 누구와 함께 있는가는 곧 자신의 모습이 제3자들의 눈이나 모르는 사람들의 눈에 어떻게 비춰지는지를 항상 생각하기 때문이다. 이런 성향은 늘 자신을 꾸미는 일과 아름답고 우아하게 행동하려고 노력하지만 이런 언행 역시 남들에게 보이기 위한 것일 뿐 실제로는 지적이거나 우아함과 거리가 먼 경우가 많으며 오로지 외향적 사치를 즐기기 위함인 경우가 대부분이다.

소지 바로 아래에서 시작하는 감정선 : 일반적인 감정선은 대부분 소지에서 좀 떨어진 곳 즉 수성구의 아래 부분에서 시작하는 경우가 많은데 소지 바로 아래에서 시작하는 감정선의 경우는 물질욕이 남다른 사람이다.

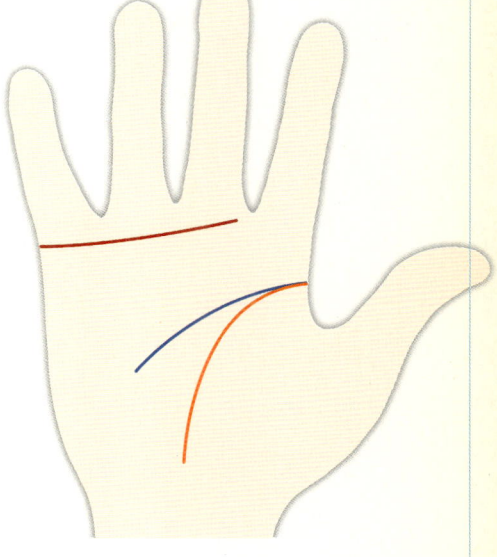

사업이나 상업적으로 성공하는 예가 많으나 자신의 물욕을 위해서는 그 무엇이던 희생시키는 사람으로 오로지 자신의 것만을 소중히 여기며 돈에 있어서는 그 누구보다 냉혹한 사람이 되어 버릴 성향이 강하다. 오로지 돈만이 삶의 목적인 성향을 지닌 사람으로 돈이라면 가족이나 사랑도 배신하는 사람으로 금전제일주의의 냉혹한 사람이다.

● 감정선의 진행 방향

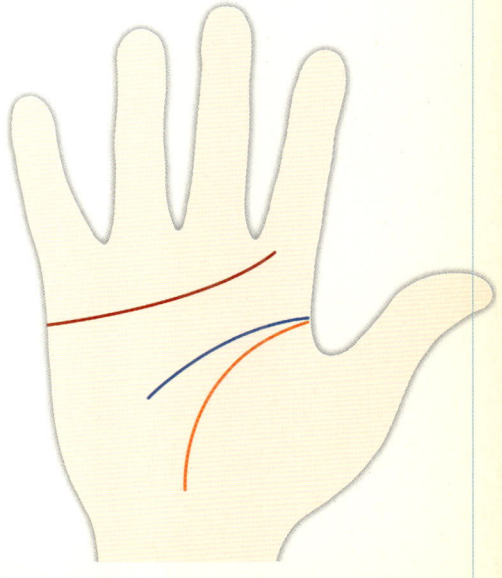

감정선은 대부분 목성구를 향해 진행하는데 그중 중지 아래에서 멈추는 경우가 가장 일반적이고 그다음은 중지와 검지 사이에서 멈추는 경우가 많다. 하지만 다른 주요 선들과 마찬가지로 감정선 역시 갑작스레 진행 방향을 바꾸기도 하고 때로는 목성구를 지나 검지를 뚫으며 진행하는 경우도 있다. 각기 다른 진행방향에 따른 모습들을 살펴보기로 하자.

검지로 뻗은 감정선 : 아무리 긴 감정선이라 하더라도 대부분 목성구 아래에서 멈추기 마련인데 간혹 목성구

를 지나 검지까지 진행하는 감정선을 가진 사람이 있다. 일반적으로 긴 감정선의 변형형태로 긴 감정선이 가지는 기본적 성향을 갖지만 이 선만의 특징도 갖게 된다. 이 경우는 상당히 반항적이며 반사회적이거나 반체제적인 성향을 가지기 쉽다. 그래서 혈기왕성한 시절에 정부에 대항하거나 윗사람에게 반항적인 기질을 내보이며 대들기 쉬운 성격으로 비판적이고 비관적인 사람이 많다.

그런 반면 자신이 아끼는 사람이나 사랑하는 사람에게는 굉장히 헌신적인 모습을 보이기도 하지만 그런 자신의 마음을 몰라주면 그 또한 견디지 못해 관계를 위태롭게 하는 경향도 있다. 그래서 대인관계에 있어 이런 사람은 타인들에게 극단적인 성격의 소유자로 비춰지기 쉬운 사람이다.

감정선이 두뇌선과 생명선의 시작 부위로 향하는 경우 : 이런 경우 역시 긴 감정선에 속하는 경우로 긴 감정선이 갖게 되는 기본적인 성향을 일단은 갖게 된다. 이런 선의 진행은 상당히 열정적인 사람에게서 많이 보이는 선이다. 무엇이건 마음먹은 것은 해내고 마는 성격으로 애정이나 일 모두 자신의 정열을 아낌없이 쏟아 부으며 애정심과 동정심이 강해 사람들에게 친절과 사랑을 베푸는데 오히려 이런 성격 때문에 상대에게 이용당하거나 배신당하는 일이 허다하다.

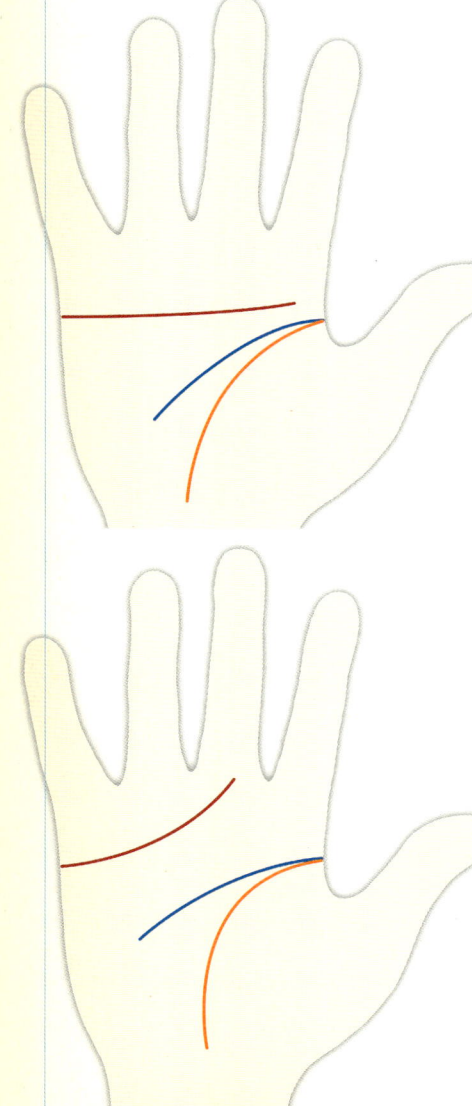

감정선이 토성구를 향하는 경우 : 감정선이 토성구 즉 중지 아래를 향해 진행하는 경우는 자기중심형의 사람이다. 이 경우는 세상의 모든 인간관계나 일이 자신이 구심점이 되어 움직여야 한다는 생각이 지배적이어서 자신이 하지 않아도 되거나 신경 쓰지 않아도 되는 일에 까지 관여하려는 성향을 보인다.

그러다 보니 상대에 대한 배려가 약하고 자기감정에 충실한 경우로서 다른 선들이 좋지 않으면 향락적이고 퇴폐적인 것에 관심을 가지며 주변을 힘들게 하는 경향이 있다.

다만 다른 선들이 좋은 형태를 하고 있으면 자기 관리가 철저한 사람으로 살아가며 감정적이기 보다 이성적인 판단을 하는 삶의 방식을 유지하게 된다.

감정선이 토성구에서 두뇌선으로 방향을 바꾸는 경우 : 토성구로 진행하던 감정선이 갑자기 방향을 틀어 두뇌선과 만나는 경우로 이런 경우는 특히 대인관계에 있어 감정 정리를 잘 해야 하는 경우이다. 남녀를 불문하고 상대 이성에게 심하게 빠지는 성격으로 애정문제에 있어서는 더욱 그 수위가 심해 판단력이 흐려진다. 사업을 하는 경우에도 거래처 사람이 이성이면 자신이 손해를 보는지 이익을 보는지 모르고 덤벼드는 경향이 있다. 즉 이성에 무조건 약한 스타일이다.

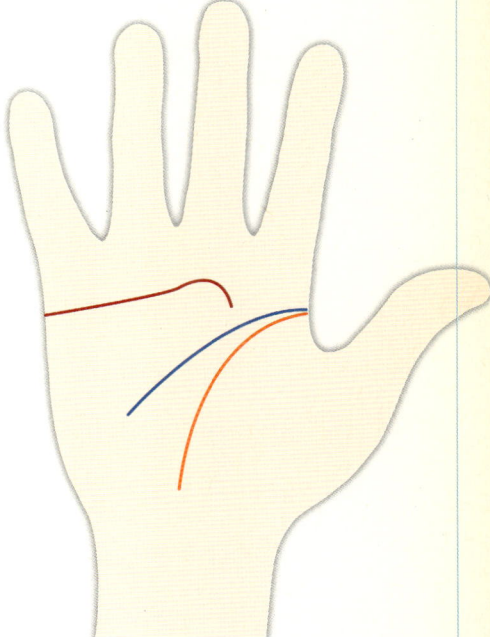

이런 경우는 대부분 남녀 간에는 친구가 되지 못하는 형이므로 스스로가 선을 분명하게 그으려는 노력을 아끼지 말아야 한다. 특히 가정을 가진 기혼자의 경우는 이런 문제로 가정이 파단을 가지고 오기도 하므로 유의해야 한다.

● 끊어진 감정선

장지 아래에서 끊어진 경우 : 감정선이 장지 아래쪽에서 끊어진 경우는 어떤 커다란 사건에 의해 감정의 변화를 겪게 되는 것으로 주로 인관관계의 위험을 나타내는 경우이다. 이는 사람과 사람사이의 관계가 자연스레 끊어지는 것이 아니라 사고나 병으로 인해 그 관계가 유지 되지 못하는 것으로 자신이 사랑하는 사람이나 친구, 가족이 사고나 병으로 인해 자신의 곁을 떠남으로 그 관계가 유지 되지 못하고 그로 인해 심한 심적 고통을 느끼게 되는 것을 암시하는 것이다.

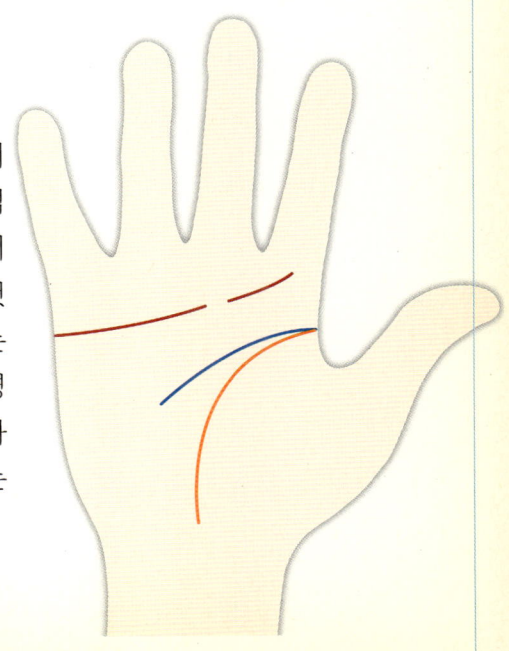

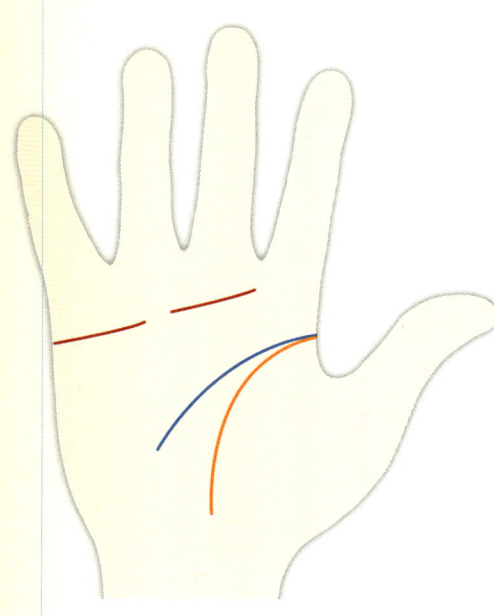

무명지 아래에서 끊어진 감정선 : 무명지 아래에서 끊어진 감정선은 주로 애정관계의 단절을 의미하는 것이다. 이런 선을 가진 사람은 자기본위적인 성격으로 인해 애정문제의 판단을 가져오는 경우로 이선을 가진 사람은 대부분 모든 일을 자기중심적으로 끌고 가는 경향이 있어 상대편에게 불편함을 안겨 주는 경우가 많다.

이런 성향은 연애에 있어서도 자신의 상황만을 고려하고 상대를 배려하지 못하는 성향을 보여줌으로 상대로 하여금 많은 부담을 주게 되고 결국 모든 애정관계가 흐트러지게 된다. 이런 감정선을 가진 사람은 늘 상대를 배려하려는 노력을 한다면 애정문제도 순탄할 것이다.

● 감정선의 지선

다른 여타의 선들과 마찬가지로 감정선도 그 선상에 나타나는 지선들의 의해 그 길흉과 성격이 달리 나타난다. 때로는 감정선의 지선이 행운을 나타내기도 하고 때로는 불행을 의미하기도 하는데 감정선의 지선을 잘 살핌으로 인해 그 운명의 희비를 읽을 수 있을 것이다.

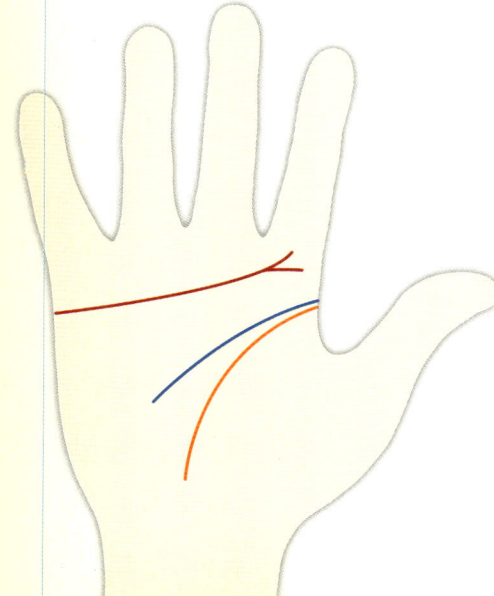

목성구에서 갈라지는 지선 : 감정선이 목성구에서 갈라져 나오는 지선을 가진 경우에는 인덕이 많은 사람이다. 이런 경우의 선은 대체로 성격이 밝고 감성이 풍부하여 모든 사람들로부터 좋은 이미지를 심어 주어 대인관계가 원만하여 주변 사람들의 적절한 도움을 받게 된다.

자신의 감정을 숨기는 경향이 거의 없고 매사 솔직하고 분명한 사람이며 예의 어긋난 행동을 하는 경우가 드물어 특히 윗사람들의 신뢰와 사랑을 받게 된다. 일에 있어서도 매사 적극적이고 정열적이며 자신이 원하는 일에 굉장한 열정을 쏟아 붓기 때문에 성공을 이루게 된다. 다만 이 선을 가진 사람의 단점은 자신보다 어렵고 약한 사람에게 동정심과 연민이 강하다 보니 자칫 사람들에게 이용당하는 경우가 있으니 조금 냉정해 질 필요가 있다.

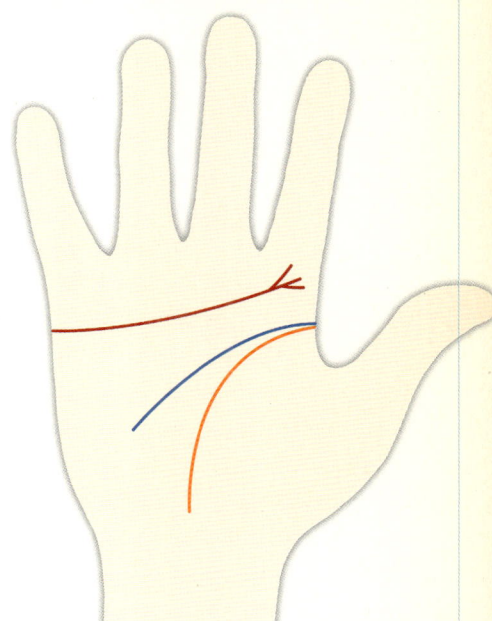

목성구에서 세 갈래로 갈라지는 지선 : 목성구에서 세 갈래로 갈라지는 지선을 가진 경우는 정신적, 물질적으로 모두 안정을 얻어 행복한 삶을 살게 되는 것을 암시한다.

이런 선을 가진 사람은 이성과 감정이 적절한 조화를 이루어 성격적으로도 밝고 쾌활하며 정서적으로 안정되어 늘 감성과 지성을 겸비한 모습을 보여 준다. 대체로 큰 고생 없이 자신이 뜻한 바를 이루어 내게 되는데 성공의 비결은 항상 긍정적인 태도와 생각으로 자신과 주변을 희망으로 가득하게 만들기 때문이다. 그러다 보니 주변에 항상 좋은 사람이 끊이지 않고 늘 부족함 없이 생활하며 감정의 변화도 거의 없어 편안한 인상을 심어 주는 사람이다.

목성구와 토성구로 갈라지는 지선 : 감정선이 목성구와 토성구로 갈라지는 경우는 항상 진실한 사람으로 누구에게나 호감을 주는 사람이다. 자신의 결정과 단점을 스스로 인정하는 사람이며 늘 겸손하고 예의바른 행동으로 주변을 편안하게 만들어 주는데 이는 남들에게 보이려 일부러 겸손과 예를 갖추는 것이 아니라 타고난 성품 자체가 늘 스스로 사람이나 일에 진실하려고 노력하는 사람으로 진실만이 인생을 성공하는 방법이란 지론을 가진 사람이다. 이런 성품은 대인관계는 물론 애정관계나 가족관계에 있어서도 항상 신뢰를 우선으로 하기 때문에 누구에게나 인정받는 사람이 되는 것이다.

이 선을 가진 사람의 가장 두드러진 특징 중의 하나는 상대방이 진실하지 못하거나 신뢰성이 떨어진다고 판단할 경우 두 번 다시 돌아보지 않는 냉정함을 가졌다는 것이다. 이런 성향은 주변 사람들로 하여금 함부로 대해서는 안 되는 사람이란 이미지를 강하게 심어주어 친절하고 예의 바른 사람이면서 칼같이 날카로운 면이 있는 사람으로 평가된다.

생명선
두뇌선
감정선
운명선
태양선
결혼선

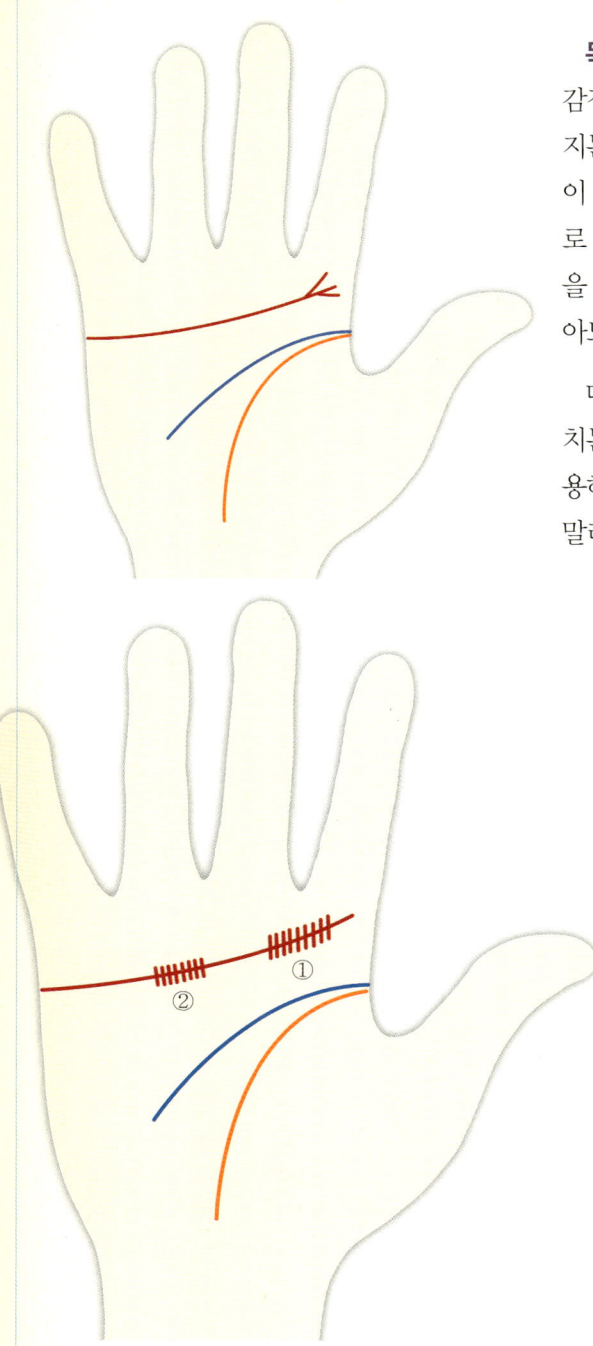

목성구와 토성구에서 세 갈래로 갈라지는 지선 : 감정선이 목성구와 토성구로 향해 세 갈래로 갈라지는 지선의 경우는 아주 좋은 경우로 자신의 주관이 뚜렷하고 지성을 갖추고 상식선 밖의 일은 절대로 하지 않는 반듯한 사람으로 늘 지혜로 모든 난관을 극복하는 사람으로 나머지 주요 선들이 좋지 않아도 큰 실패 없이 인생을 살아가게 되는 사람이다.

대체로 이 선의 소유자는 동정심과 인간미가 넘치는 사람으로 남을 배려하는 마음이 커 사람을 수용하는 능력이 대단한 사람이지만 쉽게 감정에 휘말리기나 빠지지 않는 냉철함도 갖추고 있다.

감정선 상의 많은 지선들 : 감정선 위에 여러 가지 지선들이 뻗어 나오는 경우가 있다. 이는 감정선이 끊어진 것과 같은 의미들을 갖게 되어 감정의 기복이 심하며 우울증이나 스트레스가 심한 사람으로 보면 된다.

이런 선을 가진 사람은 대체로 자신의 감정을 주체하지 못해 쉽게 화를 내거나 흥분하는 사람으로 항상 주변을 불편하게 만드는 사람이다. 또한 이런 성격은 복잡한 이성 관계에 빠지게 되어 인생을 망치는 경우가 있으므로 주의를 요한다.

검지와 중지 아래에서 감정선 위로 세로의 선들이 많은 경우(❶)는 호흡기 질환에 주의 하여야 한다. 이런 선을 가진 사람은 만성기관지염으로 고생하는 경우가 많다. 약지 아래에 감정선 위로 세로의 선들이 생기는 경우(❷)는 혈압계통의 병에 유의해야 한다. 대체로 혈관계통의 질병을 앓게 되는 경우로 고혈압, 동맥경화, 혈전 등으로 고생하는 경우가 많다.

● 감정선에 나타나는 문양

감정선에 나타나는 사각 문양 : 감정선 상에 사각형의 문양이나 우물정자 문양이 나타나면 사랑하는 사람이나 대인관계에 있어 항상 의견대립이 있음을 의미한다. 그러나 이 문양의 경우는 대체로 서로 의견대립을 보이다가 어느 시점에 가서는 서로 절충하는 상태로 관계를 원상 복귀하는 경우가 많다. 즉 어떤 일이나 문제에 있어 절대 해결되지 않을 것 같아 보이던 것이 결국에는 서로 합의를 이끌어 냄으로 관계를 회복하는 경우이다.

감정선에 나타나는 십자 문양 : 감정선 상에 나타나는 십자 문양은 애정문제에 있어 항상 제 3자에 의해 깨어짐을 의미한다. 이는 삼각관계에 빠지거나 질투에 의한 파탄으로 아무리 사랑하던 사이라 깊은 상처를 안고 헤어지게 되는 경우를 암시한다.

감정선에 나타나는 섬 문양 : 감정선에 섬형의 문양이 나타나는 경우는 사랑하는 사람과의 슬픈 이별을 나타나게 된다. 이는 단순한 감정에 의한 이별이 아니라 어쩔 수 없이 헤어져야 하는 불가항력적인 이별로 늘 그 이별에 가슴 아파하고 슬퍼하는 상이다. 대체로 집안의 반대나 질병, 사고 등으로 사랑하는 사람을 잃게 되는 경우에 많이 보이는 경우이다.

태양구 아래 감정선에 나타나는 섬 문양(❶)은 눈이나 시신경에 이상이 생겨 시력이 약화되거나 안질환이 생기게 됨을 의미한다. 감정선의 시작 부위에서 섬 문양(❷)이 발견되면 청각 신경에 이상이 오거나 귀의 질환이 생기기 쉽다.

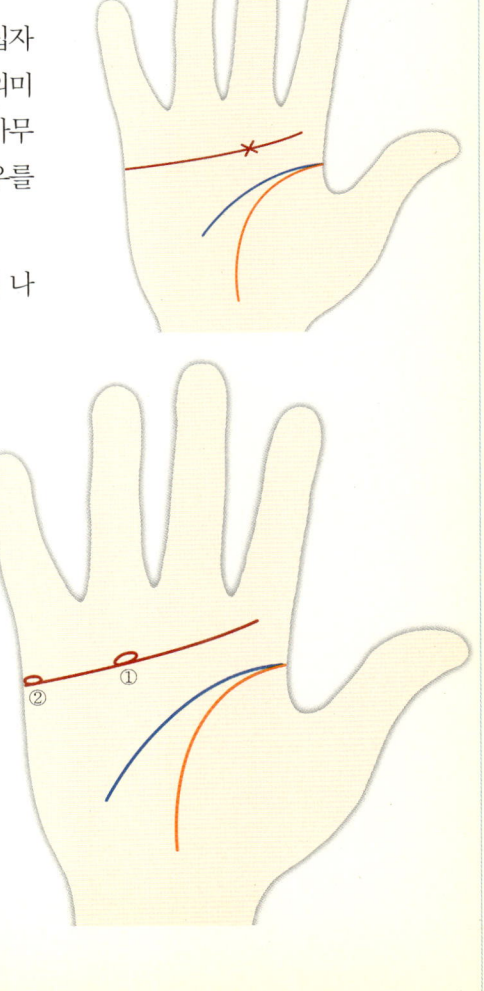

● 기타 여러 가지 선들의 의미

손에는 앞서 다루었던 주요 3대선 뿐만 아니라 기타 많은 종류의 선들이 손바닥 위에 그려져 있다. 이 선들의 모양과 위치 그리고 진행 방향 등에 따라 인생의 향방이 틀려지기도 하고 희비가 엇갈리기도 한다.

생명선, 두뇌선, 감정선이 인생의 커다란 맥을 이어간다면 나머지 선들은 주요 선들을 보좌하면서 크고 작은 사건들에 관여하며 인생의 변수를 가져오게 된다. 그러한 선들 중 대표적인 것들이 운명선, 태양선, 결혼선 등이다.

이 선들은 때로 손바닥에 나타나지 않는 경우도 있지만, 선이 나타나지 않았다고 해서 큰 문제가 발생하지는 않는다. 선이 나타나지 않는다는 것은 그것에 대한 그 어떤 길흉작용이 없다는 것으로 판단하고 주요 3대선에서 특징을 찾으면 된다.

가령 운명선이 없는 경우 그 사람의 운명에 어떤 커다란 변화나 움직임이 없는 것으로 판단하지 운명이 약하다고 판단하는 것은 아니란 것이다. 운명선이 없는 경우에도 주요 선들이 좋으면 운명적으로 강한 기운을 타고 났다고 보면 되는 것이다.

지금부터 손바닥에 나타나는 나머지, 여러 가지 선들과 그 의미들을 살펴보기로 하자.

제5장
운명선

● 인생의 변수를 가져오는 것 중에 하나

손바닥의 아래에서 중지 쪽을 향해 세로로 뻗은 선을 운명선이라 한다. 운명선은 선이 분명하지 않거나 없는 경우도 있고 다양한 형태로 변형된 모습을 보이기도 한다.

운명선이 없는 경우는 자유로운 인생을 살려고 하는 경향이 있어 대체로 책임을 져야 하는 일이나 일반적인 사회기준을 거부하며 의무적으로 해야 하는 일들에 대한 거부 반응을 보이는 경향이 있다. 하지만 운명선이 없다고 해서 그 사람의 운명이 나쁘다고 판단해서는 결코 안 된다. 때로 운명선이 없기 때문에 인생에 있어 커다란 길흉의 변화 없이 순탄한 삶을 보내기도 하기 때문이다.

운명선에서는 개인의 운세의 강약, 직업, 직장 등 사회생활 전반에 걸친 운의 향방을 보여주며 운명의 흥망성쇠의 운을 알려 주는 개인적 성향과 생화 방식이나 환경적 특성을 반영하는 선이다.

운명선의 아주 좋은 형태는 손바닥의 가장 아래쪽에서 출발하여 손바닥을 가운데를 지나 중지 아래까지 뻗어 나가는 것이다. 그러나 대부분의 운명선이 곧고 길게 뻗어 있질 않고 중간에서 잘리거나 중단되기도 하고 두 개 세 개로 겹쳐지기도 한다. 월구에서 시작하거나 두뇌선이나 손바닥에서 시작하는 경우도 있으며 때로는 생명선에서 시작하는 경우도 있어 그 시작점과 모양 역시 다양하다.

그러나 운명선을 운명선만을 단독으로 판단하면 오류가 많이 발생하므로

생명선 ———
두뇌선 ———
감정선 ———
운명선 ———
태양선 ———
결혼선 ———

생명선	———
두뇌선	———
감정선	———
운명선	———
태양선	———
결혼선	———

반드시 주요 3대선과 함께 판단하여야 한다. 예를 들어 운명선이 아무리 강하고 힘차다고 해도 생명선이나 두뇌선, 감정선이 약하거나 결점을 가지고 있으면 그 사람은 좋은 운명의 소유자라 보기 어려운 것이다.

단적인 예를 들자면 생명선이 약하거나 결점이 있으면 체력이약하거나 질병으로 인해 자신의 운명에 장애가 발생하며, 두뇌선이 약하거나 결점이 있다면 학업의 중단이나 아이디어 부족 등으로 인해 운명의 장애가 발생하고 감정선이 약하거나 결점이 있으면 감정적 문제로 인해 운명의 장애가 발생하게 되는 것이다.

그러므로 운명선을 판단할 때는 반드시 주요 선들과의 관계를 잘 살펴보아야 할 것이다.

● 운명선의 강약

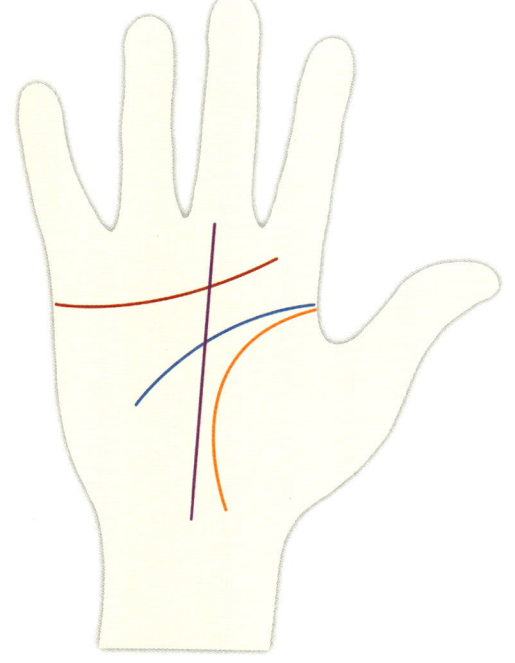

강한 운명선 : 운명선이 손목의 위에서 시작하여 직선형으로 장지(토성구)를 향해 뻗어 나가는 선은 대체로 강한 운명선이라 본다. 이런 선을 가진 사람은 대체로 성실하고 진실한 사람으로 자신의 운명을 힘차게 개척해 나가는 사람으로 어떤 어려운 난관도 극복하는 사람이다.

대체로 리더십이 강하고 자신의 노력을 아끼지 않는 사람으로 어려운 환경 속에서도 성공을 이루어 내는 사람이다. 매사를 신중하고 진지하게 생각하며 모든 일에 빈틈없이 계획하고 실천하는 사람으로 주로 기업가나 정치가로 대성하는 사람이 많다.

약한 운명선 : 운명선이 중간 중간 끊어지거나 흐린 선, 혹은 가는 선을 모두 약한 운명선으로 본다. 이런 선을 가진 사람은 대체로 인생을 살아가는 에너지가 약한 사람으로 소극적이고 부정적 성향을 지닌 사람이 많다. 또한 약한 운명선은 항상 어떤 일에 대한 갈등, 망설임 등으로 시간을 허비하는 경향이 있는데 되도록 긍정적인 사고방식과 적극적인 자세로 자신의 처음 생각을 밀고 나간다면 어려움을 극복해나갈 수 있다.

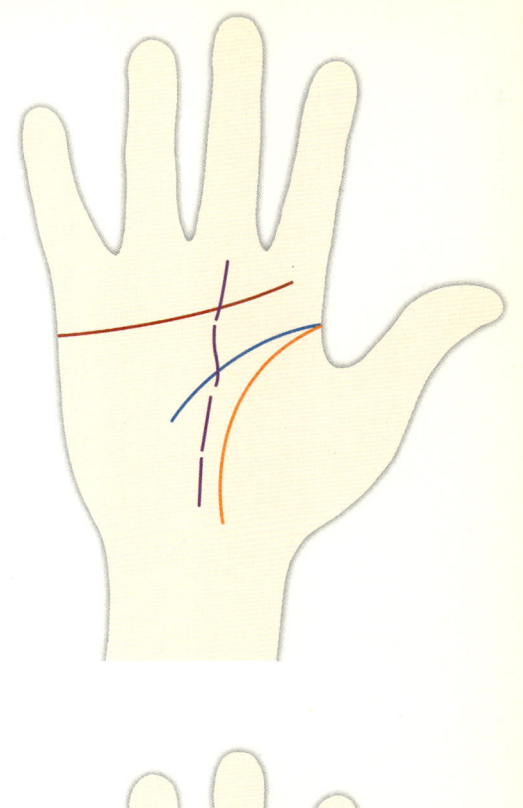

● 운명선의 시작 부위

월구에서 시작하는 운명선 : 월구의 특성인 상상력 창의력을 바탕으로 월구에서 시작하는 운명선은 상상력을 발휘하여 창작활동과 관련된 일에서 성공을 거두게 된다. 월구에서 시작되는 운명선을 가진 사람은 대체로 낭만적 성향을 지니고 있으므로 사교적인 성격으로 여행을 즐기고 예술적 재능이 풍부하여 많은 사람들이 따르고 좋아하는 사람이다.

이런 선을 지닌 대부분의 사람들은 타인으로부터 물질적 정신적 도움을 많이 받게 되며 그로 인해 성공하는 사례가 많다.

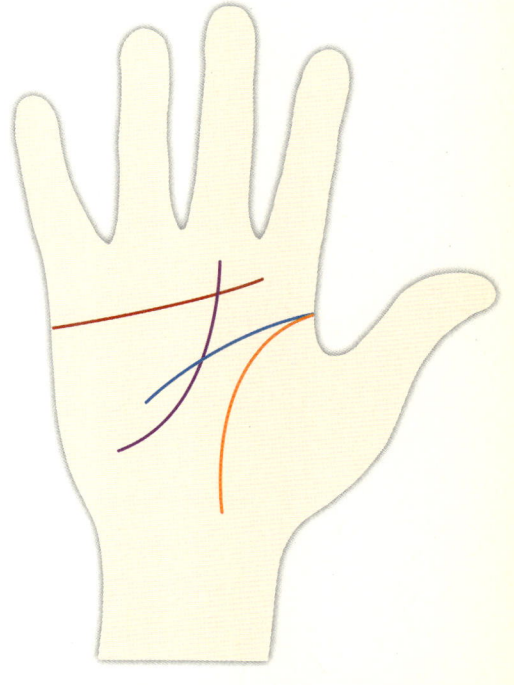

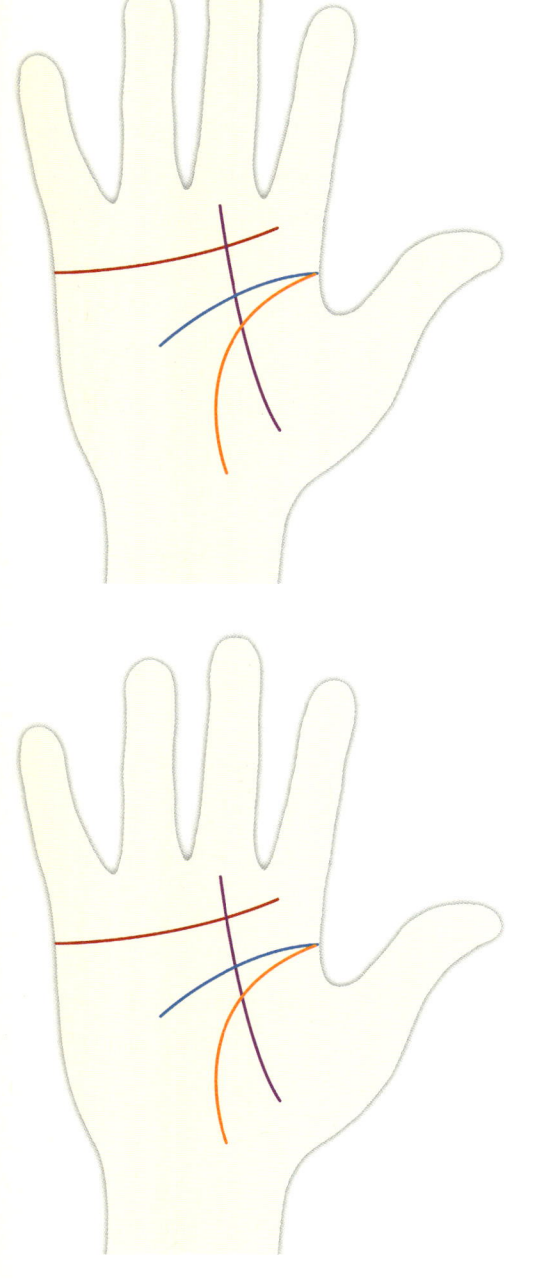

금성구에서 시작하는 운명선 : 운명선이 금성구에서 시작하는 경우는 가족관계에서 좋은 운을 보인다. 가족 간의 유대관계가 친밀하고 화목한 사람이 대부분이며 특히 부모 형제의 조력으로 성공하는 경우가 많다.

이 운명선의 소유자는 스스로 가족에 대한 책임감을 가지고 있는 사람으로 항상 가정을 위해 무엇이 최선인지를 생각하는 사람이다. 서로가 이해하고 도와주는 상생의 관계를 유지함으로 좋은 가정을 이루는 사람이 많다.

때로 이 선을 가진 사람은 부모나 형제의 사업을 함께 해 성공을 이루기도 하고 배우자의 조력으로 성공하기도 하는 사람이다. 그러나 금성구에서 시작하는 운명선이 감정선을 넘어가지 못하는 경우는 가족에게 너무 기대는 경향이 있어 자립성이 결핍되어 발전하지 못하는 경우도 있으므로 주의해야 한다.

손바닥 가운데서 시작되는 운명선 : 운명선이 손바닥 가운데 부분에서 시작하는 경우는 늦게 운을 맞게 되는 사람으로 중년이전에는 사업이나 일에 장애가 많이 따르게 되지만 중년이후부터 차차 안정을 찾게 되는 경우이다.

비록 운이 늦게 시작한다 하더라도 그 선이 분명하고 중지까지 잘 뻗어 있다면 자신의 노력에 의해 크게 성공을 거두게 되며 부모에게 물려받은 유산 없이 스스로 재물을 일으키는 자수성가의 형이다.

감정선에서 시작되는 운명선 : 운명선이 감정선 위에서 시작하는 경우는 나이가 많이 들어 성공하는 사람으로 대기만성의 형이다. 이런 선을 가진 사람은 대체로 중년까지는 많은 고생을 하며 인생을 살아가게 되어 자신의 노력에도 불과하고 좋은 성과를 이루어 내지 못하다가 중년 이후가 되면서 결실을 맺게 되는 사람이다. 대체로 전문지식 업이나 예술관련 업종에서 성공을 거두게 되는 사람으로 묵묵히 자신의 일을 해내가며 결국에는 성공을 이루어 내는 사람이다.

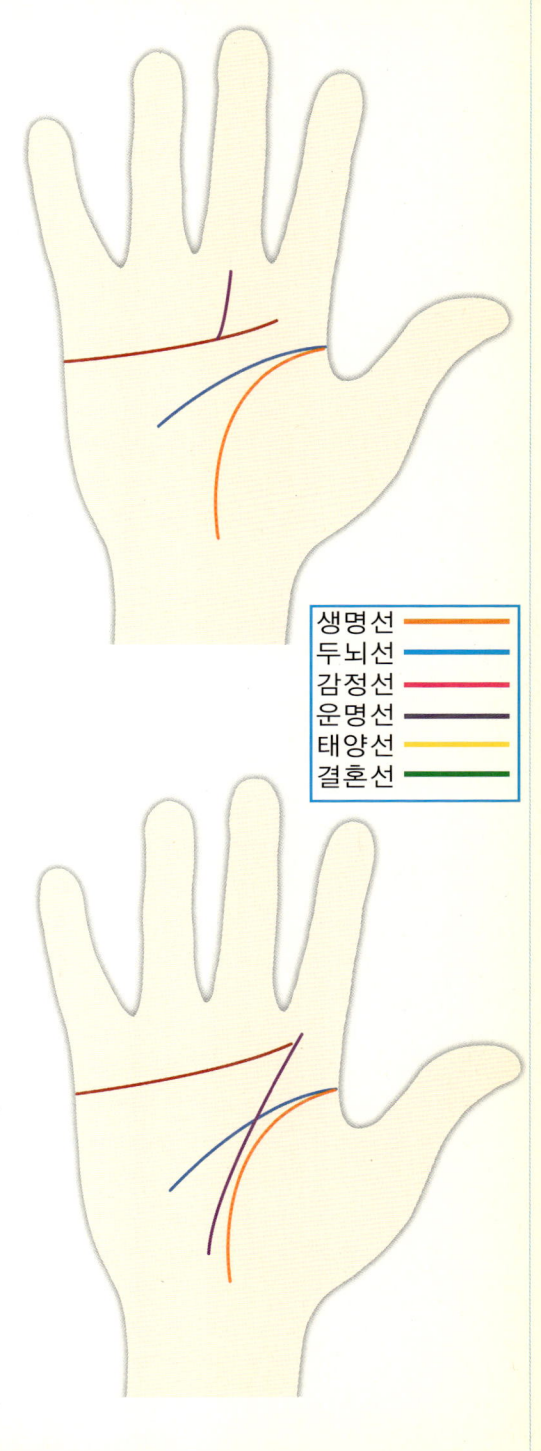

생명선 ——
두뇌선 ——
감정선 ——
운명선 ——
태양선 ——
결혼선 ——

● 운명선의 변화

일반적으로 운명선은 중지를 향해 가는 것이 대부분이지만 운명선이 진행을 하다가 방향을 틀어 버리는 경우도 있고 혹은 둘, 셋으로 갈라져 각기 다른 방향으로 움직이는 경우도 있다. 이런 운명선의 변화를 살펴보면 그 사람이 운명적으로 어떤 변화를 갖게 되는지를 알 수 있는 열쇠가 된다.

목성구를 향하는 운명선 : 운명선이 중지가 아니라 목성구를 향해서 진행하는 경우는 목성구의 성향인 권력, 명예 등 개인적 성공에 대한 욕망이 강한 사람으로 이 선을 가진 사람은 직업적으로 안정되고 일을 명확하게 처리하는 사람으로 자신의 분야에 지대한 영향력을 가진 사람이다.

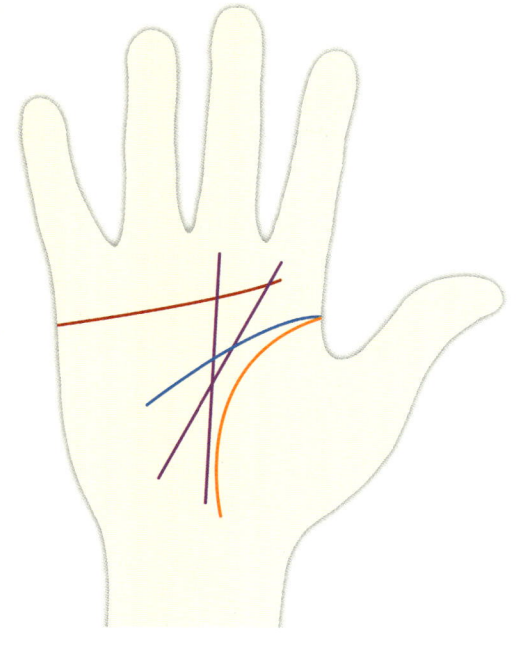

운명선이 중지를 향해 가고 운명선에서 나온 지선이 목성구를 향하는 경우도 역시 권력과 명예를 중시 여기며 자신의 명예를 위해 부단히 노력하여 출세하는 경우이다.

두 개의 운명선 : 일반적으로는 하나의 운명선이 지선을 만들어 내어 두 개처럼 보이는 운명선을 갖게 되지만 여기에서 말하는 두 개의 운명선은 시작부위에서부터 두 가닥으로 시작한 것을 의미한다. 두 개의 운명선을 가진 사람은 그다지 많지 않으나 두 개의 운명선이 각각 잘 뻗어 나온 경우는 아주 강한 운명을 암시한다.

하나의 운명선은 중지를 향해 뻗어 가고 나머지 하나의 운명선은 목성구를 향해 뻗어나가면 부와 명예를 동시에 얻게 되는 것을 의미하며 여러 가지 일을 겸해도 그것을 무리 없이 해낼 수 있는 에너지가 충만함을 의미한다.

시작 점이 두 개인 운명선 : 운명선에서 지선이 나와 두 개로 뻗어가는 경우는 흔하지만 두 곳에서 출발한 운명선이 하나로 합쳐지는 것은 그리 흔하게 볼 수 있는 경우는 아니다. 이런 운명선을 가진 사람은 어려운 일이 닥치거나 중요한 일을 해야 할 때면 반드시 누군가 조력자가 나타나는 사람이다.

운명의 기운이 강한 경우로 사람이 살아가면서 타인에게 해를 입기는 쉬우나 타인으로 인해 덕을 보기란 그리 쉬운 일이 아님에도 이 선을 가진 사람은 늘 적절한 시기에 타인으로 부터의 원조로 성공하는 경우가 많다. 이는 자신

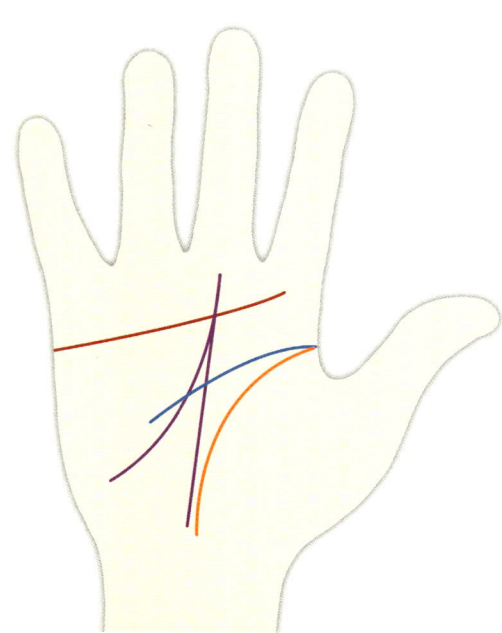

이 스스로가 타인을 배려하고 혼자만 잘 살겠다는 이기적인 생각을 하지 않고 늘 주변의 사람들에게 신경을 쓰게 되므로 자신이 어려운 일을 당하면 주변 사람들이 발 벗고 나서주기 때문이다.

태양구를 향하는 운명선 : 운명선이 장지를 향해 진행하는 듯하다가 갑자기 방향을 바꾸어 태양구를 향해가는 사람은 재운이 강한 사람이다. 이는 자신이 스스로 재물 운을 열어 가는 사람으로 금전에 대한 감각이 거의 본능에 가까워 돈의 움직임이 눈에 보이는 사람으로 무엇이건 시작하면 돈이 되는 사람이다. 사업이나 상업에 종사하여 재물을 일으키는 사람이 대부분이다.

수성구를 향하는 운명선 : 운명선이 장지를 향하여 가다가 방향을 바꾸어 태양구를 지나 수성구에 도달하는 사람은 수의 개념이 탁월한 사람으로 수학자, 과학자로 성공하며 탁월한 수적 감각으로 상업에서 큰 성공을 거두는 사람이다.

이는 자신의 독창적인 사고와 논리와 수리에 밝아 이재에 능한 사람으로 경제관념이 투철한 사람이며 그러한 장점을 잘 살려서 상업적으로 성공하거나 학문적으로 획을 이루는 사람으로 경제학자가 되어 명성을 얻거나 탁월한 감각으로 많은 재물을 모으는 사람이다. 또한 운명선에서 갈라져 나온 지선이 수성구를 향하는 경우도 마치 천리안을 가진 것처럼 경제의 흐름과 동향을 파악하여 향후 어떤 것이 돈을 벌수 있는지를 내다보는 능력을 가지게 된다.

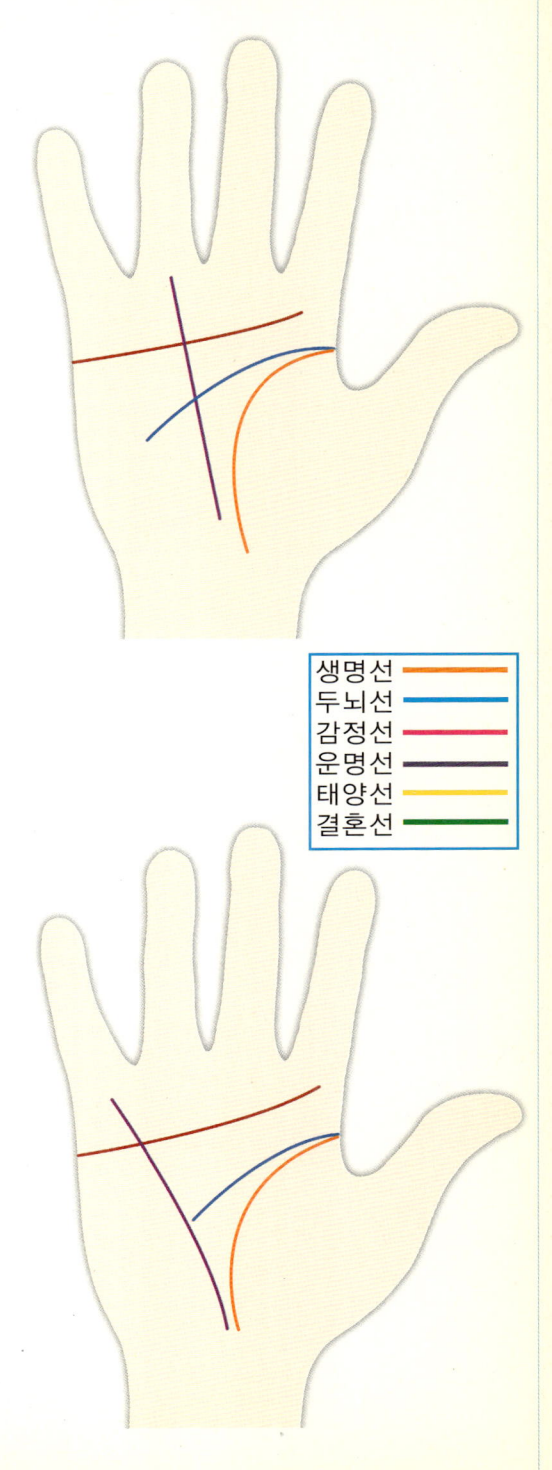

생명선	
두뇌선	
감정선	
운명선	
태양선	
결혼선	

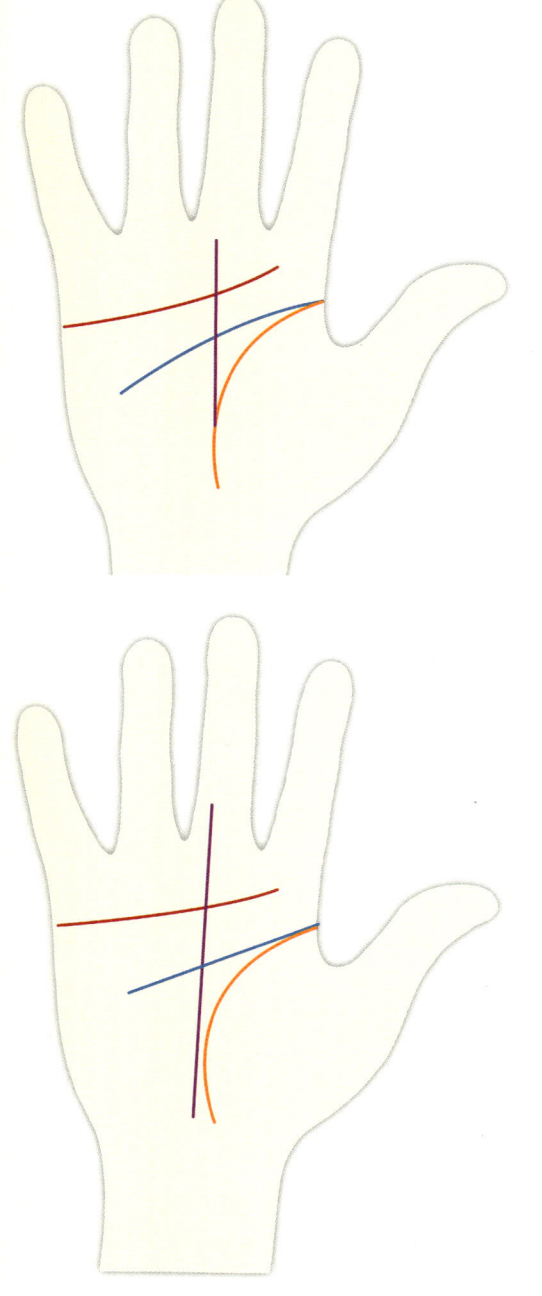

생명선과 붙어 있는 운명선 : 운명선이 생명선과 붙어 있는 경우는 젊은 시절에 고생이 많은 것을 의미한다. 대부분 이런 경우는 부모형제로 인한 고통이 따르는 것으로 스스로가 가정을 책임져야 하는 고통이 어려서부터 따르는 것으로 물질적으로나 정신적으로 자신이 가족을 책임져 부양해야 하는 고통이 따르는 경우이다. 그나마 태양선이 나타나 있으면 고생이 적지만 그렇지 않은 경우는 고생을 심하게 겪게 된다. 또한 운명선이 곧게 잘 뻗어 있으면 이런 고난과 역경을 이겨내고 성공하지만 운명선이 잘 뻗어 있지 못하면 가족이나 부모 형제로 인해 인생의 장애가 많은 것을 암시한다.

운명선이 중지의 손가락 까지 뻗은 경우 : 대체로 길게 잘 뻗은 운명선이라 하더라도 중지의 아래에서 끝나는 것이 대부분이지만 간혹 중지의 첫마디까지 운명선이 뻗어 있는 경우가 있다. 이는 난세에 영웅의 상으로 천하를 손에 쥐는 상이라 하여 대길(大吉)상으로 여긴다. 대부분 군부의 통솔자나 전쟁의 장수와 같이 조직 내에서 탁월한 재능을 나타내지만 어디까지나 난세의 영웅이기 때문에 평화로운 시대에는 오히려 여러 가지 문제를 야기하는 인물로 변화될 수도 있다.

생명선	———
두뇌선	———
감정선	———
운명선	———
태양선	———
결혼선	———

감정선에서 끝나는 운명선 : 운명선이 감정선을 넘지 못하고 감정선에서 끝나는 경우는 늘 감정적인 문제로 인하여 운니 막히는 사람이다. 이런 선을 가진 사람은 대체로 이성간의 애정문제로 인한 감정문제가 자신의 일을 방해하는 경우가 많으며 애정문제 뿐만 아니라 가족, 친지, 상사나 선배 등 윗사람과의 문제에 있어서도 늘 감정대립을 일으켜 손실을 보게된다. 대체로 이 선을 가진 사람들은 특히 자신보다 연배가 많은 사람과 다툼, 시비가 잘 발생하는 사람으로 자신을 이끌어 주고 조력해 주어야 하는 윗사람의 조력을 받기 어려운 사람이라 할 수 있다. 이런 운명선을 가진 사람은 스스로 감정조절을 잘 하여 되도록 윗사람의 감정을 건들지 않는 것이 성공의 비결이라 할 수 있다.

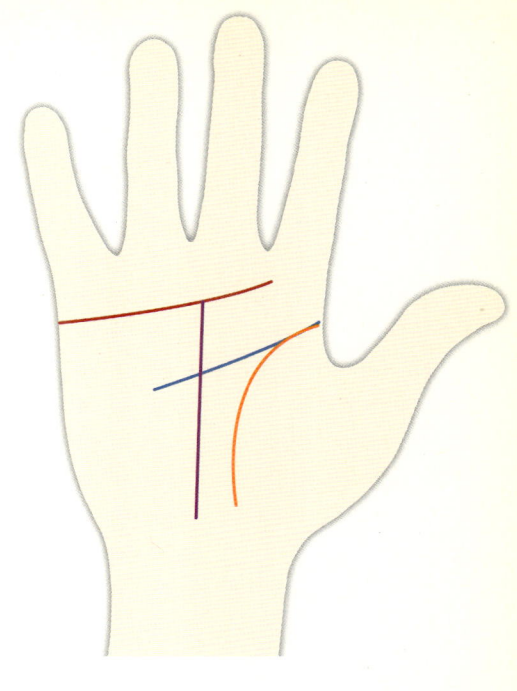

두뇌선에서 끝나는 운명선 : 운명선이 두뇌선을 넘지 못하고 끝나는 경우는 늘 잘못된 판단으로 실패를 거듭하는 사람이다. 대체로 이런 선을 가진 사람들은 성격이 급한 면이 있고 무엇이건 속전속결하려는 성향을 가진 사람으로 자신이 마음먹은 일을 일단 착수 하고 보는 경향이 있어 주변의 충고나 도움을 무시하며 단독으로 일을 처리해 낭패를 보는 경우이다.

이 선을 가진 사람은 모든 일을 신중하게 생각하고 주변의 충고나 조언을 잘 받아 들여 어떤 일을 판단하는 것이 일을 성공으로 이끄는 포인트가 될 것이다. 왜냐 하면 이런 선을 가진 사람의 대부분은 판단력이 흐린 경우가 많아 늘 잘못된 판단을 하기 때문이다.

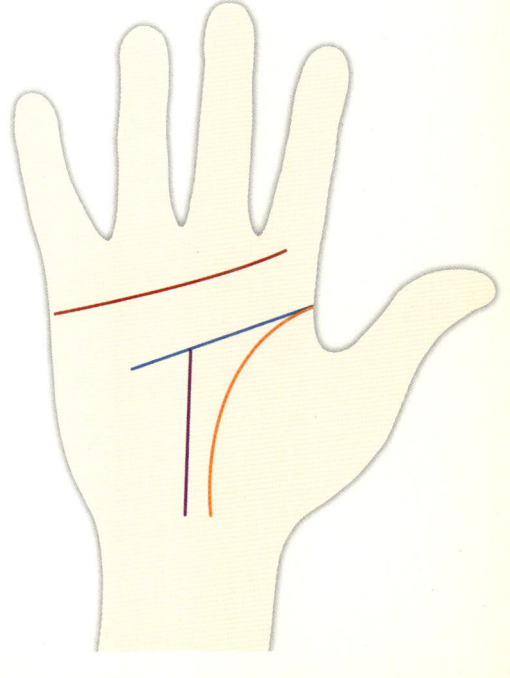

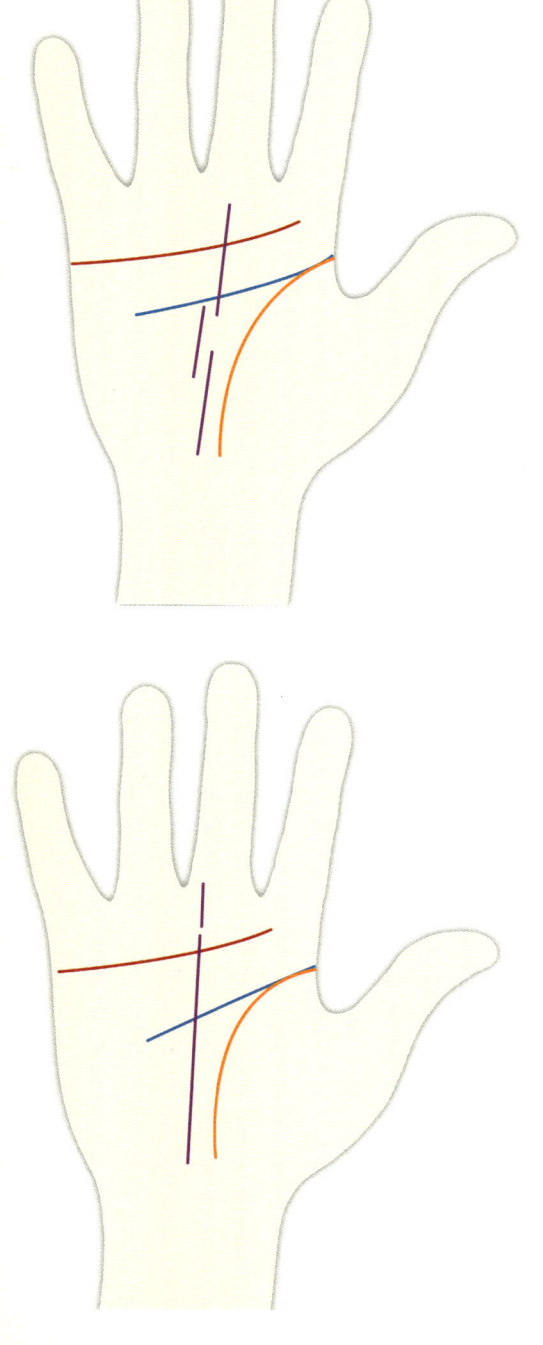

● 운명선의 끊어짐

　운명선 역시 주요 3대선과 마찬가지로 끊어져 있는 경우가 많다. 운명선의 끊어짐은 말 그대로 운명이 끊어져 있는 것과 마찬 가지로 인생에 있어 여러 가지 변화와 단절을 의미한다. 이는 끊어져 있는 지점과 형태에 따라 각기 다른 변화와 단절을 가져 오게 됨으로 유심히 살펴볼 필요가 있는 것이다.

　운명선의 끊어진 간격에 의한 변화 : 운명선이 끊어지는 형태나 지점이 다르듯이 운명선이 끊어져 있는 간격도 다 다르다. 대체로 운명선이 끊어진 것은 어떤 변화를 겪게 되는 것을 암시 하는데 문제는 그 변화의 크고 작음을 판단하는 것이다.

　운명선이 끊어진 간격이 넓으면 인생에 있어 그 변화가 아주 큰 것으로 보고 간격이 좁으면 일시적인 변화로 그다지 인생에 있어 변화를 크다고 할 수 없다. 운명선의 끊어진 간격 옆에 그것을 보완하는 선이 있는 경우는 끊어진 운명선을 보좌하는 역할을 하기 때문에 오히려 전화위복을 맞게 되는 경우도 있다. 이렇듯 운명선의 끊어진 간격을 살펴봄으로 개인의 운명의 변화에 대한 적응력과 그로 인해 파생되는 고난의 정도를 알 수 있게 되는 것이다.

　끝 지점에서 끊어지는 운명선 : 운명선이 잘 진행해 나가다가 끝나는 부분에서 가늘게 끊어져 있는 경우는 일의 마무리 단계에 있어 늘 어려움을 겪는 사람이다. 그러나 끊어진 부분에서 몇 가닥 다른 선들이 이어져 있으면 안 될 것처럼 보이는 일도 자신의 노력으로 성공으로 이끌어 내는 사람이다. 대체로 이런 선을 가진 사람은 상당한 노력파로 사람이 노력하면 안 되는 일이 없다는 신념을 강하게 가진 사람으로 늘 자신이 처한 일이나 운명에 최선을 다하는 긍정적인 사고를 지닌 사람이 많아 끝내 성공을 이루어 내게 된다.

시작 부위에서 끊어지는 운명선 : 운명선이 시작하여 얼마지 않아 끊어진 운명선은 초년이나 어린 시절에 어떤 충격적인 변화를 겪게 되는 것을 암시한다. 대체로 이런 운명선은 어린 시절 잊지 못할 사건, 사고로 인해 자신의 운명을 달리 하는 경우가 많은데 끊어진 윗부분의 선이 좋으면 그 변화로 인해 인생이 좋은 운명을 가지게 되고 끊어진 윗부분의 선이 나쁘면 그 변화로 인해 인생이 역경과 고난으로 일관하게 된다. 운명선의 끊어짐을 판단할 때 이처럼 끊어진 이후에 전개되는 선의 강약을 반드시 살펴야 그 운명의 행로가 어떻게 진행되는지를 알 수 있다. 운명선의 끊어진 부위가 금성구에 가까이 있으면 이는 가족이나 가까운 사람으로 인해 자신의 운명이 변화하는 경우로 본다. 월구 가까이에서 끊어진 운명선은 신비적체험이나 종교, 예술적 경험에 의해 운명의 변화를 겪게 된다.

손바닥 가운데서 끊어지는 운명선 : 손바닥의 가운데 부분에서 끊어지는 운명선은 대게 중년에 운세가 약해지는 것을 의미한다. 이런 선을 가진 사람은 대체로 중년에 가서 인생의

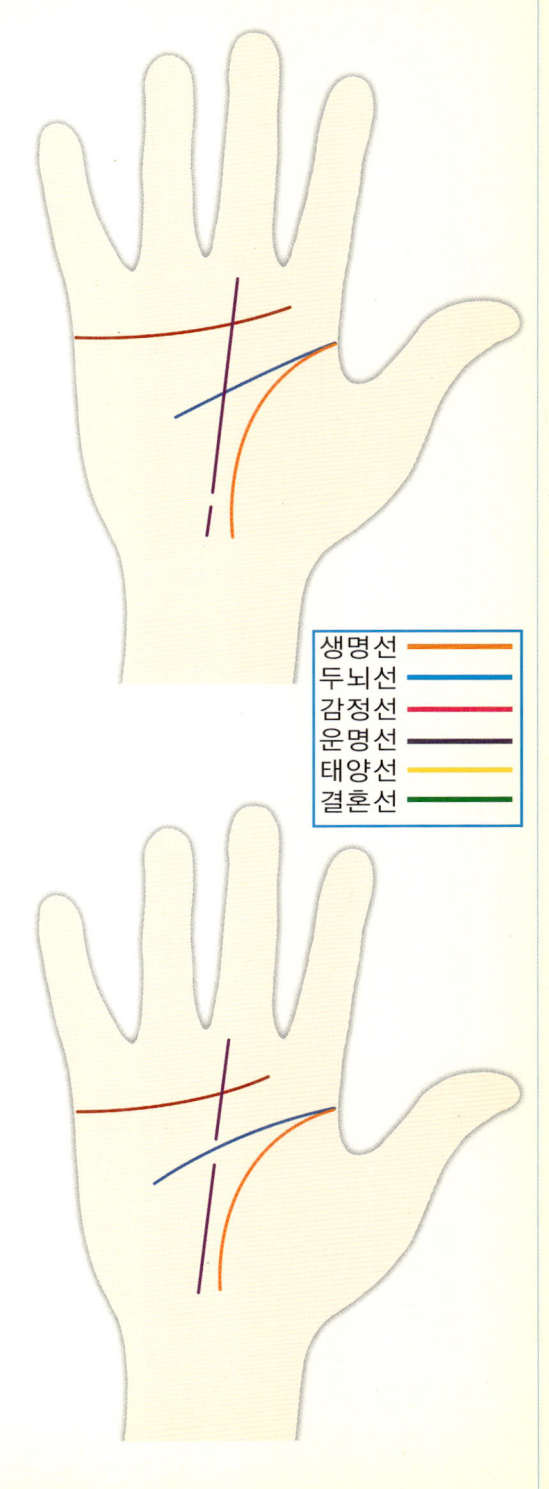

| 생명선 |
| 두뇌선 |
| 감정선 |
| 운명선 |
| 태양선 |
| 결혼선 |

여러 가지 고난을 겪게 되는 경우로 끊어진 이후의 선이 좋으면 중년의 고난을 겪고 다시 성공하지만 그렇지 못한 경우는 중년이후에 운세가 급격히 나빠지는 것을 예고한다.

여러 번 끊어지는 운명선 : 운명선의 끊어진 곳이 한 곳이 아니라 여러 군데서 조각조각 끊어진 경우는 인생의 극심한 변화를 많이 겪게 되는 사람으로 고난의 연속인 삶을 보내게 된다. 대부분 주거가 안정되지 못하고 직업의 변동도 심해 한 직장에 오래 있지 못해 경제적으로 불안정하게 되며 배우자의 인연도 좋지 않아 여러 번 결혼에 실패하게 된다.

이런 선을 가진 대부분의 사람은 마음에 안정을 찾지 못하여 늘 불안한 마음으로 살아가거나 불안증에 시달리는 경우가 많으며 어느 곳에도 마음을 두지 못하여 구름처럼 떠도는 인생을 살게 된다. 그러나 이런 선을 가졌다고 하더라도 스스로 마음을 안정시키려고 노력하고 한 가지 일에 몰두 한다면 이런 나쁜 의미들이 감소하거나 사라지게 됨을 잊지 말아야 할 것이다.

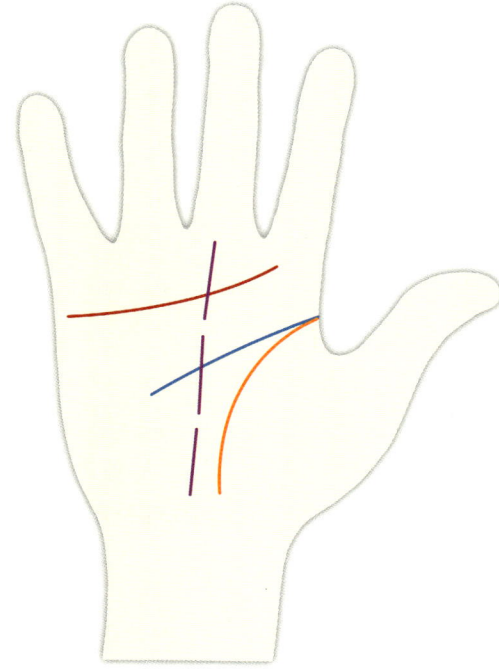

| 생명선 |
| 두뇌선 |
| 감정선 |
| 운명선 |
| 태양선 |
| 결혼선 |

● 운명선의 지선

운명선에도 크고 작은 지선들이 나타난다. 때론 이 지선이 또 다른 하나의 운명선으로 혹은 장애를 일으키는 선으로 작용하기도 하며 그 작용은 크고 작은 사건, 사고를 만들기도 하며 때론 행운을 불러 오기도 하며 때론 불행을 야기 시키는 작용을 하기도 한다.

목성구를 향하는 지선 : 운명선에서 나온 지
선이 목성구를 향하는 경우는 대단한 행운을
암시하는 선으로 명예와 권력을 가지는 선이
다.

원래의 운명선이 강하고 목성구를 향하는 지
선 역시 강한 경우에는 명예와 권력을 얻어 크
게 성공하는 경우로 본다. 원래의 운명선이 약
하고 목성구를 향하는 지선이 강한 경우는 자
신의 능력이나 노력보다 더 큰 명예와 권력을
갖게 되는 경우다. 원래 운명선은 강하지만 목
성구를 향하는 지선이 약한 경우는 명예나 권
력을 얻기는 하지만 늘 자신의 노력이나 능력
보다는 부족한 명예나 권력을 갖게 되는 경우
가 많다.

목성구와 태양구를 향하는 지선 : 이는 흔히
말하는 삼지창 선으로 운명선에서 두 개의 지
선이 나와 각기 목성구와 태양구를 향해 가는
것으로 마치 그 모양이 삼지창을 연상시키게
한다. 이 선은 굉장한 행운의 선으로 무엇을 하
든 부와 명성을 얻어 내는 선으로 대부분 사업
적인 커다란 성공을 이루는 선으로 평가 한다.
이 역시 그 선들의 강약에 의해 세밀한 판단을
할 수 있게 된다.

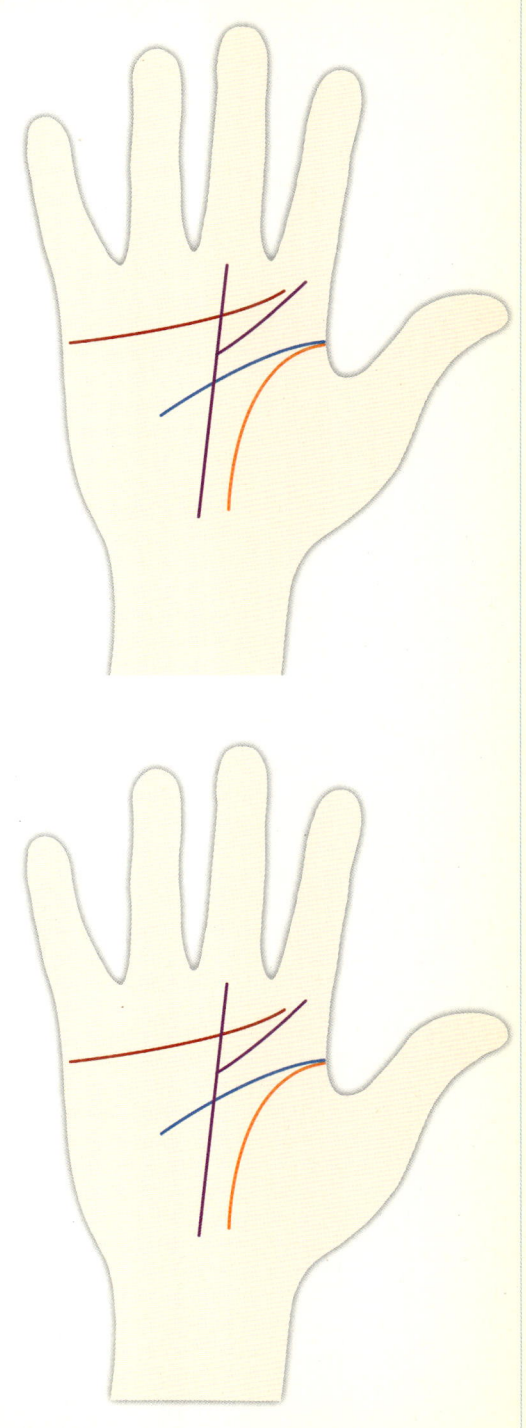

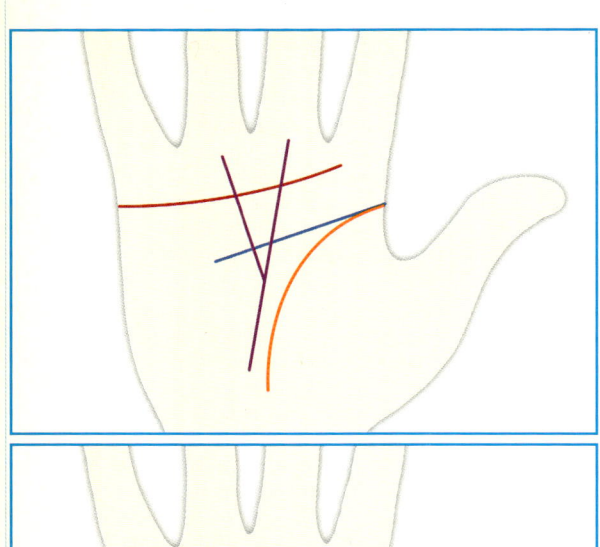

태양구를 향하는 지선 : 운명선에서 나온 지선이 태양구를 향하는 경우는 태양구의 의미들을 반영한다. 이 선을 가진 사람은 강한 금전운을 타고 난 사람으로 직업이나 직종에 관계없이 부를 이루어 내는 사람이다. 손대는 일마다 성공하는 사람으로 다 방면에서 금전을 일으키는 재능을 가진 사람이다. 예술, 예능, 스포츠와 관련해서도 이런 선을 가진 사람은 부와 명성을 함께 가지게 된다.

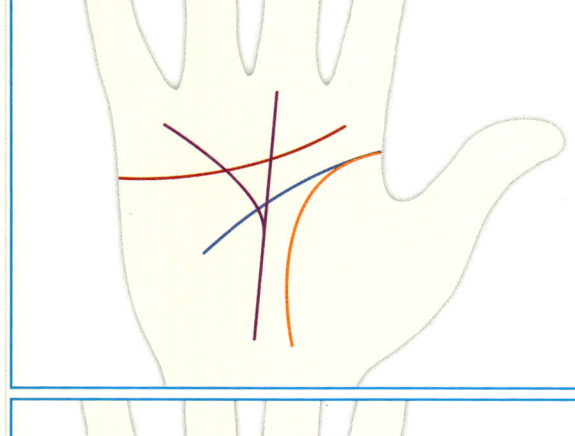

수성구를 향하는 지선 : 운명선에서 나온 지선이 수성구를 향하는 경우는 수리에 밝은 사람으로 상업적인 성공을 거두는 사람이 많으며 수학이나 과학에 심취하는 경우도 있다. 대부분 이 선을 가진 사람은 돈의 흐름을 잘 파악하는 본능적 감각을 지닌 사람이다. 수학자, 과학자로 살아가는 사람도 있으며 경제학자가 되는 경우도 있으나 대체로 상업에 종사하며 재물을 쌓아 가는 사람이 많다.

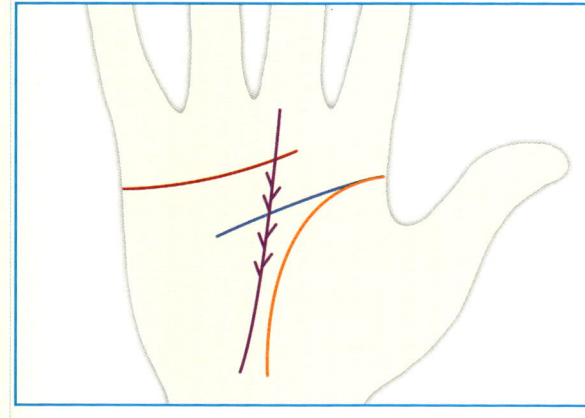

위로 향한 작은 지선 : 운명선의 가운데로부터 작은 지선이 나와 그 선이 위를 향해 있는 경우는 대체로 운명선의 힘을 강하게 하는 작용을 한다. 이런 지선들은 운을 트이게 하는 작용을 함으로 어떤 사건으로 인해 삶이 발전해 나가는 것을 의미한다. 그러므로 이런 선이 여러 개 있으면 인생에 여러 번의 기회로 인해 삶이 윤택하고 발전해 나가는 것을 의미하는 것이다.

● 운명선의 문양

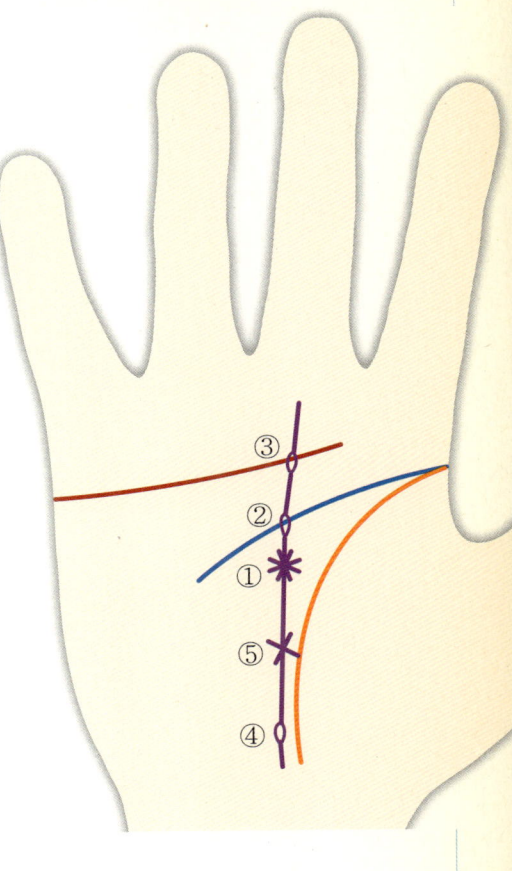

운명선에 나타난 문양은 특히 유심히 보아야 한다. 이 문양들은 운명에 지대한 영향력을 행사하는 것으로 때로 사람이 살아가며 겪게 되는 극심한 운명의 변화를 예고 하기 때문이다.

운명선에 나타나는 별 문양 : 운명선에 나타나는 별 문양(❶)은 대체로 부정적인 요소로 충격적인 사건을 의미 한다. 이 별 문양이 나타난 시기에는 인생에 잊지 못할 충격적인 사건이 발생하여 그로 인해 심하게 고통 받게 되는 것이다.

여기에 별 문양과 함께 운명선의 끊어진 현상이 함께 나타나면 외부적인 상황 때문에 일생일대의 커다란 충격 적인 사건으로 인해 자신의 운명이 불행의 늪에 빠지게 되는 것을 의미하므로 주의해야 한다. 즉 그 시기에는 어 떤 위험적인 요소에 노출되지 말아야 하며 스스로 위험 한 일을 피해 다니는 것이 최상이다.

운명선의 섬 문양 : 운명선에 나타나는 섬 문양은 주로 금전적인 손실과 좌절, 불만족스러운 여러 가지 상황을 의미한다. 두뇌선과 교차된 부위에서 나타나는 섬 문양(❷)은 잘못된 생각으로 인해 발생하는 손실을 의미한다. 즉, 어떤 일에 있어 판단착오로 인해 오는 곤경에 빠지게 되는 경우로 이 시 기에는 되도록 중요한 일을 결정지을 때 주변의 충고나 조언을 받아들여 독 단적인 결정을 하지 않는 것이 무엇보다 필요하다.

감정선이 교차된 부위에서 나타나는 섬 문양(❸)은 이성문제로 인해 망신 을 당하거나 손실을 초래하는 결과를 가져오게 된다. 운명선이 시작하는 부 위(❹)에 나타나는 섬 문양은 불운한 어린 시절을 보내게 되는 것을 의미한 다. 대체로 가정의 불화나 변화를 겪는 것을 의미하므로 부모님의 생사이별 이나 갑작스런 가세의 몰락, 건강의 악화로 인해 죽을 고비를 넘게 되는 등

생명선	
두뇌선	
감정선	
운명선	
태양선	
결혼선	

유년시절의 불행을 의미하는 것이다.

운명선의 십자 문양 : 운명선의 십자 문양(❺ 145p 그림 참조)은 돌발적인 사고를 의미한다. 교통사고, 화상, 상해 등으로 인해 장애를 입게 되거나 심하면 생명을 잃게 되는 경우도 있으므로 주의해야 한다. 그러므로 십자 문양이 나타난 시기에는 매사 주의를 요하고 특히 사람들과의 다툼, 시비를 조심해야 한다.

제 6 장

태양선

　인생의 변수를 가져오는 것 중, 그 두번 째에 해당되는 태양선은 태양구를 향해 올라가는 선으로 월구에서 시작하여 태양구로 올라가는 경우도 있고 제2화성구에서 시작하여 올라가는 경우도 있으며 감정선 위에서 올라가는 경우도 있다. 그러나 운명선에서 갈라져 나와 태양구로 가는 경우와 생명선 에서 시작하여 태양구로 가는 선은 작용은 비슷하나 엄밀하게 태양선으로 구분 짓지 않는다.

　태양선은 재물선이라고도 하는데 사회적 지위, 부와 명예, 행복, 신용, 인기. 매력 등을 나타내며 운명선의 결함을 보충하는 역할을 하기도 한다. 태양선과 운명선은 서로 불가분의 관계에 놓여 있다. 운명선이 있으나 태양선이 없는 것은 성공을 이루어도 외롭고 고독한 사람에 비유한다면 태양선은 있는데 운명선이 없는 경우는 잠깐 인기를 누리는 반짝 스타에 비유할 수 있다. 그러므로 태양선은 운명선과의 관계를 잘 파악하여 판단하는 것이 무엇보다 중요하다고 하겠다.

생명선	———
두뇌선	———
감정선	———
운명선	———
태양선	———
결혼선	———

● 태양선의 강약

　태양선은 직선으로 명확하게 나타난 것을 최상으로 본다.

　강한 태양선 : 강한 태양선은 힘차고 굵어 끊어

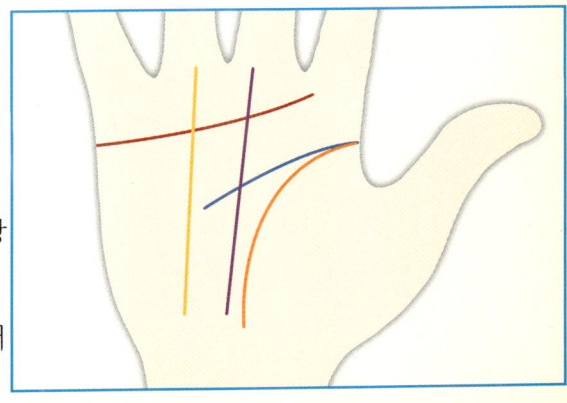

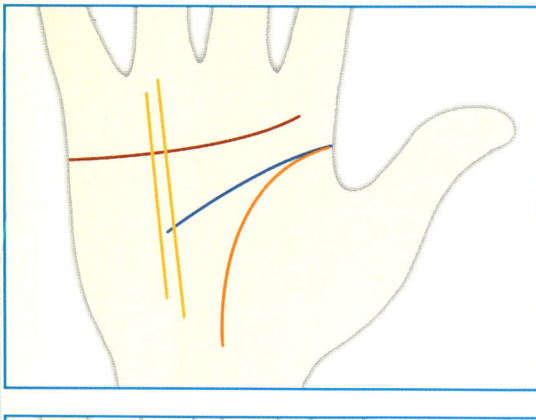

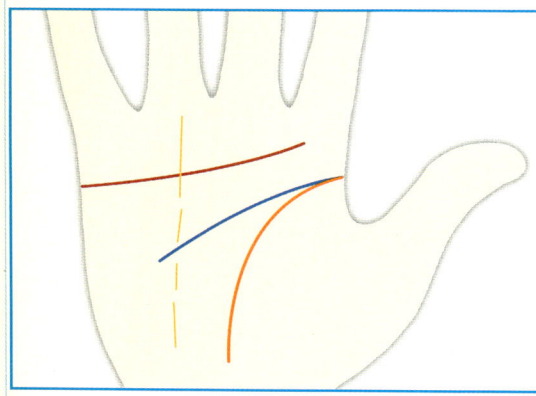

짐 없는 것으로 이런 선을 가진 사람은 재능이 뛰어나고 카리스마를 가진 사람으로 자신의 매력을 마음껏 발산하여 많은 사람들에게 인정받고 부와 명성을 얻는 사람이다.

두 개의 태양선 : 두 개의 태양선은 강한 태양선과 마찬가지로 많은 부를 축적하고 지위와 명성을 얻는 경우이다. 이 선을 가진 사람은 자신이 마음만 먹으면 못해낼 일이 없는 사람으로 특히 운명선이 뚜렷한 경우는 사회적인 명성과 지위는 물론이고 모든 사람이 인정하는 부를 누리게 되는 특징을 가지고 있다.

약한 태양선 : 중간 중간 끊어지거나, 가늘고 흐릿한 태양선을 모두 약한 태양선이라고 본다. 이런 경우는 자신이 원하는 정도의 부와 명예를 얻기 어려운 경우로 스스로 자신이 처한 일이나 삶에 만족도가 떨어지며 대인관계에 있어서도 자신감이 결여 되어 크게 인기가 없는 사람이다.

태양선이 없는 경우 : 태양선이 없는 경우에는 세속적인 것에 관심이 없는 사람이다. 이런 경우 운명선이 뚜렷하고 강하게 살아 있으면 본인은 개인적인 욕심보다 일에 대한 성취감이 큰 사람으로 늘 열심히 하다 보니 좋은 결과를 낳게 되지만 자신은 정작 그것에 대한 이익이 적은 편이다. 태양선이 없고 운명선이 약한 경우는 대체로 세속적인 것에 무관심한 사람으로 일반론적인 행복이나 성공에 대해 가치부여를 하지 않는 사람으로 종교, 신앙, 봉사 등의 일에 관심을 갖게 되는 경우가 많다.

● 태양선의 시작 부위

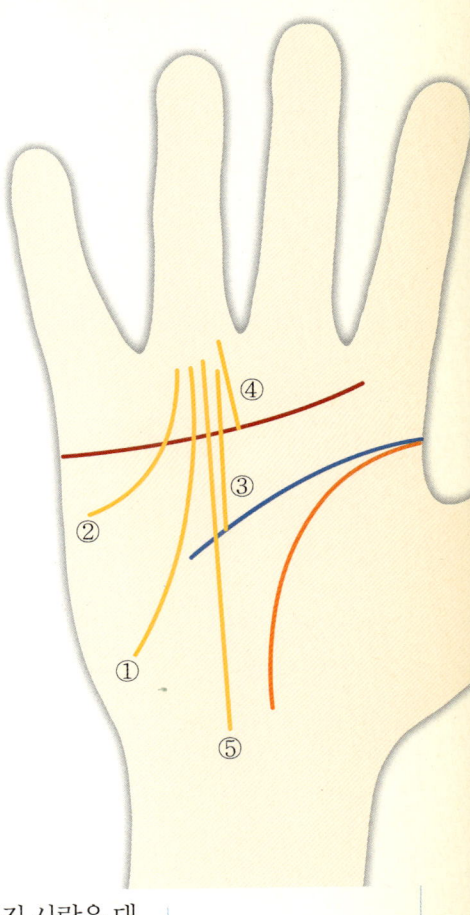

월구에서 시작하는 태양선 : 월구에서 시작하는 태양선❶
은 월구의 특성인 창의력과 상상력을 기본으로 성공하는 경우
이다. 이 선을 가진 사람은 대부분 예술, 예능계통의 종사자가
많으며 정신적으로나 물질적으로 풍요롭고 화려한 삶을 살아
가는 사람이다. 이 경우에는 대부분 일찍 성공하는 사례가 많
고 예술, 예능계통의 종사자에게는 대단한 성공을 가져다주
는 선이다.

제2화성구에서 시작하는 태양선 : 제2화성구에서 시작하는
태양선을 가진 사람❷은 어떤 어려움에도 굴하지 않는 성향
을 보이게 된다. 이는 제 2화성구의 특징인 지구력, 끈기를 바
탕으로 아무리 어려운 일을 만나도 끊임없는 자기 노력으로
성공을 이뤄내게 되는 것이다. 이 선을 가진 사람은 자신의 그
런 노력이 주변을 감동시켜 좋은 조력자나 귀인의 도움으로
사업적으로 커다란 성공을 이루어 내게 된다.

두뇌선에서 시작하는 태양선 : 태양선이 두뇌선 위에서 시
작하는 경우❸는 대개 중년이후에 발전하는 경우로 자신의
뛰어난 두뇌를 이용하여 성공을 이뤄내는 경우이다. 이 선을 가진 사람은 대
체로 뛰어난 판단력이나 예리한 사고력으로 성공을 이루는 사람으로 문학
가, 과학자, 학자로 대성하는 경우가 많다.

감정선에서 시작하는 태양선 : 태양선이 감정선에서 시작하는 경우❹는
대개 만년에 이르러 성공을 거두는 사람이 많아 노년에 행복하고 풍족한 생
활을 누리는 경우가 많다. 특히 이 선을 가진 사람은 자신의 성실함을 바탕
으로 신용을 키워나감으로 주변에 인정받고 성공을 거두는 경우가 많은데
감수성이 뛰어나고 풍부한 감정으로 예능 방면에 두각을 나타내는 경우가
많다. 일반적인 사람의 경우에도 착실한 성품으로 화려하진 않아도 행운이
따르는 사람이다.

생명선	
두뇌선	
감정선	
운명선	
태양선	
결혼선	

손목 부위에서 시작하는 태양선 : 태양선이 손목 부위에서 시작하는 경우(❺ 149p 그림 참조)는 초년부터 좋은 환경조건에서 성장해 나가며 끊임없이 자신의 운을 개척해 나가는 사람이다. 이런 선을 가진 경우는 대게 어려서부터 좋은 가정에서 물질적인 풍요와 정신적인 풍요로움을 함께 누리며 주변에 좋은 인연들로부터 지속적으로 좋은 관계를 유지해 나가며 큰 고통 없이 살게 되는 행운이 가득한 사람이다. 늘 주변에 좋은 사람들로 둘러 싸여 있어 어떤 일이든 그들로 부터의 원조와 조력이 끊이지 않는 사람으로 대성공을 이룰 수 있는 사람이다.

● 태양선의 변화와 지선

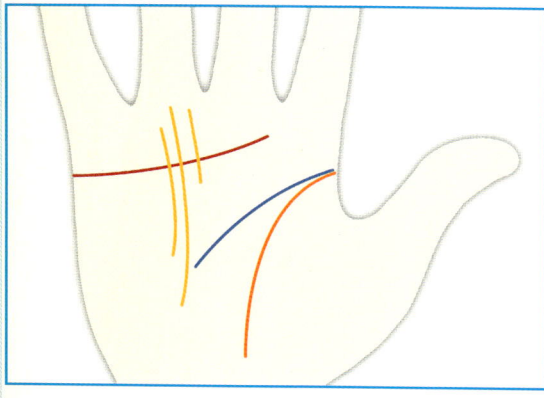

태양선이 여러 개인 경우 : 여러 개의 태양선은 여러 가지 재능을 가지고 있는 것을 의미한다. 다재다능하고 박식한 경우가 많으며 다양한 분야에 관심을 가지고 있는 사람이다. 두세 가지의 일이나 직업을 가지는 경우가 많으며 다각적인 시각으로 세상을 바라보는 특징이 있어 한번은 성공을 거두지만 대성하기는 어렵다. 옛말에 재주가 많으면 밥 빌어먹는다고 했듯이 이 선을 가진 사람이 성공을 이루기란 쉽지 않다. 그래서 이런 선을 가진 사람은 차라리 한 분야를 집중적으로 파고드는 것이 성공을 이루는 열쇠가 될 것이다.

수성구를 향한 지선이 있는 경우 : 태양선에서 나온 지선이 수성구를 향하는 경우는 상업적인 재능이 뛰어나 성공을 거두는 사람으로 여기에 운명선이 탄탄하다면 엄청난 부를 축적하는 사람이다.

목성구를 향한 지선이 있는 경우 : 태양선에서 나온 지선이 목성구를 향해 있는 경우는 명예와 권력, 부를 동시에 얻게 되는 세 마리의 토끼를 한 번에 잡는 것과 같은 행운이 따른다. 이 선을 가진 사람은 어린 시절부터 남다른 두각을 나타내며 소위 말하는 엘리트코스를 밟아 나가며 자신의 삶을 성공으로 이끌어 내는 강한 운의 소유자이다.

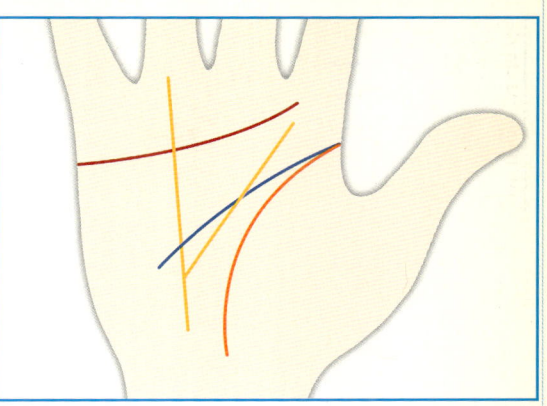

끊어진 태양선 : 운명선과 마찬가지로 태양선의 끊어짐도 일시적인 변화나 단절을 의미하며 그 끊어진 간격의 넓이에 따라 각기 다른 해석을 하게 된다. 태양선의 끊어짐은 대부분 사회적 명성이나 지위가 떨어지는 것으로 일종의 망신이라고 보면 되는데 끊어진 부분이 넓지 않고 다시 좋은 선으로 이어지면 잠시 잠깐의 변화라고 보며 끊어진 부분이 넓거나 다시 이어지는 선이 좋지 못하면 망신스러운 사건으로 인해 자신의 인생행로가 불행한 쪽으로 흐르게 되는 것을 암시한다. 태양선이 여러 군데 잘게 끊어진 경우는 자신의 환경이나 사회적 지위에 변화가 많은 것을 의미하니 일생동안 안정되지 못한 삶으로 풍파와 시련이 끊이지 않는 것을 의미한다.

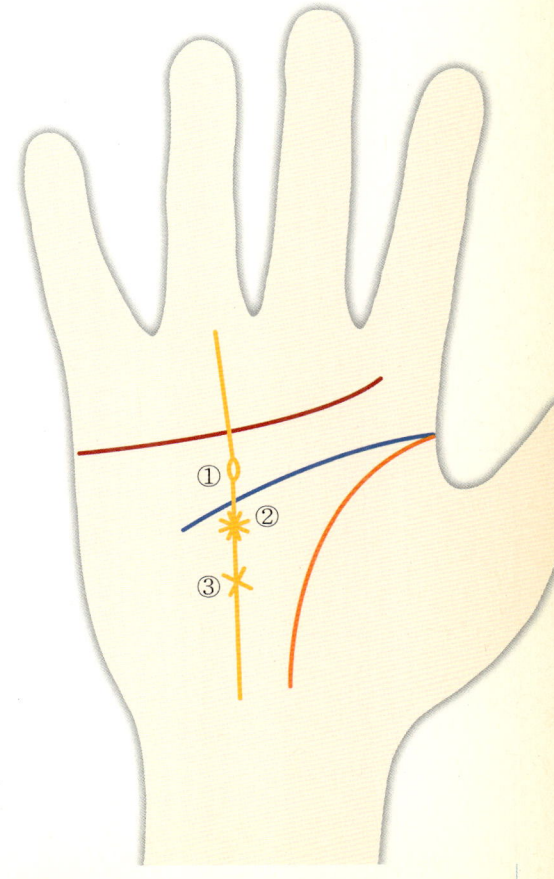

● 태양선의 문양

태양선의 섬 문양 : 태양선에 나타나는 섬 문양(❶)은 명예와 성공에 문제가 발생하여 실패하는 경우로 명예가 실추되고 금전적 손실도 생겨 운이 가로 막히는 것을 의미한다. 섬형에 이어 태양선이 이

어지면 불운을 딛고 일어나지만 태양선이 섬형에서 끝난다면 운을 회복하기 힘들어 진다.

태양선의 별 문양 : 별 문양은 대부분 나쁜 의미를 가지고 있다. 그러나 목성구와 태양선에 나타나는 별(❷ 151p 그림 참조)은 좋은 의미를 가진다. 태양선에 별이 나타나면 자신의 재능과 노력이 급작스레 인정받기 시작하여 대성공을 이루게 되거나 행운이 따르게 된다. 특히 예능계 직업에 있는 사람은 단번에 명성이 올라가 스타가 되거나 능력을 인정받게 된다. 오랜 동안 불운을 겪은 사람이라 하더라도 별 문양이 나타나는 시기에는 모든 일이 수월해지고 행운이 도래하게 된다.

태양선의 십자 문양 : 태양선에 나타나는 십자 문양(❸ 151p 그림 참조)은 주변사람들이 자신의 명예를 실추시키거나 재물의 손실을 초래하는 결과를 가져 오게 된다. 이 십자 문양은 대체로 그 사람의 일시적인 장애를 나타내는 것으로 태양선에 나타나는 경우는 여러 가지 스캔들로 인해 명예가 실추됨을 의미한다. 때문에 이 시기에는 대체로 대인관계 특히 이성문제에 각별히 신경을 기울이는 것이 좋다.

제7장
결혼선

인생의 변수를 가져오는 것 중, 그 세번 째에 해당되는 결혼선은 소지 아래 수성구에 가로로 나타나는 짧은 선이다. 결혼선은 연애, 결혼 등의 이성 관계와 감정적 성향 등을 나타낸다. 생명선, 감정선, 운명선의 상태를 고려하여 판단하여야 하며 결혼선을 단독으로 판단할 경우 잘 맞지 않는 경우가 많다. 결혼선은 길고 명확해야 길하고 붉은 기운을 띠고 있는 것이 좋다.

생명선	────
두뇌선	────
감정선	────
운명선	────
태양선	────
결혼선	────

강한 결혼선 : 결혼선이 굵고 선명하게 나타난 것을 강한 결혼선이라 한다. 결혼선이 강하게 나타나면 결혼생활이 만족스러우며 연애대상도 좋은 인연을 만나게 된다. 결혼선이 선명하면서 감정선이 목성구를 향해 있으면 지위와 명예가 있는 배우자를 만나게 되는 경우가 많다. 즉, 이런 선을 가진 사람은 대체로 연애대상이나 결혼대상의 조건으로 사회적 지위나 명예를 우선하게 되기 때문이다.

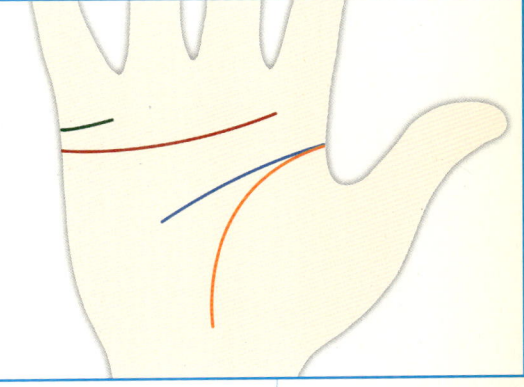

약한 결혼선 : 결혼선이 선명하지 않고 끊어져 있거나 흐트러져 있는 것을 약한 결혼선이라 한다. 결혼선이 약한 경우는 대부분 연애 운이나 배우자 운이 불길한 경우가 많으며 생사이별을 겪게 되는 경우가 많다.

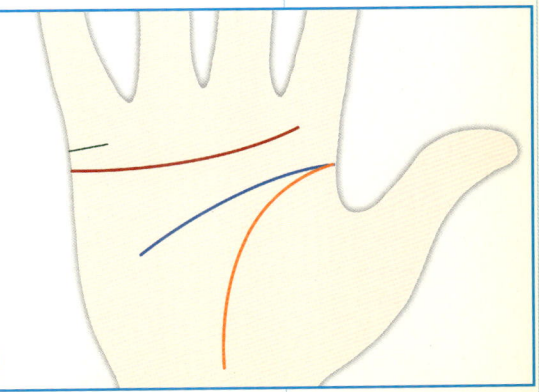

운명선과 결혼선의 관계 : 결혼선이 굵고 선명하게 나와 있으면서 운명선이 월구에서 시작하거나(아래 첫번째 그림) 운명선의 시작점이 월구와 손목 부위 두 곳에서 시작하여 합쳐진 경우(가운데 그림)는 다복한 결혼생활을 하게 되는 경우이다. 결혼선이 굵고 선명하게 나와 있으면서 운명선이 태양구로 갈라지는 지선을 가지게 되면(맨 뒷 그림) 결혼 후 자식을 낳고 나서 금전운이 좋아져서 재물을 일으키게 된다. 또 결혼선이 굵고 선명하게 나와 있으면서 운명선이 목성구로 갈라지는 지선을 가지게 되면 결혼 후 자식이 커가면서 점점 지위와 명예가 높아지게 된다.

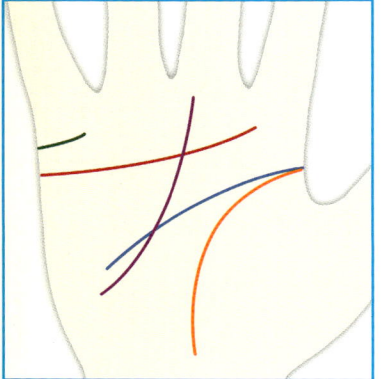 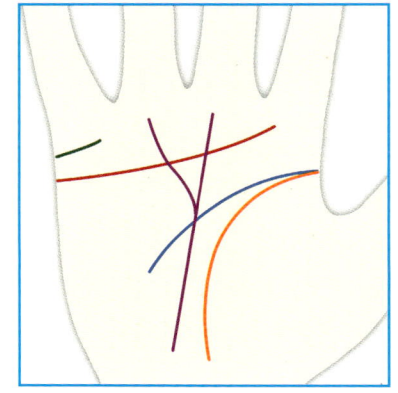 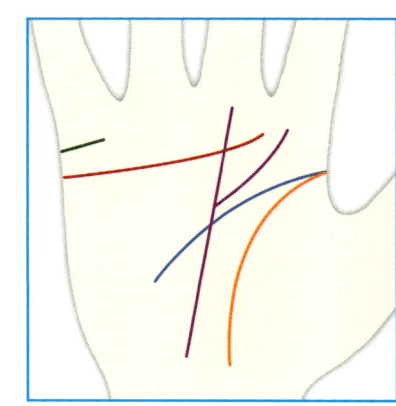

감정선과 결혼선의 관계 : 결혼선이 굵고 선명하면서 감정선이 목성구를 향해 잘 뻗어나가면(앞 그림) 애정 면에 있어서 행복한 생활을 하게 되며 지위와 명예를 얻어 안정적인 생활을 하게 된다. 결혼선이 감정선을 끊는 경우(뒷 그림) 즉 결혼선이 가로로 향하지 않고 방향을 틀어 아래로 내려가는 경우는 부부지간의 생사이별을 의미한다.

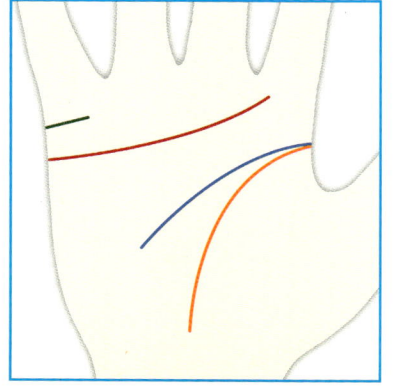 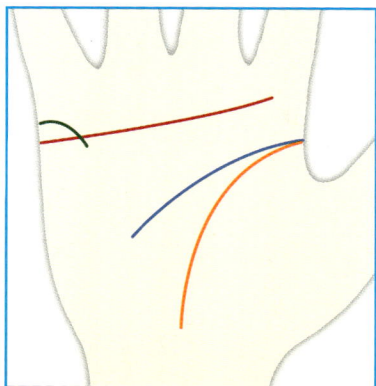

생명선	———
두뇌선	———
감정선	———
운명선	———
태양선	———
결혼선	———

불운을 예고하는 결혼선 : 결혼선이 위로 향한 경우(첫번째 그림)는 만혼을 의미한다. 이 경우는 인연이 잘 나타나지 않아 아주 늦은 나이에 결혼을 하거나 혹은 독신으로 지내는 경우가 많다.

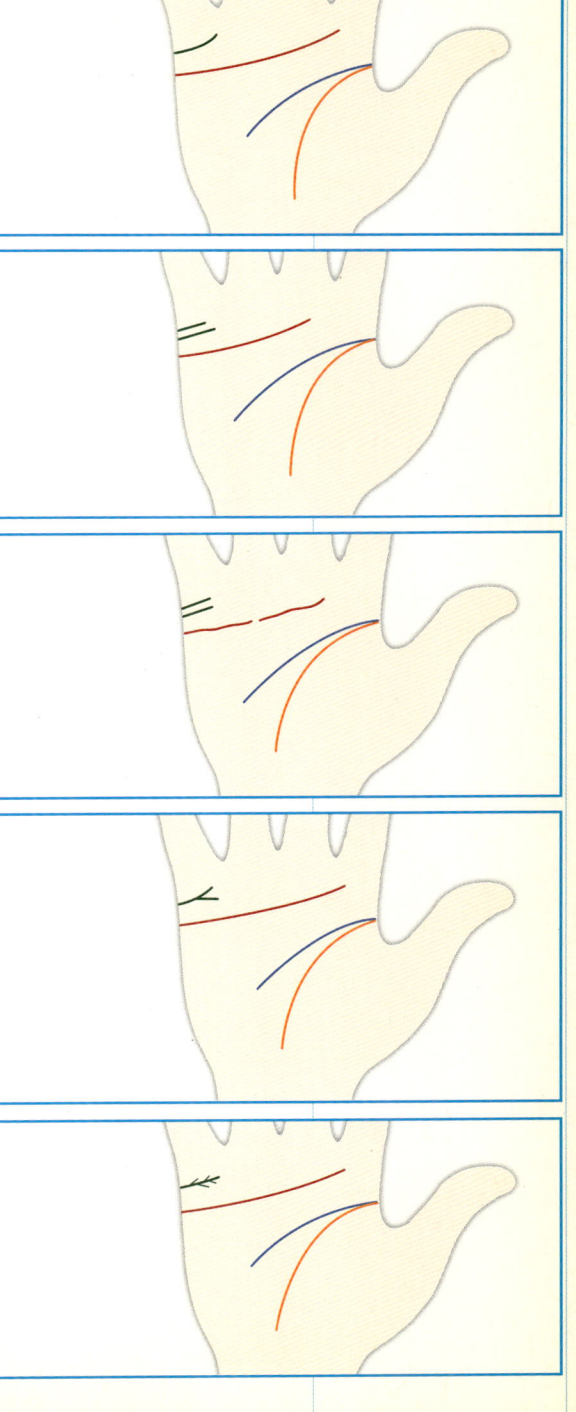

결혼선이 두 개인 경우는 두 번의 결혼을 의미한다. 두 개의 결혼선이 같은 길이와 두께를 가지면 그 의미가 더욱 커지고 하나는 짧고 하나는 긴 경우는 항상 여러 인연으로 갈등하게 된다.

결혼선이 두 개가 나타나고 감정선이 흐트러지거나 끊어져 있는 경우는 부부지간의 감정의 골이 깊어 결국 이별하게 되는 것을 의미한다.

결혼선이 하나로 출발하여 두 갈래로 갈라지는 경우는 부부관계가 원만하지 못하고 별거하는 상으로 한 집에 살아도 각방을 쓰게 되니 이 경우는 자식 때문에 이혼은 못하고 그저 부부라는 이름만으로 살아가는 경우가 많다.

결혼선에 지선이 여러 개 나타나는 경우는 항상 배우자 때문에 고생하는 사람으로 배우자가 능력이 없거나 병을 앓게 되어 배우자로 인한 근심이 끊어지지 않는 경우가 많다. 여기에 감정선이 흐트러져 있거나 끊어져 있는 경우는 모든 이성관계가 괴로움으로 다가오게 된다.

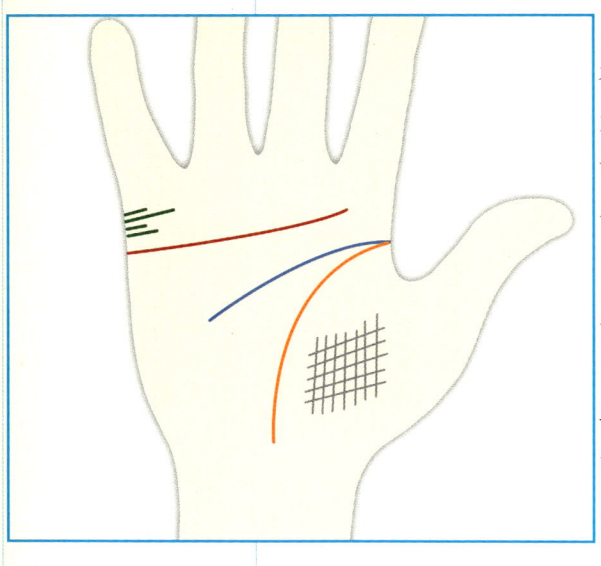

결혼선이 많이 나타나 있는 경우는 항상 복잡한 이성 관계를 가지게 되며 어느 한 사람에게 마음을 정착하지 못하는 사람이다. 성격은 다정다감하다고 할 수 있으나 쉽게 마음 주고 쉽게 떠나는 성격이다.

이런 선을 가진 사람은 난잡한 생활을 하기 쉽고 여기에 금성구에 많은 가로세로의 잔선이 있거나 감정선이 흐트러지거나 끊어져 있는 경우는 항상 색정문제를 일으켜 일생 행복을 기대하기는 어렵다.

● 결혼선에 나타나는 문양

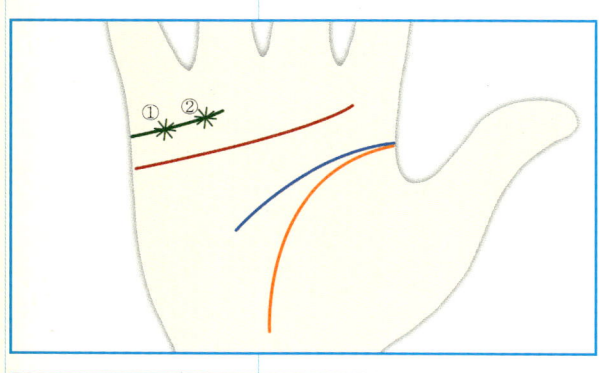

결혼선에 나타나는 문양 중 가장 길한 것은 별 문양(❶)이다. 결혼선 끝에 별 문양이 나타나 있으면(❷) 누가 보아도 멋진 배우자를 만나 다복한 삶을 누리게 되는 선으로 결혼선이 태양구를 향해 있으면 그 의미가 더욱 강해진다.

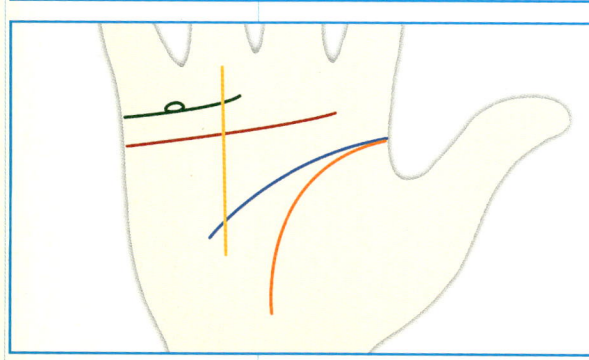

결혼선에 섬 형의 문양이 나타나면 결혼을 성사하기 어렵고 기혼자의 경우에는 부부생활이 원만하지 못한 경우가 많다. 대체로 이런 경우는 서로 맞지 않는 상대와 결혼하여 갈등을 겪게 되는 경우가 많고 여기에 결혼선이 끊어져 있으면 이혼하게 되는 경우가 많다. 섬 형의 문양이 나타남과 동시에 결혼선이 태양선을 끊는 경우는 대체로 부적절한 관계의 결혼으로 사회적 지탄과 책망을 받게 되는 경우가 많다.

결혼선 끝에 섬 형의 문양(❶)이 나타나면 배우자가 병으로 고생하게 되는 것을 의미한다. 결혼선 끝에 십자 문양이 나타나면(❷) 배우자가 갑작스런 죽음을 맞게 되거나 젊은 나이에 병으로 사망하는 경우가 있다.

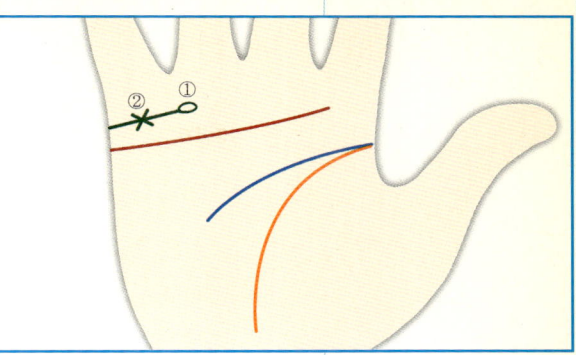

생명선	
두뇌선	
감정선	
운명선	
태양선	
결혼선	

제 8 장
기타 선들

● 사업선

손바닥 아래쪽이나 생명선, 금성구나 월구에서 시작하여 수성구 쪽으로 올라가는 선을 사업선(❶)이라고 한다. 대체로 사업적 재능이나 성공을 나타내는 선으로 강한 사업선을 가진 사람은 사업가적인 면모를 갖춘 사람으로 사업적으로 성공을 거두게 된다. 직장인이라 하더라도 이 선을 가진 사람은 자신의 업무에 있어 책임감과 성실함으로 사내에서 인정받고 높은 지위에 오르게 된다.

사업선이 있기는 하나 약한 경우는 사업적으로 성공하기 어려운 사람으로 개척정신이 부족하고 인내력이 없어 사업가로 성공하기 힘든 경우이다. 직장인 역시 자신감이 부족하고 자신의 업무를 잘 파악하지 못하거나 하여 불안정한 직장생활을 하게 되며 여기저기 직장을 자주 옮겨 다니는 경우가 많다.

생명선 안쪽 즉 금성구에서 시작하는 사업선(❷)은 대체로 건강과 관련된 직종에 종사하는 경우로 의사 간호사 간병인등의 직업을 갖거나 의료사업 의료기, 건강관련식품, 헬스기구 등의 사업으로 성공하는 예가 많다.

생명선에서 시작하는 사업선(❸)은 주로 교육적인 일과 관련이 깊으며 철학, 심리, 역학, 종교사업 등에 적합한 사람이다. 월구에서 시작하는 사업 선은 창의력이나 상상력을 바탕으로 예술, 예능, 출판업 등의 사업적 재능으로 성공하는 예가 많다.

생명선	
두뇌선	
감정선	
운명선	
태양선	
결혼선	

● 방종선

생명선 안쪽이나 생명선 근처에서 월구 방향으로 휘어져 나온 선을 방종선이라 한다. 방종 선은 불규칙한 생활을 하거나 흡연, 술, 섹스, 마약에 탐닉하여 인생을 허비하게 만든다. 또한 이 선은 당뇨, 고혈압 등 성인병을 가진 사람에게 많이 나타나며 알레르기 질환을 가진 경우도 많다.

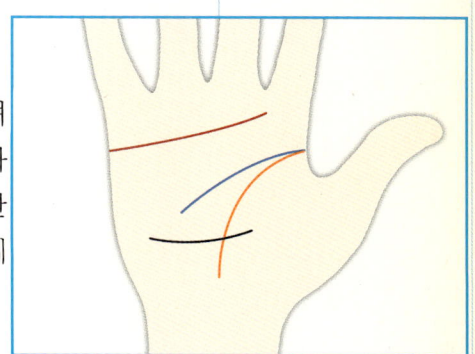

● 영향선

생명선 안쪽에 생명선을 따라 흐르는 선을 영향선이라고 한다. 주로 배우자, 가족, 친척, 친구들을 나타내는 선으로 생명선에 가까울수록 좋은 관계를 멀수록 관계가 소원함을 나타낸다. 특히 배우자와의 관계에 직접적인 영향을 주므로 이 선이 나타나는 시점으로 결혼하는 나이를 알 수 있다.

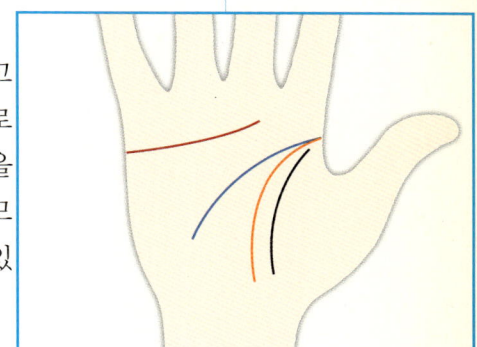

● 금성대

감정선 위에 검지와 중지사이에서 시작하여 약지와 소지사이로 이어지는 반월형의 선이다. 감정선의 보조 역할자로 보면 되는데 금성대가 끊어진 경우는 대체로 정서적으로 불안정한 사람이 많으며 변덕이 심하다. 또한 금성대가 끊어지고 그 사이로 운명선과 태양선이 있는 경우는 애정

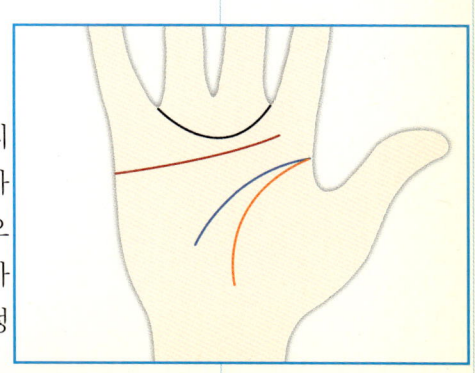

이나 사업적인 면이 자신의 뜻대로 잘 이루어지지 않는 경우가 많다. 금성대가 흐트러져 있거나 여기에 지선이 있는 경우는 감정의 변화가 많고, 주색잡기에 빠져 어려움을 겪게 된다.

● 솔로몬 링

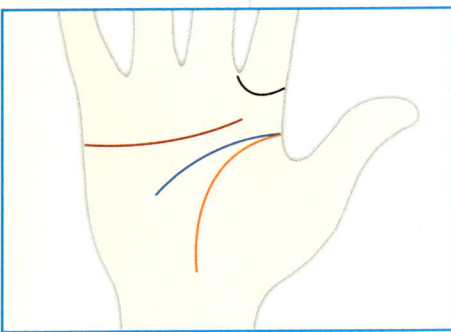

검지 아래 나타나는 둥근 선으로 직감력이 뛰어난 사람임을 의미한다. 이 경우는 종교, 철학부분에 이해력이 뛰어난 사람으로 고상한 사고를 지닌 사람이 많으며 교육자나 종교인, 역술인등에게 많이 나타나는 선이다.

● 토성환

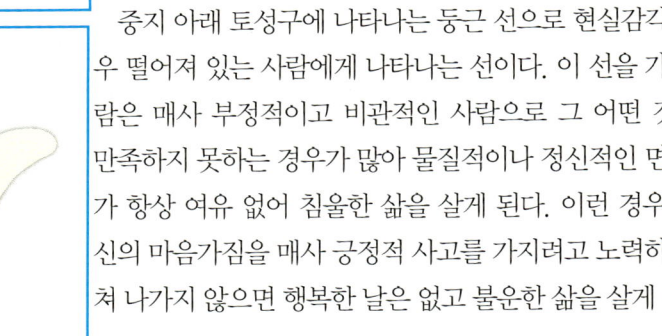

중지 아래 토성구에 나타나는 둥근 선으로 현실감각이 매우 떨어져 있는 사람에게 나타나는 선이다. 이 선을 가진 사람은 매사 부정적이고 비관적인 사람으로 그 어떤 것에도 만족하지 못하는 경우가 많아 물질적이나 정신적인 면 모두가 항상 여유 없어 침울한 삶을 살게 된다. 이런 경우는 자신의 마음가짐을 매사 긍정적 사고를 가지려고 노력하여 고쳐 나가지 않으면 행복한 날은 없고 불운한 삶을 살게 된다.

● 직감선

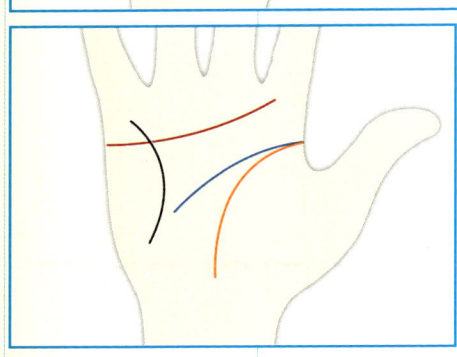

월구에서 수성구로 반원을 그리며 올라가는 선이로 이 선을 가진 사람은 무의식의 세계가 발달되어 뛰어난 직감력으로 자신의 예감이나 꿈이 잘 맞는 사람이다. 이는 영적인 능력이 탁월한 사람으로 미래를 예측하는 특별한 재능을 가진 사람으로 다방면에서 성공을 거둘 수 있는 사람이다. 〈끝〉